十里云山何处好

马明月　著

漓江出版社
·桂林·

图书在版编目（CIP）数据

千里云山何处好 / 马明月著 . -- 桂林 ： 漓江出版
社，2025. 1. -- ISBN 978-7-5407-8665-6

Ⅰ. I267.4

中国国家版本馆 CIP 数据核字第 2024X4T313 号

千里云山何处好
QIANLI YUNSHAN HECHU HAO

马明月　著

出 版 人　刘迪才
出版统筹　文龙玉
责任编辑　宗珊珊
助理编辑　陈思涵
装帧设计　集贤文化
责任监印　黄菲菲

出版发行　漓江出版社有限公司
社　　址　广西桂林市南环路 22 号
邮　　编　541002
发行电话　010-85891290　0773-2582200
邮购热线　0773-2582200
网　　址　www.lijiangbooks.com
微信公众号　lijiangpress

印　　制　河北赛文印刷有限公司
开　　本　880 mm×1230 mm　1/32
印　　张　11.625
字　　数　231 千字
版　　次　2025 年 1 月第 1 版
印　　次　2025 年 1 月第 1 次印刷
书　　号　ISBN 978-7-5407-8665-6
定　　价　78.00 元

序一：
遇见马明月

马明月先生是我的学长，在 20 世纪 80 年代初和 90 年代初，我们可能住过陕西师大的同一幢中文系宿舍楼，走过同样的繁花盛开的校园小径，在同一座古色古香的图书馆打发过青春时光——这份岁月的牵连，让我对他的文字感觉格外亲切，他的新书《千里云山何处好》被我反复赏读：读到遥远的青春记忆免不了回味人生的激情与诗意，读到岁月的一缕心香顿觉豁然开朗仿佛处处柳暗花明，跟随他触摸山川美景也领略自然之妙趣，跟随他见识八方风物也接受文化的熏陶……

在知命之年回顾人生，自带一份成熟与平和。读马明月先生叙写人生经历的文章，在成长的痕迹中感受到生活的磨砺、人生的激情和永不舍弃的善良。他写儿时的玩伴，写青春的友情，写小学到大学的师友。对遭遇不幸者，带着一份悲悯；对那些曾经给自己带来不好记忆的，则带着一份宽谅；对给过自己关爱与启发者，则怀着一份挚真的感恩……可能每个人都有小学、中学、大学的记忆，但很多人的人生如白驹过隙，不留痕迹。只有那些善感善思的心灵，才可能把这些用文字的方式保留下来——这是自古迄今那些自传式文字的独有魅力。读马明月的文字，读者会从中品读到一种人生经验，体验一份生命的激情，也获得些许思考感悟而内自省也。

最富魅力的文字，则是那些行走四方记录见闻的。我曾经把马明月先生的这类文字推荐给朋友们赏读，得到的回应满是夸赞与敬佩。在今天这样一个交通高度发达的时代，大家南来北往东奔西走几乎是生活的常态。互联网上纸质媒体上，充斥着各种旅游攻略、行走记录，乃至拙劣的游记——这样的文字读多了，你可能对旅游失去兴致，对纪行文字也充满排斥。读马明月的文字，则令人耳目一新。他写自己工作过的广西，写行走经历的保山德宏、银川陕北，有知识和见识，也不缺少真情怀。他笔下的城市不是千篇一律的——尽管我们当今很多旅游目的地都千篇一律了，他却能从一座城市的色彩斑斓中发现它鲜亮灼目的个性光泽，他能从整齐划一的新城市建设中触摸到独特的文化血脉。他笔下的各地美食，活色生香；他笔下的各地风物，则凝结着文化的深厚传承——这样的写作，既有田野考察般的朴素与接地气，又有求知和思考的深刻洞察。也正是这样的鲜活与厚沉，让他的文字卓然而出，把那些东拼西凑抄资料、移步换景写流水账的记游文字甩出了十万八千里。

真实又不一样的新疆，就在马明月先生笔下。有朋友要了解新疆，我说，你可以先读读马明月的文章。有朋友想要去新疆旅行，我说，你可以先读读马明月的文章。作为一个出生在新疆在新疆长大然后又回到新疆工作的人，他永远带着一份对这片土地的深爱和感恩。作为一个成熟稳健的写作者，他又能超越普通的激情，写出鲜明的新疆，写出深度的新疆，写出充满了人间烟火气的新疆。

在马明月的文字中，感受喀什、伊犁、和田、阿勒泰这些充满人文记忆的地名，欣赏新疆的奇美山水、壮美的草原戈壁，认识维吾尔族、哈萨克族、回族等众多风俗各异却又同样热爱生活的民族，了解一座街区的过往，熟悉一个景点的文化底蕴……尽管这些风物与景观、城市与居所、民俗与风情，都经过了时代风雨和各种行政管理的变迁，在他的笔下却汇聚为一个具有鲜明个性、独特地标和诗意神韵的新疆。他不屑于猎奇、虚构、道听途说，每一笔历史都有其渊源，每一个记录都有亲见亲历的真切，每一次行走都拒绝走马观花浮光掠影——因为他是一个新疆人，他的笔像一棵生命强劲的胡杨树，深扎在这片美丽又奇崛的土地上。在时尚流行的、浮泛的写作之外，有马明月的新疆——这是真实的新疆，不一样的新疆，这是感恩家乡的写作，是高视洞见的写作。相信读者自会从中感受到。

人和人的相遇，通过各种社会交往联系，很多时候必然带着你来我往的功利需要。一个读者和作者的相遇，则非常单纯，只是通过文字，可以把人与人之间净化到双方都只剩下素美的亲切和感动、质朴的思考与启悟——这样的相遇是美好的。

作为学长的马明月，在我心目中是一位儒雅的谦谦君子，既见多识广洞明世事，又对生活保持激情带着几分优雅，这样的人，可以为师，可以为友。作为作家的马明月，则让我从"草根文学"中读到了大家气象，从普通写作者身上看到了文坛日益稀缺的赤子情怀，这样的写作，选择了"背对文坛，面对读者"，必然在时间的大浪淘沙中留下闪闪发亮的金子——读到这本书的读者是有缘的，也是有福的。

丁小村

2024.6

丁小村，本名丁德文，陕西汉中人，1991 年毕业于陕西师范大学中文系。中国作协会员。出版有小说集《玻璃店》、长篇非虚构作品《秦岭南坡考察手记》等。

序二：有俏皮感的人和文

　　马明月做事和他的散文一样，不按套路出牌，几乎一篇一个写法。比如，出版这第二本散文集《千里云山何处好》，竟然让我这个普通同学来写序，而不是像通常那样请一位德高望重或色艺俱佳者操刀。唯一的理由是，我六十岁了还是一个可爱的"文青"。

　　也许正因为这样，他的散文就和他这个人一样纯醇又可爱。那些文章，就落落地体现着一种自然自如自若的态度。我挥手就写，你好恶随意。

　　也许正因为这样，读者打开这本书会感到有什么"不对劲"，为了解码这"不对劲"，就更有了阅读的兴趣。其实是因为内心产生了一种窥探的兴趣吧。

　　人对人的认识，也许是瞬间完成的，也许需要几十年。我和马明月属于后者。在遥远的 1979 年 9 月那个秋雨开始频落的下午，我和他在陕西师大中文系学生宿舍幽暗的走廊里见面了，那次是参加第一场新生会议。直到 1983 年 7 月我们毕业离开那里，一个回了新疆，进了自治区的重要"衙门"；一个回了自己的小城，不出意外地开始教书育人兼育己。我们在整个大学期间也没有说多少话。他策划实施的多次冒险兼文青味儿的活动，均没有拉我入伙。显然，我们互相都没看上对方的德行。没参加他的嬉皮士般的乐队，没跟随他违纪半夜勇登华山，没和他一起"粪土当年万户侯"地喝几场啤酒，哪里会了解他？

可以说，除了他那一头我觉得是陀思妥耶夫斯基风格的发型，他和很多同学一样，在我幼稚简单的心灵里，没有留下多少印象，好的，或坏的。直到十多年前，他出差来了一趟深圳，酒局上听他说了一通话，胜见十年人。他竟是那样一个带着文人气息的武人。再到后来，看了他的不少文章，思考了同样的人和事，比较出了不同的意蕴。再后来，读了他的散文集《天山明月》，就在心里说，现在才真正了解了这个自称西域胡马的人。

在行事上，马明月处于分化的两极中又能将两极把控自如。他几十年的本职工作是在一个强力部门做着维护国家安全社会稳定的事务，使命重大，责任光荣。但他的散文却是跳出五界，云淡风轻，随心所欲，似乎和他的工作没有关系。一个智者的大脑，一支灵动的彩笔，再经一双孩子的眼睛过滤，从一个侠客的口里说出，就是他的文章。你说他的文章回归了自然也好，说他的散文体现了天然去雕饰也好，总之，他的散文不是为了写文章搞出来的,基本是一种自然的呈现,在呈现中,像赤子般真诚地体现了他的态度罢了。读这样的散文,就像品尝一份他家乡的上好的烤包子,不油、不腻、不火,只有面的浓香加肉的清香。

一篇文章看完,无动于衷,没哭也没笑,基本就是白看。文章让人哭相对容易些,让人笑却不容易。但在马明月的散文里,让人忍俊不禁成了轻易的事,甚至是他文章必备的要素。而这些,他并不知道,因为他没有故意让读者去笑。唯其如此,他这种让人笑的原因,就更加让人想笑了。我总结一下,就是他处处透露着高尚的俏皮感。

这俏皮感,不仅让人笑,让人享受美好的感觉,也处处显示着不俗的观察力、洞察力、展示力、影响力。前几年,他写了一篇《去了一趟榆林》。刚好,去年我们同学聚会,组织一批老同学去榆林。大家在那里上蹿下跳闹腾思考了一星期,自以为吃透了榆林的风俗风貌风气风月。但对比去了一趟榆林的马明月来看,眼力脑力都显出了尴尬的距离。论发现美和丑并再现美和丑,马明月是具备了出文集的资历了。这资历,在我眼里,超过了很多在作家协会挂名的人。

马明月写的是散文,但在写人时往往体现出小说的笔法,写景时又有笔记的轻简。至于在无形中渗透的思考力,则得益于他的阅读功力了。据我观察,他是现在少有的爱读书的痴人。书读得多且涉猎广,读得活且能运用,是他的独家秘籍。这使他的文章别具了启发的弹性。

对我而言,看马明月的文章,就是来找笑的。如果没笑,就要在自己身上找原因了。如果笑了,就是心弦被他的俏皮撩拨到了,就又想起他那略带羞涩暗含执拗的眼神和嘴角了。

人老了,却还有那么高尚的俏皮,那种屠格涅夫加阿凡提的味道,难得。

李志利

2024.5.8

于深圳三趣书屋

目　录

第一辑

心随明月

站在
冰山雪岭

经过海拔约 4100 米的苏巴什达坂,我们下车眺望。慕士塔格峰似在咫尺,半圆的峰顶罩着闪亮的白雪,仿佛戴着一顶白色皇冠。此时我呼吸有些急促,不知道是高原反应,还是心情激荡,只有心存敬畏,自感渺小。

到了喀什要上山呢!喀什的朋友会给你这个建议。天气晴朗的时候,在喀什市其尼瓦克宾馆远眺西南方,可以远远看到巍峨耸立的冰峰雪岭,那就是帕米尔高原。朋友说的上山就是去这个地方。到了喀什一定要上帕米尔高原,走一走丝路古道,做一回冰山上的来客,体会人文历史和自然胜境。

驾车出喀什市,上 314 国道也即"中巴友谊公路",一路朝南,一直向上,远远就看见闪亮的雪峰。玄奘在《大唐西域记》里对帕米尔高原有形象的描述:"东西南北各数千里,崖岭数百

千里云山何处好

重,幽谷险峻,恒积冰雪,寒风劲烈。"帕米尔高原是一块神奇的高地,高原雪峰与山间谷地纵横交错,"春夏飞雪,昼夜飘风"。高原的两侧,一面是向西流的阿姆河水系,一面是向东流的塔里木河水系。它是东西方文明的分水岭,更是东西方文明的交汇点。丝绸之路的两个重要通道,即中道和南道,都穿过帕米尔高原。自近代大航海时代海权崛起后,古丝绸之路逐渐没落走向沉寂,昔日传奇商道变成了世界上的偏远地区。19世纪英、俄在帕米尔高原角逐博弈,划分势力范围,使这块高地又成为世界焦点。我们看到和经过的只是帕米尔的一角,一般游客要去的地方是东帕米尔的塔什库尔干塔吉克自治县。

驰过盖孜山口,经过白沙湖,沿公路清晰地看到公格尔峰、公格尔九别峰、慕士塔格峰依次排列,在远处熠熠闪光。让我想起了在西藏从拉萨到林芝一路上的情景,也是一路雪峰,天低云暗,寒风凛冽,却有别样风物景致。行驶200多公里,到达喀拉库勒湖边,慕士塔格峰巨大的身影映在钢蓝色的喀拉库勒湖水中,草滩一直延伸到湖边,恍如童话世界。杏眼阔脸的柯尔克孜族牧民,目空一切的骆驼,高傲壮实的骏马,为这里平添了许多生机和活力。

经过海拔约4100米的苏巴什达坂,我们下车眺望。慕士塔格峰似在咫尺,半圆的峰顶罩着闪亮的白雪,仿佛戴着一顶白色皇冠。此时我呼吸有些急促,不知道是高原反应,还是心情激荡,只有心存敬畏,自感渺小。20世纪40年代最后一任英国驻

千里云山何处好

喀什噶尔(今喀什市)领事馆总领事的夫人戴安娜·西普顿曾经过这里,她生动地描写道:"慕士塔格峰身姿伟岸,巍峨地耸立在我们的头顶,它的身影映现在飘荡不定的蓝色湖水中。一切对它的描写只能给人一种苍白无力的印象,就像一幅照片给人留下的印象那样不完整。这是一幅由洁净的空气、鲜亮的茵茵绿草、宁静的湖水和灿烂的阳光组合而成的图景,它使我感到幸福,使我着迷。"她的描写精准传神,我找不到其他词语来形容这座伟大的山峰,只能引用。

过了苏巴什大坂下去是平坦的塔合曼湿地,这里是高原草甸,水草丰美,涌泉成溪,草甸上到处可见牦牛、骆驼和羊群。

时光在塔什库尔干县仿佛停止了。已经快晚上8点了,太阳还高高地挂在天上,微风轻拂,阳光晃眼,天地敞亮。遥望北边,慕士塔格雪峰在远方熠熠闪耀,近处是烟火袅袅的村庄。青稞麦黄了,在蓝天下闪烁着金色的光芒,有牛羊在青黄色的草地上悠闲吃草。格桑花成群成片竞相怒放,柔弱而泼辣,芬芳四溢,惊艳时光。金黄的向日葵层层叠叠露出笑靥,仿佛要点燃我们内心的火焰。

我们在街上选了一家牌子最大、挂得最高、最有气势的高原牦牛火锅店,不怕它店大欺客,只相信它的实力和牌子。很快火锅就上桌了,是那种很传统的烧木炭、带烟筒的铜火锅。许是在高原上的缘故,牦牛肉是事先用高压锅炖好的半成品,配以其他菜品、调料,和其他地方的火锅并无太大差别。也许是事先对高原牦牛火锅期待过高,所以没有太大惊喜,也不是说不好,味道还是很入口,牦牛肉也还鲜嫩,虽然纤维粗些。高原上水都烧不到沸点,能吃到咕嘟冒泡、热气腾腾的牦牛火锅已经是很大的福分。牦牛肉把我们的胃填满,也给我们留下了高原上温暖的记忆。

在塔县最有名的历史遗迹当属石头城遗址。石头城在县城东北方向一块高地上,有文字记载的历史已有两千多年。现在的石头城虽然是一片残垣断壁,但在历史上却是古丝绸之路上一个极有战略地位的枢纽。石头城原为揭盘陀国都城,唐朝曾在此设葱岭守捉,派兵戍守。历史上很多商贾、军人、僧侣、传教士、探险者以及野心家、间谍等都曾在此留下痕迹。

原来的石头城、草场湿地等已经被圈起来了,修建了栈道、平台,改造成为景区。太阳在慢慢地落下,远处雪山被夕阳染红,石头城下的那片广阔的阿拉尔湿地铺上了一层金黄的颜色,塔什库尔干河在远处闪着银光,一片静谧安详。傍晚时分我看到了神奇瑰丽的景象:正是仲秋八月,太阳还没落下,月亮已高高升起,西边高峻的萨雷阔勒岭被橘色夕阳染红,初升的月亮圆润明净。此时日月同辉,万山寂静,只有我的心在抑制不住地扑腾。太阳迅速坠入山后,天空像滴了墨汁,很快四面洇开,高山大地顷刻被淹没。月亮软弱地发散着幽暗的光芒,正如斯文·赫定当年看到的:"在蓝黑色的夜空,月亮宛如一枚银色的贝壳浮游在众星之间。"高原的秋风这时显示了它的劲道,像绑在了身上,不多时就周身冰凉,凛冽刺骨。

有一个地方一定要去,那就是自驾游网红打卡的地方"蟠龙古道"。车出塔什库尔干县城南行,朝红其拉甫口岸方向行至24公里处,到了一个丁字路口。再直行百余公里就可到红其拉甫,左转即可进入"蟠龙古道"。路边竖立了一块语录牌,上写"今日走过了所有的弯路,从此人生尽是坦途",真是一碗浓浓的鸡汤,既写实也励志,年轻人会产生错觉,过来人则不语而腹诽。

这条路原来是牧民行走的牧道,以前并不知名,后来因为要开发旅游资源,政府将原砂砾路面改造整修成双车道的柏油路。30多公里长的道路据说有着600多个弯,如巨龙盘绕,因此被美称为"蟠龙古道"。说是古道,其实并无史载,但不妨它苍莽壮丽。在山顶的隘口,标牌显示海拔4216米,山下路口海拔3000米左右,等于垂直上了1000多米的山。一路景色瑰丽,"长坂千里,悬崖万仞",到了山顶俯瞰下去,峡谷中盘道逶迤曲折,气势磅礴,远处雪峰映照,雄浑大气,令人心生豪迈。

翻越"蟠龙古道"下山后,进入一河谷地带,农田阡陌,牛羊星点。这是瓦恰乡的一个村子,由此北上顺着班迪尔乡方向,穿过村镇,进入了峡谷。猛然间眼前一亮,出现了一泓碧蓝的湖水。在高原汹涌的阳光下,白白的雪峰和绛紫色、黑色、红色的丹霞地貌倒映在水中,波澜不兴,仿佛在仙境。这片水域夹在两

千里云山何处好

山中,绵延几公里,这就是下坂地高山水库。毫无思想准备就来到这里,令人惊喜又惊叹。

走上一座仿佛童话世界里才有的水上大桥,过了桥后,有个三岔口,朝东走就是前些年被冯其庸先生命名的"塔莎古道",原名"喀群古道",就是那条当年玄奘取经回国时经过的古道。《大唐西域记》中记载:"从此东下葱岭东冈,登危岭,越洞谷,溪径险阻,风雪相继,行八百余里,出葱岭至乌铩国。"玄奘当年取经回国之路,经专家考证,大致是:行经波谜罗川(帕米尔高原)—揭盘陀国(塔什库尔干)—奔穰舍罗(大同乡)—乌铩国(莎车)—佉沙国(喀什)。这些古人翻译的地名,不好读也不好认,真是为难了像我一样读书少的人。几年前我曾经在莎车县一个绿洲小村驻村两年多,封闭于一隅,"乃不知有汉,无论魏晋"。虽距"塔莎古道"终点喀群乡不算太远,可我从未打个小算盘进一回山,走一下这条著名的古道,现在想想挺遗憾的。这条通往莎车的道路现在修整得还可以,约 300 公里,越野车就可通过。每当春天桃花盛开的时候,山谷里的村庄缤纷妖娆,如天花散落。由于事先没有走这条道的计划,这次到了路口也只能张望一下便擦肩而过,不知以后还有没有机会走一遍。

带着遗憾,我们向西返程了。顺着山谷里曲折蜿蜒的公路前行,峡谷里的塔什库尔干河"白色中泛着微微的蓝光,顺着峭峡往下滑动,从我们的脚下淌过,然后像帝王一般骄傲地从石河床上流泻出来"(斯文·赫定)。行驶 20 多公里,回到 314 国道在曲曼村的检查站,等于走了一个大循环。

　　曲曼村因前些年考古发掘出拜火教古墓葬遗址而闻名。据史料记载,古老的拜火教曾流行于古代波斯及中亚等地,在中国也称为祆教、明教。祆教在西域曾十分盛行,今天在新疆依然可以寻见踪迹,一些历史上信仰过祆教的民族,仍保留着拜火习俗,比如新娘进家门跨火盆,牧民转场时人畜走过火堆,等等。拜火教古墓遗址在塔什库尔干河西岸的吉尔赞喀勒台地上,共有40余座墓葬和若干火坛,距今2500年左右。墓葬中出土的青铜器、竹梳、木质弦乐器和琉璃珠等,表明此地在更早时就是中西重要的文化交流通道,也是一个重要的文化区域。

　　行走在帕米尔高原磅礴的山川河流中,身体和灵魂都在路上经受欢喜也接受考验。与前人的艰难跋涉相比,我们今天的行走真是方便太多了。作为旅游者,更是身无重责,心无旁骛,唯在山水之间自由徜徉。无论你在哪个方向,走出去多远,只要回眸,"冰山之父"——慕士塔格冰峰一直在我们的视线中,就如父亲的身影。这个伟岸的父亲仿佛也远远地一直注视着我们的一举一动。雪峰映照丝路千年,依然年轻蓬勃,一拨又一拨的"冰山上的来客",带着憧憬,踏着沧桑,还在"驰命走驿,不绝于时月"。

斑斓伊宁

　　它斑斓的色彩，浓稠的山水，多元一体的文化生态，乐观自信的各民族人民，都让这块地方散发出绚烂的魅力，连它的忧伤和哀愁都是辉煌绚丽的。

　　我在南北疆都有一段时间不长的工作经历，我热爱天山南北的草木阳光、大漠流云，怀恋曾一起工作生活过的各民族的朋友、同事和乡亲。而伊犁更是我成长经历中的一个重要节点。伊犁河谷雨雪充沛，阳光明丽，绿荫满城，物产丰饶，多元文化相互渗透交融，生活在这里的人们骄傲自信又有情趣。在不长的时间里，我的身体和精神都受到滋养。

　　我又来到了伊宁。新疆民间一般习惯把伊宁称为"伊犁"，就如同把喀什称作"哈什"一样。伊犁州在行政区划上直辖11个县市，名义上还管辖塔城、阿勒泰地区，泛说伊犁就太大了，所以民间约定俗成：伊宁就是狭义的伊犁。

伊宁是个多民族聚居、多种文化蓬勃发展的城市。早先的印象里,白杨路边林立,四处小渠流水。蓝色敷墙、走廊迂回的民居掩映在绿荫和鲜花中,有如童话里的屋子。伊宁市里有花城、西大桥、汉人街这些地名,奇怪的是花城没花,西大桥没桥,汉人街没汉人。其实也不奇怪,沧海桑田,没有什么东西是能够长久的,但它们可以让我们感触到历史的余温,就如喀赞其早已没了锅匠,呼勒佳早没了金顶寺,只留下了一个地名。斯大林街、契利克巷这些地名则让人联想起这里与苏俄曾经的一段联系。

有好多年没有来了,伊宁变化巨大,城市建设突飞猛进,原来我住的城北一些地方改造得完全认不出来。2010 年随着伊宁火车站的建立,火车通车,这里便开始大规模建设商贸中心。眼下的伊宁,高楼林立,道路宽敞,车流随时拥堵,像任何一个发展中的城市。在我眼中它越来越陌生,似乎不是那个云淡风轻、安闲自得的小城了。

斯大林街五巷里面那个回族小伙儿开的牛肉面馆,是我当年经常光顾的地方。离单位不远,吃腻了单位食堂,有时午饭就在这里吃了。店面不大,只有四五张桌子,窗明几净。老板三十多岁,长得有点像郭富城,形貌昳丽,精神俊爽。他这里的牛肉面与满大街的兰州牛肉面还不完全一样,不知加了什么秘料,融合了当地风味,格外香醇,牛肉片分量比一般店要多很多。每次来都要排队等候,在等候的时候,老板会拿一碟切成几瓣的新鲜

馕,倒上茶水让你静候。老板不下厨,爱和客人聊天。他喜欢车,餐厅墙上没有菜单,贴满了各种跑车、赛车的图片。遇到懂车的顾客,就和人家聊个没完,恨不得吃饭都免单。老板原来就是个司机,开饭馆和开汽车都是为了生计,可是他更热爱汽车,那才是他闪光的梦想。我离开伊犁前这个餐厅关门了,听人说,老板又去玩车了。再后来和伊犁朋友聊起这个餐厅和这个小伙子,朋友说,听说他开赛车出车祸故去了。听了让人唏嘘不已。

变化最大的是六星街。当年,一有空我就会到伊犁师院(现在是伊犁师范大学了)去转转,在这个花园一般的校园里凭吊一下远去的青春。六星街离师院不远,牙长的一截路几步就到了。六星街又叫黎光街,是一名德国人设计规划的街道,充满欧陆风情,建于20世纪30年代。那时这里很颓败,通往不同方向的几条街道依稀可辨。没想到如今会变得这样亮丽时尚。

现在六星街和喀赞其被打造成伊宁市民族民俗旅游区。喀赞其以具有本地文化特色的居民庭院为主,有许多真正的老房子。而六星街这里的主要建筑大多是新建,审美都差不多,明显带有俄罗斯和欧式风格,彩色墙面、斜坡屋顶、雕花窗框、人字形门廊,在装饰上又具有维吾尔族韵味,集多种文化为一体,既有异域特色,又是伊犁本地各民族文化融会的体现,华美浪漫,风情十足,完全可以充当"呼勒佳力克诺其"(很牛的伊宁人)的面子。

进入六星街的巷子,就进入了色彩的海洋,蓝色、红色、绿色、黄色交织出强烈的彩色交响乐，这就是伊宁的颜色和性格，张扬夺目，自信豪放，像个任性的孩子，一点也不掩饰自己的骄傲。正值秋末，细雨绵绵，天气冰凉，空气湿润，树叶泛黄。走在湿淋淋的道路上，踩着片片落叶，有种惆怅的氛围，小资情调的人会喜欢。有许多餐厅、酒吧、咖啡厅、冰激凌店开在各个小巷，装饰靓美，色彩缤纷，赏心悦目，有种时尚的洋范儿。还可以看到不少具有民族特色的民间文创产品。那家古兰丹姆冰激凌店是网红们打卡的地方，有很高的知名度。传统的院落进行了精心的设计和装修，蓝白色调为主，红砖墙、人字形窗棂，绿藤红花萦绕。院里一间墙壁斑驳的书屋提升了整个院子的品位，既拙朴有趣又有现代气息。这里经营各种花色冰激凌和咖啡，淡淡的味道萦绕在小店里，冷香浮动，整个小院情调满满。在这里坐一会儿，点一杯咖啡，尝尝各种味道的冰激凌，有一种珊瑚映绿水，落花遇佳人的惊艳。这家古兰丹姆冰激凌店已在乌鲁木齐人民剧场旁边开了连锁店，把伊犁色彩和味道带到了首府。

新华东路的汉人街又是一种风格，这里曾是这个城市烟火气最浓、最具有市井味道的地方，也是最具民俗特色的一条街。不得不说，我们在一些旅游景点会见到所谓的民俗旅游区，它们有相似的店铺和相同的所谓特色产品，"同样的配方，同样的味道"，有人穿着华丽艳俗的演出服定时出来表演一下。可是，汉人街不是这样，它是你眼中的风景，更是本地人的家园，是琐屑的生活和日常的烟火。

这条街道熔铸了多种文化、多样风情。最早是天津杨柳青人挑着货郎担赶大营,留居此地;后来逐渐形成了一条商贸街,街两边也形成了许多杨柳青人的院落;再后来,居住在这里的汉人都陆续搬走了,汉人街的名字却留下了。

我很怀念当年汉人街街道两边闹闹嚷嚷、纷乱而有生活气息的氛围。街道两边是扎着红色帐篷,堆满了果蔬百货的摊位。到现在我也不明白,维吾尔族老乡的摊位为什么都搭着红色的帐篷,仿佛一下子把生活的热情和憧憬都点燃了。这里的东西,无论是餐饮小吃、蔬菜瓜果还是商品百货,都比别的地方便宜,与普通百姓的消费水平相匹配。汉人街是"下苦人"挖光阴的地方,也是一个温暖的所在,是穷人、闲人的港湾。有时可看到一个跪在路边,打着萨巴依忘情吟唱的老人,他是在乞讨,还是在祈祷?我还见到一条腿摔坏了的可怜人,拄了一根拐杖,神情淡漠地坐在一个凳子上。他面前立了一块用维汉两种文字写的牌子,汉字写得歪歪斜斜——"我从墙上掉下来了,现在还疼,盼望一些帮助给我"。自然会有过路人舍散出仁慈善良。朋友伊萨克告诉我:哪怕你身无分文,在汉人街你也不会饿肚子。看到你的窘迫,卖馕的巴郎子会给你一个热馕,卖羊羔肉的大哥会送你一碗肉汤,你在巴扎上和别人一样快活满足。别的地方买不到的东西,在这里都会找到。伊宁人戏称:你想买鸡的奶子,汉人街也能找到!乌鲁木齐曾有人托我在汉人街买一种去痣的特效药,说只有汉人街有这个东西,果然我在一个药摊上寻到了它。

汉人街泥泞的路上留下了我的脚印,穿过烟火缭绕的巴扎,我仿佛也沾满了生活的气息。春天来临的时候,维吾尔族朋友带我在这里吃过苜蓿饺子;炎炎夏日喝过现制的"格瓦斯"(俄罗斯饮料)和"沙朗刀克"(新疆冰激凌);深秋时节啃过羊头、羊蹄子;大雪飘落的冬天,坐在烤肉摊子前吃过烤肉。我在帽子巴扎买过一顶哈萨克斯坦的格子呢帽,戴在头上招摇了一个冬天。在汉人街,我还寻到了最纯正的伊犁民歌录音卡带,它悠扬的曲调伴随我度过了在伊犁的一段美好时光。

汉人街旁边的喀赞其民俗旅游区进行了新的改造,原来的大彩门由"喀什黄"改成了"伊宁蓝",更加艳丽和具有地方特色。汉人街街道两边正在改造建新,众多商铺摊点有的迁移到不远处的一座商厦内,室内的巴扎仍然叫"汉人街大巴扎",里面分了很多区域,干净宽敞,秩序分明。一个地方消失的东西,会在另一个地方更加蓬勃地生长。

汉人街朝东一条路上去是东梁街,那里主要居住的是回族居民,伊犁的回族人一般有吃马肉的习惯。那年冬天,伊犁的朋友杨君张罗了一场回族朋友的聚会,地点就在汉人街一回族小伙子开的一家餐厅里,主打美食是马肉那仁。初冬正是哈萨克人冬宰的日子,也是吃马肉的时候,回族老板苏么儿把草原游牧民族的美味精髓吃透了,又加了些回族风味,把一餐熏马肉做到了幸福的大门口,令人如痴如醉,好像一个落魄的失恋者在春天

千里云山何处好

遭遇了爱情。

杨君请来了几位回族民间唱家子弹琴唱歌讲"由闷儿"（幽默）。我参加过维吾尔族朋友的"沃图拉西"（聚会），弹琴唱歌就不用说了，那比吃什么饭还重要，最令人倾心的是他们善于用笑话幽默沟通交流。伊犁民间有很多笑话高手，受人尊敬和追捧。宴席上总有一两个神仙般的"恰克恰克其"（说笑话的），他们有即兴发挥的才情，张口就来，没有他们不知道的事，也没有他们不能说的事儿，在场的人都是他们戏谑调侃的对象，不管你是生人还是熟客，宴席上不时会有人发出放肆的、神经质般的欢笑。

没想到的是这里的回族朋友也同样具有这种特质，这是伊犁河谷特有的文化现象，是各民族之间相互学习、融合的结果。我觉得伊犁的回族人语言能力特别强，我接触到的几位回族朋友都会说好几种语言，维吾尔语、汉语、哈萨克语、锡伯语，有些回族是从中亚回迁过来的，所以不少人还会说俄语，真不知他们有几个舌头。他们说的汉语，有陕西关中方言的韵味，但又不完全一样，尾音带着"国沃"，被当地人称为"伊犁话"。它的辨识度很高，乌鲁木齐的回族人一下子就能听出"这个哥是吃钢粑铁的伊犁'国沃'"。

那个讲"由闷儿"的优苏尔即兴砸挂现场的客人，抓住客人的一个特点或者一句话便忽悠起来。他的嘴里有一个四处奔跑的舌头，几种语言在口中灵活转换，毫无违和。热黑手里操了一把精巧的巴扬(键钮式手风琴),他说他父亲是"修匣子"的,也是个琴师,他从小耳濡目染,拉琴如同说话,已经到了随心所欲的境界。热黑的手指在围棋子般的琴键上飞舞,音符从琴键上落下,如轻风掠过蔓草,又似火车轰鸣。优苏尔拿起两把小瓷勺,夹在手指中间,上下翻飞地打起响板节奏,两人默契得像事先排练过。一会儿回族小曲,一会儿维吾尔族、哈萨克族民歌,一会儿深情,一会儿明快。他们弹唱的回族小曲有西北回族"花儿"(一种民歌)的韵味,又融入了本地维、哈、俄等民族的民歌特点,悠扬、幽默,又有一丝深长的忧郁。

厨师兼老板苏么儿上完一道道美食后,又给大家上了一道大餐。他脱去围裙,挎了一架手风琴,大张大合地拉了起来,心随手动,歌由心出,俨然艺术家的范儿。那首熟悉的民谣《西格纳什卡》被他演绎得回肠荡气又妙趣横生,而一曲《骏马奔驰保边疆》则如疾风扫过草原一般豪迈凛凛,一时间简直让人怀疑:他究竟是厨子还是乐手?我说,这么好的才艺没上《星光大道》可惜了。他哈哈一笑说:"我没念下书,吃的是杂合粮,耍的是洋牌子。"他不会看曲谱,也不会看菜谱,全凭感觉和经验,用民间智慧把生活和精神调制得活色生香,完美融合。

我眼中的这些生活的歌者、民间艺术家,都是普通劳动者,有的跑边贸,有的开餐厅,有的做生意,有的就是农民,整日为生计奔忙,为光阴下苦,谁能想到他们还有这一身本事。他们是爱生活、会生活的人。不要以为他们只会傻乐,他们务实、勤勉,还带有一丝狡黠，不会"吃雀儿食，操骆驼心"，也少有在官前马后胡绕达的，心里的话只对愿意倾听的人说，眼界高着呢，精明着呢！

　　秋雨正在耐心地穿过伊犁，微风吹过，草木清香，五色炫目。有人把伊犁比作"塞外江南"，还真是小看了伊犁。它斑斓的色彩，浓稠的山水，多元一体的文化生态，乐观自信的各民族人民，都让这块地方散发出绚烂的魅力，连它的忧伤和哀愁都是辉煌绚丽的。

喀什韵味

喀什在磕磕绊绊中飞速发展，然而历史依然斑驳而清晰，凯瑟琳夫人笔下的喀什噶尔的颜色、声音、气味今天依然鲜亮、明快、芬芳。它的海纳百川，它的雍容朴素，夏天漫长的白昼，正午灼热的阳光，树影婆娑的果园，芬芳甜蜜的瓜果，还有走在街上悄悄爬上裤脚的黄色尘土……这一切都概括不了喀什。

"昨天夜里，我梦见又回到了曼德利。我仿佛是从那扇大铁门进去的。"这是电影《蝴蝶梦》的开头，不知怎么的，到了喀什，踏进其尼瓦克宾馆大门的那一刻，我脑海里就浮现了这句著名的开场白："我发现，花园和树林子一样，完全荒芜了。"

我又回到了喀什，和更多的新疆人一样，在口语里我更喜欢把这里称为"哈什"，这样叫起来才不生分，充满一种不见外的亲密。这个古老的城市在时代的洪流中依然保持着自己的特色和韵味,同时也乘上了经济社会发展的快车,城市在扩大,道路在拓展,昔日古丝绸之路的重镇,如今正成为"一带一路"的核心区,成为国家向西开放的重要窗口。

艾提尕尔广场上,鸽子飞起又落下,黄色墙面的清真寺顶上,一面五星红旗映在蓝天下,分外夺目。几个白胡子老人坐在木凳上,拄着手杖窃窃私语,一个母亲带着孩子专注地拿着零食投喂鸽子,一派和平安宁的景象。吾斯塘博依街上的那座二层蓝色的百年老茶馆,历经风雨,更加声誉卓著,吸引着游客前来打卡。老茶馆不光经营各种茶点、咖啡、酸奶等饮品,还经营缸缸肉、拉面、烤包子、烤肉、凉粉等美食。茶馆的二楼走廊上闲坐着几个老人,喝着茶,看着来来往往的人。这个茶馆还是美国派拉蒙影业公司 2006 年拍摄的阿富汗题材电影《追风筝的人》中的一个主要取景地。电影里阿米尔的父亲和导师就是在这个二楼回廊看风筝比赛,茶馆门前是童年的阿米尔和哈桑在喀布尔街头追逐奔跑的地方,一群鸽子在蓝天弦歌而过。时光流逝,恍惚如梦,一时竟分不清这是电影里的情景还是现实中的茶馆。

中午在一家精致的维吾尔族餐厅吃饭。一进门,精湛的砖雕艺术,让我们仿佛进入了一座世纪宫殿,不像是来吃个便饭,倒像来这里隆重做客。充满民族特色的装修风格,砖刻木雕,精美繁复,典雅华丽。一个小乐队位于餐厅一隅,卡龙琴、都塔尔、热瓦普、手鼓响起,乐声悠扬,如轻风掠过绿洲,万树婆娑。一个歌手半闭着眼睛轻吟曼唱,好像是首爱情歌曲,伤感而忧郁。这种氛围真是让人销魂,吃的什么似乎都不重要了。饭吃完了,我仍不舍离开。

喀什的道路宽敞多了,但依然拥堵。机场在扩建,有些道路在改造,纷乱又繁华。翻新改造后的老城成了 5A 级景区,基础设施比以前好多了。一些重点地段如恰萨、亚瓦格、吾斯塘博依等街道修葺后装饰一新,既是民居,又是景点,把古城风貌与旅游商贸有机融合。关键是这个国家级 5A 级景区是不收门票的,这在全国可能不多见吧?我去过的一些民居与景区一体的知名传统古镇,如丽江大研、贺州黄姚、湘西凤凰、桐乡乌镇等可都是收费的。喀什在这方面还是气象雍容、恢廓大度的。

从老城东门进入老城区,右拐拾级而上,是高台民居酒吧、餐饮一条街,居高临下,万千风物尽收眼底。傍晚时分,霓虹灯闪烁,人影幢幢,浮靡而有生机。这一片已经打造得像模像样,和其他省市的诸多酒吧风情街差不多,充满时尚和青春的气息,成为网红打卡地,也是多元文化的一种兼容吧。

以前到喀什游玩,就"三个麻扎,两个巴扎",都去得烂熟了。可朋友还是推荐我,一定要去新修建的香妃园游览一下,刚刚完工不久,变化可大了,绝不是原来的麻扎了。香妃在民间传说中很是有些影响,一些影视作品加深了这种影响,到喀什旅游的人大都熟知香妃墓,而少知阿帕克霍加麻扎。阿帕克霍加是17 世纪时喀什噶尔伊斯兰教白山派的领袖,曾去青海、甘肃巡游传教,还辗转到西藏求得五世达赖支持,把准噶尔的噶尔丹军

队引入了南疆，灭了叶尔羌汗国，在喀什噶尔建立了白山派霍加政权。之后噶尔丹兼并了天山以南地区。此后近200多年里，凡新疆发生的重大政治事件都有阿帕克家族的身影。清朝统一新疆的过程中，掀起叛乱的波罗泥都、霍集占兄弟是阿帕克霍加的曾孙。这个麻扎最初是阿帕克霍加埋葬其父玉素布霍加的地方，始建于1670年。阿帕克霍加逝后也葬入此地，由于其声望高于其父，从此这个麻扎叫"阿帕克霍加麻扎"。麻扎里葬着阿帕克霍加家族5代72人。1874年，浩罕入侵者阿古柏占领南疆后，曾对此麻扎进行修缮改建，才形成了今天的规模。清代称这里为"和卓坟"，民国始有"香妃墓"的说法。1999年列为国家文物保护单位，政府多次出资予以重建修葺。

　　游客熟知的香妃有两个版本：历史学家笔下的叫容妃，葬在清东陵；而民间传说中的香妃，墓在喀什。历史上阿帕克霍加麻扎就是一个热闹的地方。新疆已故著名画家哈孜·艾买提在他的回忆录里记载了20世纪40年代阿帕克霍加麻扎的盛景：每年五、六月份麦子变黄的时候，从南疆各地有数万人来到这里祈祷忏悔，祈盼平安。来这里的还有来游玩的游客、做生意的商贩、杂耍艺人、乞丐流浪者，那个季节这里人山人海，就是一个大巴扎。巴扎和麻扎是维吾尔人离不开的地方，有谚云："活着我们在巴扎唱歌，死了我们在麻扎睡觉。"现在这里依然游人如织。原来的阿帕克霍加麻扎，现在已被打造成一座宏大的香妃主题民俗公园，集历史文化展示、维吾尔民俗体验、观光旅游为一体,为国家 4A 级旅游景区,是南疆旅游的地标性景区打卡地。

现在的阿帕克霍加麻扎与我以前看到的简直就不是一个地方,除了陵墓、教经堂、清真寺等主体建筑没有变,可以辨认出来,周边完全大变样了。民居都迁走了,规模扩大了很多。整个园区宏伟气派而华丽多彩,传统民族风格与现代元素结合得非常默契。形制恢宏的主体陵墓前修了一个长长的水池,肃穆而壮丽,看上去有点像印度泰姬陵的缩小版。喀什文宣找准了"香妃"这个亲和柔软的女子形象,其中暗含着团结统一、和亲交融等要素,让其成为喀什历史文化象征性的人物。通过香妃形象的牵引,把多元统一的维吾尔民俗文化,维护祖国统一、民族团结的历史,各民族间交流交融的感情有机串联起来,是文化润疆的一大成果。

其尼瓦克宾馆不远处,出院子右拐走不多远就是地区公安局,这里是我和同事们工作的地方,喀什的熟人、朋友大都在这里。在这里,我经历了血与火的锻炼与考验,也曾在春夏之交的沙尘霾天里,度过一个又一个晦暗朦胧的清晨和黄昏。公安局在一堵古城墙里面,这里是赫赫有名的徕宁城,曾为清廷喀什噶尔参赞大臣衙署驻地,建于乾隆二十七年(1762 年),与北疆的伊犁将军府遥为掎角,天山南北相呼应,见证了边疆治理的百年风云。1826 年张格尔叛乱,徕宁城毁于战火。徕宁城被毁后,清政府又在离喀什噶尔旧城十五里的一个庄园建造了一座新

| 千里云山何处好

城,就是今天的疏勒县城。光绪二十四年(1898 年),清驻喀什噶尔的协台衙署又在原址重建,并在徕宁城墙旧址上又补筑一道半圆形城墙,称为"月城",与喀什噶尔旧城既相接又相隔,成为历年驻喀什噶尔官府和军队的驻地。解放后成为公安、武警等部门驻地。现在地区公安局前面这条路就叫尤木拉克协海尔路,"尤木拉克协海尔"在维吾尔语中有"圆形城"之意。马路对面有一个中亚闻名的大涝坝,早年城里的人就靠着这个涝坝解决吃水问题,现在修建成了一个中间环水的休闲、餐饮文化广场。

我住的其尼瓦克宾馆,历史上曾是英国驻喀什噶尔领事馆。"其尼瓦克"是"秦尼巴克"的转音,是英语 China 和维吾尔语 Bagh 的混搭,意为中国花园。宾馆院子后还保留着一栋原领事馆的房子,南北朝向,房外有很宽的廊檐,廊檐下有八根木制立柱,是当年领事馆的秘书办公室。房子有些破败,可看出来已多年没有维修了。院子里有一棵高大的圆冠榆树,枝繁叶茂,一人不能环抱。房前有一块石碑,表明这里是 1996 年确立的市级文物保护单位。

透过历史的风烟,这方小小的花园也曾是喀什的云谲波诡之地。19 世纪末 20 世纪初,英国殖民南亚次大陆,沙俄征服占领中亚,两大帝国在帕米尔高原抗衡对峙,虎视眈眈地把渗透扩张的目标对准新疆。那时,喀什这片要地曾经是探险家、阴谋家、政客、商贾、传教士趋之若鹜的地方。马嘎特尼的夫人凯瑟琳·马嘎特尼描写道:"人们用 8 种语言交谈着——俄语、英语、瑞典语、法语、汉语、维吾尔语、印地语和波斯语。"各种势力云集于此,进行间谍活动,搜集刺探情报,窥测形势,扶持势力,探险落脚,俨然一个二战时期的卡萨布兰卡。1881年沙俄在喀什噶尔设立了领事馆并派驻哥萨克军人,暂借民房办公。领事是野心极大、工于阴谋、飞扬跋扈的彼得罗夫斯基,他是"喀什噶尔最有权势的人","把新疆看作是沙俄非官方的殖民地"。1893年建立了正式领事馆,其旧址距离其尼瓦克宾馆不到两公里,位于今色满宾馆的院子里。我曾经去喀什出差,就多次住过这个宾馆,当时很陈旧,有沧桑感。现在已经修建得很漂亮了,在宾馆的花园深处还开了一家民宿酒店。

1890年,二十三岁的英国青年马嘎特尼(有中国血统)作为助手和翻译,随英国军官荣赫鹏(扬哈斯本)来到喀什噶尔。扬哈斯本离开喀什前,力促马嘎特尼留守在这里。最初马嘎特尼的身份只是"英国驻克什米尔公使的中国事务特别助理",1908年英国在喀什噶尔设立了领事馆,马嘎特尼成为首任领事,后升职为总领事。此时,"秦尼巴克不过是一个简单地圈起来的果园,有一些房屋和庭院"(斯坦因《沙埋和阗废墟记》)。1913年瑞典传教士豪格伯格设计并监督修建完成了总领事馆。这位传教士有多方面的禀赋,会用维语布道,又会做手术,还是建筑设计师,是个牛人。瑞典学者贡纳尔·雅林在《重返喀什噶尔》中写道:"在过去的岁月里,两个头上缠着色彩鲜艳缠头的印度士兵守卫着大门。当客人到达时,他们总要敬礼。那时候英属印度士兵的营房就在大门两侧……"

俄、英领事馆当时有个共同的任务,那就是为西方探险家在西域的探险和文物掠夺提供服务和帮助。斯坦因、斯文·赫定、曼纳海姆等西方探险家都曾在这里驻足,秦尼巴克是他们探险途中一个重要的驿站。马嘎特尼的夫人凯瑟琳·马嘎特尼随丈夫在喀什噶尔领事馆生活了17年,写下著名回忆录《一个外交官夫人对喀什噶尔的回忆》。这本书文笔优美温婉,让我们对一百多年前喀什噶尔的风土人情有了真切的体验和感受,引起读者深深的共鸣。她是这样描绘秦尼巴克的——"我们的花园很大,很漂亮。花园分为高低两处,沿着一个台阶就从低处走到高处了。高处的花园里长着果树,还有各种各样的蔬菜。这里各种水果争奇斗艳,有桃、杏、无花果、石榴,以及白的或黑的桑葚","低处的花园里郁郁葱葱地长满了柳树、榆树、白杨树,还有一种喀什本地的树:吉格达尔(沙枣)"。被称为"现代芬兰之父"的曼纳海姆(马达汉),1906年为俄国进行军事地理情报考察工作,在喀什噶尔拍下了大量珍贵的历史照片,也留下了秦尼巴克花园昔日的影子。风流总被雨打风吹去,英俄在喀什的觊觎和跋扈也早已灰飞烟灭。

20世纪90年代初期我常常来喀什出差,我曾在其尼瓦克宾馆住了近一个月,在这里过的春节。在宾馆后面的原领事馆房子里,我吃过一次宴餐,记不起来是谁请的客,有哪些人,只记得这座带廊檐的老房子、咚咚作响的红色木地板和院子里那棵高大的榆树。

那些日子，只要有空，我就背起小包，走出其尼瓦克宾馆，沿着对面的诺比西小巷，走到艾提尕尔清真寺广场，徜徉在古城的大街小巷，角角落落，足迹遍布老城区。碰到的大都是和善友好的人，当然也有醉鬼和眼中有敌意的人。走累了，停下吃几串烤肉，尝一尝喀什凉粉，喝一碗"沙朗刀克"。那时，小巷里还有小毛驴车载客，一块钱就能转遍老城主要街巷。走累了随时挡个"驴的"，晃晃悠悠，一路风景，满心欢喜。就是在那个时候，我开始了解喀什，认识喀什的。当年我常常伫立在地区公安局大院落满尘埃的树荫下，对着徕宁城残破的城墙遗迹，冥想着这块神奇地方的前世今生。

喀什在磕磕绊绊中飞速发展，然而历史依然斑驳而清晰，凯瑟琳夫人笔下的喀什噶尔的颜色、声音、气味今天依然鲜亮、明快、芬芳。它的海纳百川，它的雍容朴素，夏天漫长的白昼，正午灼热的阳光，树影婆娑的果园，芬芳甜蜜的瓜果，还有走在街上悄悄爬上裤脚的黄色尘土……这一切都概括不了喀什。这是我熟悉的喀什，也是我陌生的喀什，我与这个"中国花园"有丝丝缕缕割舍不下的情愫。有时想起来甚至有些伤感，不知什么时候还能再来这里住上一段时间，走一走古老的街巷，呼吸一下带着膻味、含有微尘的空气。我们追寻它的历史，见证它的发展，也期望它美好的未来。希望多久都不陈旧，未来多远都不是梦。

一起去可可托海

这个秋天，野水参差，疏林敧倒，色彩斑斓，空气清冽。

两个女孩子在可可托海的山谷里快乐地徜徉着，青春明亮而绚烂。

"眉眉要来咱家玩！"国庆大假前，女儿接了个电话后，小心翼翼地看着我的脸色说。

眉眉是我家女儿潇潇的大学同班同舍同学，家在南京，心系四海。"眉眉"是潇潇对闺蜜的昵称，只有叫错的名字，没有记不住的外号。眉眉大名叫什么一直让人恍惚，但黑眉细眼却是清楚的事实。那年送潇潇去南京读书的时候，在她们宿舍我见过这个小姑娘。她的父母姨姑一群人热火朝天、满头大汗地在宿舍为她铺床整理行李，这个小姑娘袖手在旁边，瞪着茫然的眼睛看着别人忙碌，好像身旁的事与她无干。

眉眉和潇潇不知怎么就成了朋友，成为无话不说的闺蜜。

千里云山何处好

她信任潇潇,常常把潇潇当作垃圾桶,倾吐心中不快,吐完自己舒畅了,却让我家潇潇郁闷一星期。该,谁让你把自己当成"知心大姐姐"了?大学毕业后,大家"作鸟兽散",天各一方。潇潇准备继续出国读书,眉眉则在南京找了一份工作。二人整天还是没心没肺地大把地挥霍着青春,时不时地打电话发微信,把成长中的快乐和困扰互相传递给对方。

"她是来新疆旅游吗?有计划去哪里吗?"我问。

"没有。她说就是想到我这里来,说要和我待在一起,上网、聊天、逛街、吃美食,把几天大假消耗掉!"潇潇很迷惘地说。

这不缺心眼吗?在哪不能上网,在哪不能逛街,花一把银子,在千里之外的前闺蜜家里猫上一个星期,又不是天各一方的恋人放不下隔夜的爱情,有这么不靠谱的孩子吗?在我们还没有拿定主意如何回复她的时候,兴高采烈的电话又打来了:已经订好了机票,国庆节前准到!

这真让我为难了。孩子的同学来了,总不能一个星期就窝在家里。多少知心话、多少秘闻一天也说完了,多火热、多缠绵的思念也不会叨叨三天吧。但不让人家来,显然也不合适。前些年潇潇在南京上学的时候,没少叨扰人家。每逢节假日,眉眉常邀举目无亲的潇潇去她家相聚,眉眉的父母像迎接远方的亲人一样款待潇潇。晚上,潇潇挤在眉眉的床上和她交流秘密,白天二人去夫子庙、新街口转悠,一个节假日、星期天就这样欢天喜地地过去了。我家潇潇是那种心地善良、知恩图报的孩子,也是那种有见识、要面子的女生。闺蜜来了，就是亲人来了，就得有接待亲人的办法，一定要让我家潇潇今晚安然入眠。

去哪儿好呢？盘算了半天，阿勒泰的可可托海还没有去过。正好有个朋友在那里做事，把那里说得跟天堂一样，什么神钟山、伊雷木湖、野鸭湖、三号坑等，且三番五次地发出邀请，这次节日大假就成全了他吧。也让眉眉这个南方孩子好好体验和享受一下新疆的大山大水大美，我们一家也难得相聚出游。就这么愉快地决定了，这个国庆大假要过得有声有色、有情有义！

为了让潇潇感受到我们家对她闺蜜的重视，我们一家三口一起去机场隆重地迎接这个小客人。在熙熙攘攘的人群中，长得中规中矩，黑眉细眼的眉眉，一点都不显山露水。看着眉眉一个人背着双肩包"浩浩荡荡"地从人群中走出来，我不由心中感叹，自己在这个年龄的时候，哪敢满世界乱跑啊！

眉眉来新疆居然没有跟家里说，这姑娘的心也太大了！我们催促她赶快给家里打个电话，讲清她的行踪。电话打回去把她家人吓了一跳，她妈妈在电话里干着急又无可奈何，只有千叮咛万嘱咐，把那么多不放心都拜托到我们身上了："她要告诉我们，就一起去了！"

向朋友借了一辆性能良好的越野车，约上朋友老王两口子，第二天一早我们一干人马就快乐出行了。出乌鲁木齐，穿过准东油田、五彩湾和卡拉麦里山自然保护区，拐入216国道一路北上，朝着可可托海进发。一路上，五彩湾的雅丹地貌和准噶尔盆

地辽阔广袤的荒漠景观,让城市长大的两个孩子惊奇不已,一直瞪着眼睛,半张着嘴巴,像两个小傻子。偶尔看到窗外一群牛羊或一只骆驼便大呼小叫,并随时把自己惊奇的发现发到网络上。

天临黑,我们才开始进入额尔齐斯河谷,在可可托海崎岖的公路上蜿蜒慢行,潇潇和眉眉打着瞌睡丢着盹,早就没有了一路上的兴奋。到了目的地,天已经黑透了。和朋友在黢黑的夜里"鬼鬼祟祟"地接上了头,他让我们跟着一辆亮着尾灯的引导车前行。跌跌撞撞地来到几排有灯光的屋前,潮潮的凉风吹来,隐隐有水的味道。朋友说,我们到了伊雷木湖边,其实这是一个大水库。

要在湖边吃饭了。潇潇和眉眉这时又来了精神,在吃饭前的空闲时间,二人好奇地在房前屋后探索窥测,东串串,西转转,逗逗狗,追追鸡。轻率莽撞准没好事,一不留神眉眉就失足了,一脚踩空掉进了鱼塘。我们都愁死了,已经秋凉,她的裤子和鞋全都湿透了,她只有一套衣服鞋袜,没有备用。大家忙着给她找裤子,换鞋子,可她一副大大咧咧、无比兴奋的样子,一直在问:"刚才我掉到鱼塘会不会踩死一条鱼,会不会啊?"

这孩子真是热爱美食,只要上了菜,她都用带着酱油味的南京话热情地赞美一番,且表情丰富,声音夸张——太好吃了!她从未见过这么轰轰烈烈的桌宴,大盘羊肉大盘鸡,大盆鱼汤大碗面,和婉约的南方菜系完全是两个世界。这并没有让她有丝毫却步和为难,她像我家潇潇一样,面对美食,拿出吃货应有的品质,敢下嘴,不挑食,吃得豪爽大气,吃得酣畅淋漓,满脸冒汗,双手浸油。我恍然觉得这孩子从小就是在这长大的。

吃罢喝罢,人困马乏,我们又跟着朋友那亮着尾灯的引导车,在墨一样黑的夜里游荡到住宿的地方。那是一个小院,有几栋平房,昏暗的灯光从屋里强打着精神溢出来,有气无力。我向房东借了一把吹风机,交给眉眉,嘱咐她一定把自己的鞋裤烘干,否则明天她会很不舒服。

第二天一早,一阵闹嚷嚷的声音把我们吵醒。出得门来,阳光刺眼,蓝天湛远,院里几棵白桦树金灿灿地在晨风中飒飒作响。眉眉和潇潇在院里正晾晒着昨天浸水的裤子和鞋子。我问:"不是昨天给了个吹风机吗?怎么还没吹干?"眉眉口中嗫嚅,顾左右而言他。潇潇告诉我,昨晚眉眉拿到吹风机后,不是耐心地对着鞋子烘吹,而是往鞋里一塞就去刷手机,上网聊天了。可怜的吹风机在鞋子里轰鸣了一会儿就坏了,潇潇又气又恼,又没办法,说也不是,骂也不是。眉眉是那种没心没肺,不会看别人眼色来事的孩子,既不会讨好别人,也不会因为自己哪里做得不好而愧怍,像什么事也没发生一样,心安理得,一点自我批评的意思都没有。她并不认为自己哪些地方做得不妥,如刚刚升起的太阳,昨天咋样,今天还咋样,人情世故远不如我家潇潇。

可可托海的秋天像是被点燃的焰火,耀眼炫丽。明亮鲜艳的桦树林黄灿灿的,一直铺到天边,里面间杂着已经泛红的松林。这里是额尔齐斯河的源头,河水从山谷缓缓流出,阳光在宽阔的河面上烁烁跳跃,远方的秋风穿过挺直的桦树林,带来幽冷的气息。雄浑的花岗岩山峦幽暗沉默,湛蓝的天上偶尔一两片慵懒的云朵聚聚散散。河谷里最大的山峰就是阿睦尔撒纳峰,它像个巨大的武士头盔,又像一座矗立的洪钟——它现在的名字就叫神钟山。这里曾经是准噶尔汗国的游牧地,而阿睦尔撒纳是准噶尔汗国的最后一任大汗,这座山峰应该是蒙古人为纪念这位大汗而命名的。今天它被称作阿米尔萨拉峰,还附会编成了一个滥俗的哈萨克民间爱情故事。

潇潇和眉眉穿行在山涧丛林中,徜徉撒欢,摆出各种姿势拍照,留下青春的影子。这些孩子照相很奇怪,偏不把自己的眉眼照清楚。要么用纱巾或头发把脸遮住,让自己的面目含糊不清;要么转过身去留个背影造型,让你猜猜我是谁。对这里的人和畜,她们像见了神仙一样惊奇。在一个卖奶酪的哈萨克男孩子前,潇潇和眉眉为了满足自己强烈的好奇心,和这个碧眼黄发的小巴郎攀谈交流,买下了一堆酸奶疙瘩。有时听不懂对方的话,眉眉一着急竟然说起了英语,以为人家可以听明白。

看到一匹马在河滩上闲晃着,孩子们兴奋得像见到了远方亲戚,急急走上前去,摘了一把草,对这个陌生的朋友仔细观察打量了好长时间。在城市成长的她们,身边的动物都是小狗小猫小鸟,只在电影电视里见过这些人类的大朋友。她俩把自己带到了电影中,心思辽阔地喃喃地和马儿在说着什么。河水静静流淌,路边野花小草在秋日阳光和清冽空气中,专心蓬勃生长,独自枯荣。潇潇和眉眉与那匹棕色的马在一起待了很长时间,恋恋不舍。让人想起了《董小姐》里的一句歌词:"爱上一匹野马,可我的家里没有草原。"她俩是不是在落寞地给那匹马唱这首歌呢?

这个秋天,野水参差,疏林欹倒,色彩斑斓,空气清冽。两个女孩子在可可托海的山谷里快乐地徜徉着,青春明亮而绚烂。

一杯纯正牛奶

我们在这里喝到了最原始纯正的牛奶，牛奶是当地哈萨克牧民刚刚挤下送来的，没有掺添任何东西。杯子上浮着稠稠的奶油，香气氤氲，古意盎然，还带有一丝牛身上特有的膻臊味。在遥远的地方，一杯牛奶也是十分诚恳的。

伊犁是一个多情而有魅力的地方，还有哪个地方像它一样，集雪山、森林、草甸、峡谷、河流于一身，浓蓝墨绿，养眼走心。春夏鲜花缤纷，冬日雪落四野，牛羊闲落在山间，骏马驰骋于草原，多民族文化相互影响交融，既特色鲜明，又和谐共生。工业信息化与游牧农耕在同一时空下顺滑切换，没有违和之感。大山大河养育了茁壮骄傲的人们，自负豪爽，睥睨天下，能和你掏心掏肺，也能酒后翻脸。一切都是那么迷人而亲切。

我在伊犁有过两年多的工作经历，这使我有机会走一走伊犁的山川草原。在许多地方，我都留下过脚印，唯琼库什台没有去过。那时它还隐在深山,籍籍无名。琼库什台现在越来越有名气了,吸引着旅游者。它还是徒步到乌孙古道的一个入口,徒步爱好者会从这里进去穿越到南疆。听说我要来伊犁,朋友杨君强烈建议我到琼库什台走一趟。

琼库什台在特克斯县,那是一个偏远的山区村落,距伊宁市大约 200 公里。琼库什台一般解释为"大平台",然而伊犁的朋友却向我指出:琼库什台被称为"大平台"是以讹传讹,它真正的意义是"大桦树",是哈萨克语和蒙古语混搭起来的一个词。不管怎么称呼,它都是一个遥远的地方,一个令人向往的地方。

通往琼库什台的乡村道路都铺了柏油,虽不宽敞也还平坦,一路翻山过沟,曲折逶迤。已近晚秋,山塬上草甸已经开始枯黄,有牛羊星星点点地镶嵌在上面。河谷里树林茂密,一条碧绿的河流从遥远的地方蜿蜒流过来,又流向更远的远方。已经泛黄的草场上,三三两两的公牛母牛瞪着湿润的大眼睛,神情茫然,嘴里不停地咀嚼;一群聚拢在一起的羊,在一块背阴处规规矩矩地一动不动,仿佛在聚精会神地开着一个重要的会;几匹懒散的马,好像刚跑完一个长途,正在休息缓解疲劳,它们若有所思,低头嗅草,偶尔抬起头看看路上经过的车和人,眼中有一种无视甚至是睥睨的态度。

路上不时会遇到几个牧民赶着一群群牛羊转场,有的骑着马,更多的骑着摩托车,带着帐篷和生活用品。牛羊浩浩荡荡,扬起一天尘土,有时它们会霸道地堵在路上,半天也不移动。眼下夏天已过,高山上开始下雪,正是"秋天雪赶羊"的转场时刻,他们要去秋牧场。广阔壮丽的天山是一个垂直牧场,在大山深处生活的牧民自有生存智慧以及与自然和谐相处之道,游牧时代的地理环境决定了他们的生产生活方式。他们沿袭千年来的游牧方式和传统,随着季节的变化在不同牧场来回迁徙。他们的性子也在烈日和风雪的磨砺下如巍巍大山一样,沉默淡然而又无比坚实。

现在越来越多的牧民开始了定居生活,车行驶在河谷地带,一路上不时可见一片片的牧民定居小区和用围栏保护起来的草料场。曾经的游牧者定居下来,种植饲料,圈养牲畜,垦地耕种。牧人都不骑马了,他们兴高采烈地骑着摩托车,赶着牛羊,来来回回奔波。已经进入信息化时代了,而传统的游牧生产生活方式虽还在偏远的山区顽强地存活着,却也在不知不觉中慢慢被销蚀。在经济、社会、文化、生态环境的变迁中,草原上的毡房渐少,定居点里的砖房正在取代它。无论你再如何眷恋传统的生活方式,渴望自由自在地遨游,也挡不住时代潮流的激荡。我甚至有些悲观地去想:有一天骑手也会消失,骑马奔驰的都是表演者。自从横扫千军的万骑铁马被马克沁重机枪和坦克的钢铁洪流碾压之后,马的命运就日益边缘化,"著鞭跨马涉远道""骏马奔驰保边疆"也渐渐成为遥远的记忆。以后马的命运会不会和牛羊一样,除了成为取悦人们的表演工具,还会成为食客餐桌上源源不断的寻常美味呢?

一路看着风景，赶着路程，上上下下地翻过大山，穿越河谷，傍晚时分到达一座山峰。峰顶上是一块很宽敞的平地，路边有一个四周围起简易栅栏的大院子，这就是我们要住宿的地方。车一进院子，就有一条黄狗过来摇尾迎客，殷勤得好像见了熟人。这是一家民宿客栈，主体建筑是一间大毡房，院子里还有两栋彩色的木板客房，还有几间房屋正在施工修建。院子一隅种了些花草，一下子使这个山峰平台上的院子充满了生机，整个山都枯黄了，只有这里色彩鲜艳，绿意盎然。

　　落日的余晖在远山冷却，已近深秋，山上的草已泛黄，远处的雪峰在熠熠闪光，东西两边山峦层叠，像大海的波峰浪谷激荡延伸。天空不甚通透，不见苍狗般的浮云，只有朦胧的浮尘。有许多牛羊散落在山坡上，在夕阳的剪影下更显天高地阔。普普通通的毡房、木板屋和那些花花草草，在琼库什台的黄昏里沐浴着夕阳，宛如镀上了一片薄金，像童话世界里的景物。

　　奔波了大半天，风尘仆仆，有些困乏，一进毡房就有种身处温暖的家的感觉，人一下子就放松了。毡房很大，从外面看很普通，和哈萨克毡房没什么不同，进去后才发现收拾得很有格调和品位，既有传统风格，又有现代情调。经过精心的设计装修，里面分隔出了几个单元：会客厅、餐厅、厨房、住宿区。客厅墙上挂着风景照片和几幅油画、素描等美术作品，长长的条桌上摆放着紫砂茶具，一个花瓶里插了一束芍药花，发出隐隐暗香。屋子里还陈列了一些哈萨克衣饰、绣品、牛角、羊头等民族工艺品。

民宿主人是个四十岁左右的干练女人,精瘦,长发,戴一顶灰色棒球帽,叼着一根细细的香烟,落拓不羁的样子,一看就是有故事的人。晚饭后,我们一起坐在昏黄的灯火下,一边喝茶一边聊天,颇有"草草杯盘共笑语,昏昏灯火话平生"的感觉。她以前是资深驴友,以行走天下为理想,用自己小小的步伐丈量广阔的世界。她去过许多地方,见过奇山异水,经年行走在路上,健康体魄,淘洗灵魂。直到有一天走不动了,便离开闹市来到这里开了一家客栈。她常年住在山上,避离纷扰的尘世,亲近花草和牲畜,和哈萨克牧人成为朋友,干着自己喜欢的事情,远方看云动,高处听风吟。这是个对生活有情的人,绵长的光阴是不会辜负她的。

在这个温暖的晚上,我们远离了尘嚣,听着别人的故事,思考着自己的生活,发出人生感慨。我们在这里喝到了最原始纯正的牛奶,牛奶是当地哈萨克牧民刚刚挤下送来的,没有掺添任何东西。杯子上浮着稠稠的奶油,香气氤氲,古意盎然,还带有一丝牛身上特有的膻腥味。我从来没有喝过这么纯正香醇的牛奶,竟舍不得一下子喝完,在口腔和心田之中慢慢品咂古典之味。在遥远的地方,一杯牛奶也是十分诚恳的。

客栈主人养了三条狗,是当地普通的牧羊犬,一黄两黑,皆性格温顺、皮毛油亮、眼睛有神,见到客人如见到远方亲人,跑前跑后地撒欢,讨人喜欢。一条称职的看门狗,不应该和陌生人亲热,这狗太没狗样了。它们是享福的狗,不用放羊看牛,有吃有

千里云山何处好

喝。天地广阔,它们天天如疯孩子般跑出去玩耍游荡。说看家护院吧,它们又没有那么凶,让人畏惧害怕,陌生人用一块骨头就可以拿下它们。它们似乎也没那么忠于职守,晚上汪汪叫两声就算尽到责任了。这样无所事事、不劳而获的生活,别说当地牧羊犬,连城里的宠物狗都会羡慕。那条叫阿布的黄狗可以进屋子用餐、睡觉,卧坐在主人或客人的脚下;其他两条黑狗只能待在门外,就连在门口朝里探一下头,也会被黄狗驱离:狗的世界也是等级分明,秩序稳定。半夜时分,黄狗在毡房呼呼大睡,外面两条小黑狗还在值守,过一会儿例行公事地吠上几声,打破夜的寂静,似乎表明它们也是黑夜的一部分。

第二天早上,我们顺着山上蜿蜒的道路下到琼库什台村。这里才是到了真正的旅游景区,和山上枯黄迷蒙不同,这里天蓝地绿,松林茂密,草甸宽阔,河流相随。琼库什台村落就在这山坳里,房屋星点,炊烟袅袅,一派世外桃源的静谧。这种平静很快会被打破,人们会蜂拥而至,从他们待得烦腻了的地方来到这里。进入村口的地方已经在兴建土木,修建旅游设施,准备要收费了。草甸子上新建了不少民宿客栈,门口三三两两地停着自驾游的车辆。不久这里也会和那拉提一样喧闹,成为热门的旅游地点。美好的地方,值得你把一些时光浪费在这里。

奇特的「龙脊谷」

所谓"龙脊谷"是戈壁滩上耸起的一排排垄岭，有 20 多平方公里，是经过千万年的地质变迁，经风化、风蚀和间歇性流水冲刷所形成的一种奇特地貌。

准噶尔盆地有着无比丰富的雅丹地貌群，有"史前地质博物馆"之称。著名的乌尔禾魔鬼城、五彩湾雅丹地貌群、额尔齐斯河谷五彩城等都已广为人知。塔城地区和布克赛尔蒙古自治县的地界上也有这样一个神奇的地方，当地人称为"龙脊谷"，知道这个地方的人不多，前些年地图上都搜寻不到。那年到塔城出差，塔城的同事开车送我们到和布克赛尔，说会经过一个叫"龙脊谷"的地方，地形地貌非常奇特，建议拐进去看看。

"龙脊谷"在和布克赛尔境内，距县城有六七十公里左右。和布克赛尔这个地方可不容小觑，是卫拉特蒙古准噶尔部发迹和崛起的地方。巴图尔珲台吉是准噶尔汗国的奠基者，他在和

布克赛尔筑城修墙、请神礼佛、垦地种植、开通商贸，和布克赛尔成了准噶尔部的政治、经济、文化中心。噶尔丹统治时期，把松散的部落联盟改变为垄断权力的汗国，中心也逐渐转移到伊犁河谷的阿力麻里。准噶尔汗国的杀伐、征战、叛乱、内讧不断，再后来，我们都知道，在与清朝长达七十多年的战争中，一度强悍庞大的准噶尔草原帝国最终覆灭，致"数千里间无瓦剌一毡帐"（魏源），只留下"准噶尔"一个地名。现在这里的蒙古族是东归的土尔扈特人的后裔。准噶尔古城遗址还有遗存，芳草萋萋掩着土堆，就在现在县城的东南面约五公里处。这次出行打算去看看。

我们在 318 国道边上朝南的一个岔路口下去，沿着一条简易土石路，行进了大约十多公里就到了"龙脊谷"。

所谓"龙脊谷"是戈壁滩上耸起的一排排垄岭，有二十多平方公里，是经过千万年的地质变迁，经风化、风蚀和间歇性流水冲刷所形成的一种奇特地貌。如果登临高处俯瞰，数列砂页岩垄脊蜿蜒于阔野，如游龙腾跃，四周彩丘连绵，宛如城池堡垒，在视觉上很是震撼。

我们到达时已经是下午 6 点多，阳光高照，山谷死一般寂静。千万年的风蚀水凿，使得这里的地貌狰狞而神秘，砂岩和泥岩山丘高低错落，在夕阳的照耀下，呈现出赭红、灰绿、褐黄等颜色，有的像大海中潜游的巨龙，有的如白垩纪期的恐龙，还有的如同经过烽火兵燹的古城堡。我们徘徊在寂静的山谷中，好像

穿越了几个世纪，有一种时光倒流的感觉，充满神秘与梦幻，把我们的思绪带回另一个时空：金戈铁马，攻城略地，征战杀伐……这正是这片土地上发生过的事情，曾成就了英豪枭雄，也带来了无数的灾难和创痛。

置身绮丽的景色，还让我想起了美国西部片中经典的取景地——纪念碑谷。《关山飞渡》《正午》《与狼共舞》等经典影片使纪念碑谷闻名于世，也使其成了美国西部的永久象征。在荒凉的平原和壮丽的大峡谷，诞生了牛仔、警长、强盗、马匹、火车、酒馆、小镇交织组成的西部传奇，也诞生了美国梦。梦想带来激情，从文化意义上来说，美国的西部传奇为社会冲突提供了一种虚妄的解决方法和英雄神话。有些西部电影的故事情节，观众可能都记不清了，但西部奇侠和西部那苍凉壮美的影像，在人们的脑海里一直挥之不去。就如同李安、徐克的武侠片是江湖梦，约翰·福特、伊斯特伍德的西部片就是美国梦。近年来有不少西部题材影视剧在新疆取景，乌尔禾的魔鬼城已经在《卧虎藏龙》等多部影视剧中亮相，渐为人知。而"龙脊谷"还"养在深闺人未识"。其实"龙脊谷"景观多样、群落多姿、苍凉雄浑，并且变化多端，是很好的西部电影取景地。此地靠近国道，进出方便，完全可以打造成集旅游景区、影视剧基地为一体的西部景观。

我们在"龙脊谷"徘徊了两个多小时，直到太阳西落，彩霞满天。"龙脊谷"在夕阳的映照下，像一片燃烧的城堡，又像是飘渺的海市蜃楼。我们没有从北面原路返回，决定冒个险从另一方向穿过戈壁直接到和什托洛盖镇，算了一下，也就五六十公里的路程。这个轻率的决定让我们差一点身陷绝境。

越野车在戈壁滩上撒欢疾驰，一路上景观依然壮阔，风光旖旎。远处，雅丹地貌群落怪石嶙峋，在夕阳映照下赤红耀眼；脚下，彩石斑斓，铺就了一条光灿灿的大道，随手捡起都可能是一块"戈壁玉"。在这个人迹罕至的地方，遍地都是这种宝玉，随便俯身下去都会有收获。

"在你面前，黄金般的土地和各种未曾预料的事都在静静地等待着你，令你大吃一惊，使你因为活着看到这一切而感到快乐。"《在路上》一书中，凯鲁亚克的这句感受和感慨也特别契合我此时的心境。

然而，沉浸在这天广地阔的美好中，是容易陶醉、容易产生错觉的。在灿烂的景观后面，隐藏着危情，人在大自然中是不可以忘乎所以的。谁都没有想到我们会在戈壁上迷路，也没有想到仅仅方圆几十公里的地方我们都走不出来，远处的灯光甚至都可见了，可就是接近不了它。空旷的戈壁中，天格外黑，如一滴墨水融进了黑夜，你我近在咫尺却看不清对方的眉眼。我们完全迷路了，像被关在一间巨大的黑房子里。黑灯瞎火的，越野车在干涸的河床和灌木丛中瞎转悠。大家在迷失中都有些紧张，有人调侃道："我们不会成了彭加木吧？"

还好，我们是幸运的，驾驶员在关键时刻保持了定力，车里的油也还够消耗。在戈壁滩上多绕了一百多公里,半夜时分终于看到了矗立的电线杆,顺着电线杆找到了出去的路。先到了乌尔禾镇,然后顺着公路毫无悬念地赶到和什托洛盖镇,这时已经是凌晨 2 点了。

这一趟错过了和布克赛尔县城。第二天由于急于赶回去,心心念念的准噶尔古城遗址只有等下次有机会凭吊了。

戈壁深处有个小镇

　　不知为什么，那个明朗秋日的旅行、那个恰库尔图小镇上的人和事，如雨后林中的蘑菇，时不时就在脑海里长起来了。

　　秋天是新疆最蓬勃、最美好的季节。那个并不遥远的日子是一个国庆节，风轻日丽天蓝，正是出行好时机。约了朋友老王一家，带着老婆孩子一起驾车去可可托海游玩。在额尔齐斯河上游色彩斑斓的秋色里尽情享乐了两天，直到又累又乏。本来计划还要去阿勒泰，可这时已审美疲劳，精神萎靡，面对大美山水已经没有心劲了，就想赶快回家美美睡一觉，缓解一下疲劳。

　　一大早吃饱喝足，车子加满了油，就急匆匆地驱车上路。可可托海到乌鲁木齐有 500 多公里，我和老王换着开车，不出意外的话，天黑前就能到家。人在路上，就担心意外发生，可它还是鬼鬼祟祟地来了。

从可可托海出山不久，发现左前车轮发出异响，跑得越快，响动越大。这时正走到戈壁滩深处，前后不着村落，除了偶尔可见悠闲的骆驼、牛马，一个人影都看不到。车要是在这里坏掉，那可真是要了亲命了。还好，老王是资深钳工，又深爱汽车，懂得机械维修，停车检查后发现是刹车轮毂上的一个卡子出问题了。简单处理一下还能勉强行驶，要是想彻底解决这个问题，只能到修理店再换零件。也不敢开快车，只能磨磨蹭蹭、小心翼翼地慢行。一车人望着窗外空寂的荒原，都不吱声，在心中默祷能平安赶到有人烟的地方。就这样提心吊胆地跑了近百公里，过了乌伦古河大桥，树木村落渐渐多了起来，恰库尔图镇适时地出现在我们的视野，大家悬着的心才放了下来。

　　恰库尔图镇在准噶尔盆地深处，是阿勒泰地区富蕴县的一个小镇，距乌鲁木齐约 400 公里。小镇不大，216 国道从小镇穿过，因此它也成为一个驿站，饭馆、商店、宾馆、汽车维修店、加油站以及补胎打气的小店铺都一应俱全。

　　把车开到路边的一家维修店，修车师傅检查了一下，觉得问题不太大。我们开的是一款"公羊"越野车，师傅说，这种车是小众车，这里没有车配件，只能自己打造。他花了好长一段时间找替代材料，然后打磨成型，再安装。一切就绪后，师傅擦着油手说："跑到乌鲁木齐一点麻达没有，到乌鲁木齐 4S 店再换配件吧！"该算账了，我小心眼地揣测了一下：200 元吧？我的心理底线是 500 元。哪想，师傅说："50 元。"啊？太让我们意外了，心里窃喜且感动，真是厚道人啊！

不久前刚刚看了一部宁浩导演的电影《无人区》。电影是在新疆哈密三道岭取的景，貌似说的也是新疆北疆的汉语方言，让人有一种熟悉的代入感。电影里无人区沿路都充斥着利益、欲望和黑暗，贪婪狡诈的加油站老汉、小卖部老板娘敲诈着过往的每一个人。地方越偏僻，人性的黑暗就放得越大。在这里生存的都是不讲道理的生猛狠人，所有的法则，无论善恶，统统失效。幸好这只是一部寓言式的电影。我们也经过无人区，朗朗乾坤下，法治社会中，沿途遇到的都是满满的善意。

已过中午，怎么着也得吃了饭再走，还得休息一下，舒缓一下刚才紧张的心情。一般在北疆出行吃饭，回族人家的饭馆是第一选项。回族人家的餐厅干净卫生，饭菜味道好是出了名的。大盘鸡、丸子汤、闷饼子、拌面、揪片子等既是家常饭菜，也是饭馆招牌。车在一排饭馆前刚停下，一个四十多岁戴着白帽、脸膛通红的回族汉子便殷勤地迎上来，露出狐狸般狡猾的微笑，脸上的皱纹和皮鞋上的皱纹一样多。

他一边把我们往他的饭馆里让，一边说："姑舅们这儿来，这儿来，好菜好饭在这儿呢。"从口音和穿戴上看，我思忖，他可能是吉木萨尔或阜康的人，这两个地方离这儿最近，顺着这条国道一直南下就可到达。

饭点已过，人去室空。餐馆不大，干净清爽，有七八张桌子，后堂通透，一目了然。白帽男子招呼我们坐下，先泡了一壶浓浓的茶,再逐一倒上,然后他拿出 100 元往我手里塞,这让我心生诧异:在这吃饭还倒给钱? 他笑眯眯的脸更像狐狸了,紧接着说:"师傅,帮我捎带一个人到乌鲁木齐,一定要帮我这个忙!"诚恳的样子让人无法拒绝,再说也不是白占便宜,他先给了一个不容拒绝的条件。

白帽男子好像在这里待的时间长了,有些寂寞,终于碰到了愿意听他说话的人,就不拿自己当外人,滔滔不绝地说了起来。他说自己的家在乌鲁木齐二工乡,家里几辈子都是种地的,在城市化进程中,由农民变成了市民。这些年凭着家传下来的手艺,一直和媳妇在家门口开饭馆。几年前到阿勒泰游玩,路过这里的时候,看到这里客流量大,过往吃饭的人多,有商机,于是凑了些钱,租下房子,带着媳妇一起开起了饭馆。

白帽男子说,这个地方原来是蒙古人蹲(生活)的地方,现在只剩下蒙古名字了,恰库尔图在蒙古语里是"长满羊草的地方"。现在这儿主要是哈萨克族居住,他们为人实诚,信用好,但饭菜粗放,是牧民的方式和口味。要说茶饭还是咱回族同胞的攒劲。

"跑这么偏远的地方能挣上钱吗?"我问道。

他说道:"行呢吧,这儿虽是戈壁深处,但过往的车多,都要在这儿打尖休息一下,我们家的饭菜还是有些名声的,多少能挣上一些,要不然熬油费火地图个啥呢。"

人没钱了短精神,有了钱也泼烦(烦恼),各人的难辛各人知道,跟谁说去呢？白帽男子摇晃着头,坐在那里一下一下拍着膝盖,对着我们诉说起来:"我没有把书念下,只有下苦的命,远离家人,早起晚睡,挣几个眼仁子(钱)也不松快,都是辛苦钱,但是我们也知感呢。"

听着他的嗟叹,我不由得把马尔克斯那句"在坎坷中奔跑,在挫折里涅槃,忧愁缠满全身,痛苦飘洒一地"(《百年孤独》)的感慨和眼前这个人联系在了一起。

这时一扎着头巾、系着围裙,曲眉丰颊、明眸善睐的妇人从后堂出来,老板娘闪亮登场了。她一面手脚麻利地收拾着桌子,一面打断男人的唠叨:"哎,老汉,不要再说了,干点正事,把那边的桌子收拾一下。"回转头又笑意盈盈地问我们:"你们吃些啥呢？"同时拿来一份花花绿绿的菜单让我们点,一看就是当家做主的攒劲人。

我们当然是吃快捷又丰满、难舍难离的拌面了。不大工夫,巧手媳妇就把几个色香味俱全的小炒端上了桌子:野蘑菇炒肉、红辣皮子炒肉、酸白菜炒肉、青辣子茄子炒肉……色味俱佳,看着都忍不住流涎水。很快面也下好了,筷子一挑,筋道细腻,银练欢腾。拌面是家常饭,谁都会做,但做出让人交口称赞的品质来的才是高手。美食在眼前,饥肠在召唤,顾不得再说什么,也听不见那个唠叨的白帽男人在说什么。把菜拌到面上,扯开一瓣蒜,倒上一点醋,吸溜吸溜地大嚼起来。

吃饱喝足正舒坦的时候,那白帽男人领来一个瘦女子,说:

"这是我妹妹,麻烦你们把她捎到乌鲁木齐。坐班车受罪得很,你们的车子舒坦些,拜托了!"说着还抱双拳作了个揖,让我觉得有些滑稽。那女子三十多岁,瘦溜溜,细眉眼,薄嘴唇,脸上施了薄粉,穿戴紧称,脖子上系了个纱巾。她满脸惆怅,眉头紧锁,像是在和谁生气。也不和她的哥嫂打招呼,气呼呼地直接就上了我们的车。

一路上,我们好事地和那瘦女子有一搭没一搭地聊了起来。女子愤愤地说:"我这个哥哥孽张(可怜)得很,让一个女人拿住了!"我们把她的抱怨当故事来听,以排遣旅途的寂寞,不时也开导安慰几句。

听女子说,她哥哥和嫂子从乌鲁木齐到这里开饭馆已有三年多了,当年大家帮了他不少忙,他们也挣下了些钱。儿子的媳妇说下了,家里的楼房也盖起来了。嫂子精明能干也很强势,哥哥性格良善懦弱,家里都是嫂子拿事。

她把话题打开了:"父亲去世快十年了,兄妹几个商量要在父亲忌日祭祷一下,想让哥哥出个头,那么长时间一直没有回音,这回就撵到这儿来了。嫂子给我摆了一堆困难,说饭馆刚装修完,娃娃要出门上学,还要准备买辆车,手头不宽展,没有那么多钱,明年再说。我哥又做不了主,我就和嫂子嚷仗了。上回,我嫂子她妈三年的忌日上,嫂子张罗过事,我哥一句闲话没有。该到我们家的事情上,她就不宽展了? 心没放端!"

"你们说她这么做对嘛不对?"女子质问起了同车的我们,

好像我们是她嫂子家里的亲戚。

"当家才知柴米贵,换个位子想一下,你哥嫂可能现在手头确实不宽裕,为难着呢。我看你哥的性格比较柔弱些,有些大事情可能真的做不了主。"老王媳妇以过来人的身份劝导她。

她叹了口气,摇摇头,有些恨铁不成钢的怨愤:"我这个哥真是让人提不成,啥事有娘老子的事情大呢。"然后就不吭声了。瘦女子瞪着细小的眼睛,若有所思地盯着窗外,这一趟她跑了那么远,看样子她的期待在她哥那里落空了,回去怎么和兄弟姐妹们说呢?她渐渐平静了下来,脸上也难得地祥和起来。

216国道从卡拉麦里野生动物保护区核心区穿过,如果在白天,不时远远地可以看到普氏野马、野驴、黄羊等多种野生动物。而现在夜幕降临,道路上行驶着运送煤炭、石材的重型卡车车队,灯光闪烁,如滚滚洪流,绵延不断。我很少长途开夜车,对面重车疾速开来,喇叭长鸣,灯光刺眼,令人惊魂。我眼神不好,不敢开快,紧张得像惴惴不安的兔子。坐在旁边的老王比我还紧张,不时对我断喝。身后一车人充分表现出对我的不信任,瞪大眼睛抓紧手柄,如临深渊般警惕。老王实在忍受不了了:"这个速度明天早上也到不了!"他和我换了位置,接过方向盘,车子像骏马出栏,立刻有了精神,速度也起来了。

到了五彩湾附近,我们离开216国道,准备从准东油田内部的道路穿插而过。和准东的朋友电话联系,得以过卡进入。一方面节省了不少路程,更主要的是这是油田内部的道路,外部车辆不让驶入，因此路上基本没车辆行驶，比较安全。此时车上的人在迷离的灯光中都困乏起来，一个个头像鸡啄食般一下又一下地瞌睡丢盹。我又接过了方向盘，打起十二分精神。车灯只能照亮眼前的一段，四周黑得虚无缥缈，像无尽的深渊。看着墨黑的前方，觉得自己就沉浮在不可知的生活深处，唯努力奔跑才能看到希望。直到远处渐渐有了灯火，心里才慢慢亮堂起来。走出了准噶尔盆地，离喧嚣的乌鲁木齐越来越近了。

不知为什么，那个明朗秋日的旅行、那个恰库尔图小镇上的人和事，如雨后林中的蘑菇，时不时就在脑海里长起来了。

塔里木河滋养了乡亲

生命将像春风转瞬即逝，

在爱的旅途上你要愉快地生活。

要想知道爱情的秘密，请问那失恋的人。

要想知道穷困的滋味，请问那身披烂衣的人。

1

我在塔里木河上游的叶尔羌河边一个绿洲小村庄曾有一段驻村的经历，这使我有机会和当地农民深度相处，对他们的生活有了深深的共情。

生活在绿洲的维吾尔族老乡特别爱种树养花，这是先贤的嘱咐，古老的传统也是生活的态度。就像雨果说的："花像有用的东西一样,也许更有用。"春天到了,草木飞扬跋扈地生长。桑葚熟了,白如羊脂,黑似铸铁,红如玛瑙,走过树下,触手可及,有时能听到噗噗落地的声音。春风吹过,杏花、核桃花、巴旦木花撒满田野,红白绚烂点染人世间。盛夏时节,高高的白杨树拱卫在乡村道路两边,遮住了刺目的酷日,轻风拂来,树叶和小渠里的流水一起轻轻喧哗,你会听到季节的喘息。

到喀斯木家坐一坐是一件愉快的事。他家就在大路边,是统一规划的安居房。晚饭后散步,从村委会出来走不远就到了他家门口。院子大门敞开,门口两边的小畦种满了花草。我心想,若是在北疆农家门口,这块小地可能要种些辣子、茄子、豆角之类的蔬菜,可这里却是花草的家园。

喀斯木见到我们,便抚胸招呼:"房子里坐一下。"初夏傍晚,暑气散去,一进院子,清凉爽人,地上刚刚用凉水洒过,隐隐嗅到泥土和花草的味道。院子里有一棵杏树、一棵桑树,蓬勃繁茂,浓荫蔽天,一架葡萄藤遮盖了半个院子。芍药、月季、夹竹桃在墙角摇曳生长,吐着暗香。几个形状不一的葫芦瓜吊在葡萄棚架下面,像是葡萄家族请来的客人。喀斯木告诉我:"圆的叫'卡瓦',是吃的;长葫芦形的叫'卡巴克',是用来做工艺品观赏的。"喀斯木招呼妻子拿出绸缎垫子铺在葡萄架下的木床上,摆上小炕桌,烧茶,倒水,洗水果,隆重的礼数让我们挺不好意思。

看到墙上挂着的一把都塔尔、一把热瓦普,一下拨动了我的心弦,音乐在我心中奏响。在伊犁工作的时候,我经常参加维吾尔朋友的宴饮聚会,宴会上弹琴唱歌,讲幽默笑话是伊犁人特有的情趣和浪漫。吃了什么都记不得了,而那些忧伤动人的民歌却一直在心头萦绕,那些散漫、悠扬的民歌像夜空的星星一样闪着迷离动人的光芒。有一首民歌《我死后》唱道:

> 我死后,你把我埋在何方?
> 埋在戈壁上?我不愿埋在戈壁上
> 那里天高地阔,多么荒凉
> 埋在大路旁?我不愿埋在大路旁
> 那里人来人往多么喧嚷
> ……

忧伤的歌中充满了对生活的热爱、对家园的眷恋,面对生和死都那么达观,让人痴醉。

和我接触过的多情、幽默、豪爽的伊犁朋友不同,这里乡亲感觉都有些倔强、讷言、谦恭。驻村以来我还没有听过歌手弹唱呢。我央求喀斯木为我们弹唱一首。他欣然拿起了热瓦普,调了一下音,随着清脆的琴声响起,喀斯木微闭着眼睛,微微地摇着头,沉浸在自己的歌中。忧伤的调子,高吟低回,如风摇动了树枝,摇落树叶上晶莹的露珠。

> 生命将像春风转瞬即逝,

在爱的旅途上你要愉快地生活。

和我一起的阿迪力给我翻译了他唱的内容，是古典的木卡姆。我想起了这里是《十二木卡姆》的故乡，是诗歌的故乡。简要地说，《十二木卡姆》是维吾尔族的传统音乐，又是古典诗歌的音乐表达形式，公正、幸福、家园、爱情是木卡姆套曲永恒的主题。在这片土地上，木卡姆有着悠久的传统和传承，有如神示的诗篇，华丽而浪漫，在民间有深厚的群众基础。音乐、诗歌和麦子、树木、空气一样，是生活的给养和情调，给了这里的人民丰富的滋养。

我有些惊讶他琴弹得那么好，歌唱得那么动情，由衷地发出称赞。他仿佛遇到了知音，又拿出一本诗集，深情荡漾地朗诵了起来。我虽然听不懂他朗诵的内容，但抑扬顿挫的节奏和情绪还是深深感染了我。通过翻译，我知道那是维吾尔古典诗人纳瓦依的诗，他的诗歌曾在中亚大地上流行于宫廷，也遍及广大偏僻乡村。《十二木卡姆》的歌词很多都是他的诗，其中有几句是这样的：

要想知道爱情的秘密，请问那失恋的人。
要想知道穷困的滋味，请问那身披烂衣的人。

喀斯木说，他喜欢吟唱诵读音乐诗歌，在劳作之余也时常写写诗:"这个嘛,不能当饭吃,但是我喜欢,空气一样的。"一部维吾尔文学史就是一部诗歌史,对音乐、诗歌天然的感受和表达能力,能歌善舞,是维吾尔族的天性。喀斯木是栽棉花、种麦子的普通农民,养羊喂牛、种核桃、收万寿菊,一年四季劬劳于野,为好收成欣喜,在收获中满足,能温饱就知感啦。对他来说,除了劳作,还有更多有意思的事情。吟唱木卡姆和握着坎土曼在田地里挥舞一样有意义,像空气和麦子一样不能或缺。生活也许苦涩沉重,音乐和诗歌能让它温暖。

当芬芳的果园里飘出歌声的时候,庸常的日子就饱满了,我们的所爱会成为精神家园美丽的年轮。"吟唱诗歌不会劳而无功。"智利诗人巴勃罗·聂鲁达如是说。

2

赛麦提也是一位热爱诗歌的人,在村委会大院经常可以见到他。赛麦提快七十岁了,却腿脚麻利,身板挺直,眼神滴溜溜的,明亮而狡黠,用村里人话说,就是"眼睛里面有眼睛"。一头黑白相间的浓密头发,梳理得井然有序,灰白髭须修剪得整整齐齐,一看就不像是在田间下苦、被生活蹂躏过的人。村里老人一般到这个年纪,很少有留头发的,一般都是剃光头,戴"朵帕"(花帽)。赛麦提从头上就明显和他的乡亲拉开了距离。他以前当过小学老师,有文化有见识,又生活在乡间,颇似以前的

"乡绅"。每次见面,他总是谦恭地打招呼,拉住我的手握个不停,熟人般连连问候:家里都好吗?娃娃好吗?大人好吗?然后很神秘地凑到耳边小声说:我要向您反映个事情。大多是,谁家男人又打老婆了,女人哭的声音太大了;谁家把政府给的扶贫的火鸡偷偷宰了吃了;谁带了个女人晚上在大渠里一起洗澡;等等。所说的都是乡村传奇,也是鸡毛蒜皮。

每次开村民大会,赛麦提都带头站起来发言,发言时他慷慨激昂,有时还掏出小本来念几句诗,节奏铿锵,语调悠扬,大多是"感谢""祝愿"之类的。有一次他发言时又掏出了小本本激昂地朗诵起来:

> 知识,对单身汉来说就是情人,
> 对孩子来说就是蜜糖。
> 学习知识的过程,
> 就是寻找爱情的过程,
> 就是寻找甜蜜的过程。

这是阿迪力翻译给我的,鼓励大家要努力学习,貌似很有哲理。但乡亲们却好像不太待见这个乡村知识分子,听见他读诗就露出讪笑,有的还起哄一下。大家不喜欢他,主要是因为他自视甚高,谁都不入他的法眼。

被称为"村长"的村主任玉素甫在这个村里是有根基的能

人,他在村主任这个位置上干了十多年,谁的长长短短他都清楚。他告诉我:赛麦提认为自己是有文化的人,可以给人们带来知识,启迪、教育大家。可他话说得好,事情却做得不好。他多次结婚,娶年轻老婆那是他的本事,但是喝多了酒到寡妇门前骚情,还要给人念诗,这就跟毛驴子一样了。村里的人不尊敬他,而尊敬另一个有学识、穿长袷袢的人。赛麦提为此很不平,认为自己比那个穿长袷袢的人强多了。玉素甫村长说:"这个人嘛,爱背后说闲话、评判别人,说的都是胡里麻汤的话,还喜欢打小报告,他的眼睛里坏人多得很,人们都不愿意和他坐在一个桌子上吃饭。"

村长最后总结道:"驴的脾气嘛耳朵上看得出来呢,狗的脾气嘛尾巴上看得出来呢。他现在人老了,他的毛病可一点都不老。"

有一次在村委会院子又见到赛麦提,我问他:"你喜欢诗歌?"他深深的大眼睛露出又惊喜又羞涩的神情,仿佛遇到知音。"我喜欢纳扎尔的爱情诗。"纳扎尔是 19 世纪喀什噶尔的一位维吾尔古典诗人,他的《帕尔哈德与西琳》等四部叙事长诗享有盛名,在民间流传很广。我相关知识储备不足,没法和赛麦提深度交流。他掏出一个蓝色小本,用手指蘸了一口唾沫,翻了几页便抑扬顿挫地给我诵读起来,不知是他写的,还是念别人的。我让阿迪力给我翻译了一下内容:

知识使人的头脑聪明，

雨露能使禾苗变得青嫩，

花园里盛开的花朵，

它们的美丽属于园丁。

我诚心诚意地竖起大拇指，给赛麦提和他的诗歌点了个赞。

3

路过克然木家的时候，他和老伴正准备套好驴车拉着几袋化肥要下地。克然木见了我很高兴，摸手抚胸问安致意，他的驴子似乎也很高兴，竖着长耳朵，呲着大牙昂昂地叫着。一起的同事打趣地说："老马，你兄弟和你打招呼呢!"他把话翻译给克然木，我们都禁不住哈哈笑了起来。

毛驴曾经是南疆农村最常见的牲畜，这温驯勤劳的家伙，是乡亲离不开的伙伴和工具。大骡大马对小老百姓来说奢侈了些，而小毛驴则经济适用，也适合妇女、小孩和老人骑乘。因而南疆农村几乎家家都养毛驴。彼时，每逢巴扎天，公路上驴头攒动，车轮滚滚，蔚为壮观。乡亲们口中也常常爱用毛驴来戏谑、骂人，见不得又离不得。随着农机具和电动车的普及，现在村里面养毛驴的人家少多了，田间、路上跑的都是电动三轮车，驴车几乎绝迹了。克然木家是为数不多的还使用毛驴的人家，他们

老两口不会驾驶电动车,毛驴车对他们来说更得心应手一些,憨厚寡言的毛驴也更像是陪伴他们的朋友。

克然木老两口挺不幸的,唯一的儿子在冬天种菜的大棚里值守时,被煤烟熏着不幸亡故,儿媳带着孩子改嫁,留下老两口孤寂度日。他家院子很大,除了住房,牛棚、羊圈、草料房都齐全,后面还有一个不小的果园。家里顶梁柱没了,家道就没落了,家院疏于管理,杂乱破败。老两口这么大年纪了还在庄稼地里辛勤劳作,为余下的光阴挣盘缠。我想起城里小区里的那些老人,不是晒太阳跳广场舞,就是遛狗玩鸟带孙子。世界的丰富性也许就在于,在不同的地方,就有不同生活。他和老伴养了一头牛、一匹驴、几只羊,种了十亩地,春种秋收,栉风沐雨,躬耕于田野,卑微而自尊地活着。

克然木有个弟弟艾麦尔,住的离他家不远,就在一条街上。艾麦尔买了一台带棚子的三轮电动车,装饰得花花绿绿,跑起了附近村镇的出租车生意。每到星期三的本地巴扎日,生意特别好。这比种地、养殖来钱多。他家正在翻盖新的安居房,自己跑出租挣了一些钱,政府补助20000多元,已经基本完工。可以看出他家日子过得不错。在路上碰见了艾麦尔,我夸他的车子漂亮,问他生意还不错吧。他很高兴:"生意还可以,每天嘛一点钱是有的。我嘛四个巴郎子,一个和我换着跑出租,三个上学呢。"说起他哥哥的事情,他说:"这是没有办法的事情,但是日子还是要过。我的哥哥我要好好帮助,我的巴郎子,他的巴郎子一样的。"

　　左邻右舍对克然木老两口也给予很多关照和帮助，老两口也享受了农村低保和救助，基本生活是有保障的。我对克然木的际遇很同情，也担忧他两口子今后的生活，克然木却坦然而自尊："灾难嘛，该谁遇上躲到天边也躲不过去。鸟雀都会有一口食吃，我也不担心。"他指着院子里的一棵茂盛的老杏树说："这棵树长了几十年了，谁也没有管过它，它也长成这个样子了，年年开花，年年都有果子落下来。"满脸褶皱、胡须花白的克然木说这些话的时候，深陷的眼眉间带着微笑，像个旷达的智者。此时的阳光和尘埃轻打在杏树上沙沙作响，像要告诉我们点什么。

　　克然木家院子门口开辟了一小块地方，种满了玫瑰、牡丹、郁金香、牵牛花等花花草草。这些花草在阳光下蓬勃任性，恣意生长，像是在互相炫耀，又像是在互相致意。

4

　　尼牙孜老汉崎岖的瘦脸上长了一把山羊胡，修剪得整整齐齐。他身板还硬朗，十分健谈，居然还能用磕磕巴巴的汉语与我交流。那天去他家时，他和老伴正在架满葡萄藤的院子一侧的羊圈里给羊喂草料，房顶上一个又高又大的 T 字形木架上落满了鸽子。他让我们进了屋，把手干搓了一下，叫老伴泡了一壶叶尔羌红茶，茶水有些咄咄逼人的辛辣味道。在有些昏暗的屋子里,我们坐下聊了起来。他向我们要了一根香烟,还认真看了一下是什么牌子,在烟雾缭绕中打开了话匣子。

年轻时的尼牙孜是个不安分的人,天南地北跑过不少地方,这和本村有的人甚至都没有去过200多公里远的喀什不一样。他见过外面的世界,曾经野草般蓬勃生长,跑生意,做买卖,开饭馆,屠牛羊,做过小弟,当过大哥,少不了打架斗殴,浸染于灯红酒绿。因为"投机倒把"还吃过几天牢饭,上了年纪才回到家安分度日。他的右手臂还隐隐约约可以看到刺青。他并不避讳这些话题和事情,甚至还有一些自得:"袷袢新的好,故事老的好!"村里有的乡亲不认可他的做派,提起尼牙孜来,都认为他不是什么正经人,属于那种"乡村二流子"。

他家房子盖得宽大,屋顶、门窗用传统木雕装饰,明显比一般房子装饰得要好。他和老伴养了几只羊和几十只鸽子,十几亩地转给别人种了,在村里属于家境比较殷实的,日子过得悠闲。他的三个儿子都没有在本村务农,像他一样很早就外出闯荡谋生,做生意,跑物流,开餐厅,日子过得很不错。尼牙孜拿出一张照片让我们看:一个长发小伙子挎着一把吉他,在迷离的灯光中摆了个夸张的造型。他说,这是他的孙子,是一名歌手,在县里一歌舞厅里驻唱。他说:"现在年轻人的生活和我们又不一样,想法多得很。村里的人嘛都不愿意出远门,种地能种出啥东西呢?常年守着家庭和土地舍不得离开,有啥出息呢?公鸡往墙头上站,雄鹰往山顶上站,外面有太多我们不知道的东西。

你看，别看乡下的毛驴子昂昂地叫得响，进了城它就成了哑巴。"

尼牙孜是见过世面、混过场面的，和其他村民相比他太能说了，一套一套的。他虽是农民身份，但是没有种过几天地，一生中大部分时间浪迹在外。可他最终收拾起浪子的行囊和心思，回到了故乡。每天在南墙根下晒着太阳，想着往事，在乡村烟火中和老伴安度剩下的日子。我总觉得他和村里的关系很暧昧，与棉花、麦子、核桃、巴旦木，与这里粗粝的风沙、温柔的流水，保持着一种含含糊糊、若即若离的关系，就像不常来往的远方亲戚。

5

村里的干部或当过村干部的明显与一般村民不同，他们四季都穿戴干净整齐，谈吐得体。冬天一般村民都是头戴高筒黑羔羊皮的"土玛克"，而村里的主任、会计等戴的是旱獭皮或貂皮做的帽，也是越高越有范儿。他们住的房子位置都很好，无论是老屋子还是新建的安居房，一般门庭高大，院子宽阔，房子修建精致，房廊屋檐雕梁画栋。院子里都有几棵经年老树，一到夏天遮天蔽日，果实累累。

村支部书记伊敏是从县农机站抽调派下来的，三十多岁，脸上轮廓分明，目深鼻挺，头发鬈曲，双腮刮得铁青，身形挺直，十分俊朗，"一副怨愤幽深的表情"让我想起司汤达笔下的于连。

他在北疆当过兵，"有两个舌头"，汉语基本能说会写。他住在村委会的一间宿舍里，基本上每个月回县城的家中一次，忙的时候两个多月都回不了家。开村民大会或支部会议时，他都很严肃地慷慨陈词，盛气凌人。办公室里很难见到他，他不是在田间地头，就是在镇上开会或者在开会的路上。经常是一手叉着腰，一手掏着耳朵，一边和人说话。

他对原来的村干部作风很不满。他说，村干部住的都是好房子，政府一些扶贫优惠政策，他们先享受，然后他们的亲戚朋友也都享受。这样子不行，太不像话！他自己有辆捷达小车，来往于村里和镇政府之间以及回县里自己家，有时也开着车到田间地头。他抱怨道："它一个月吃得比我都多！"半天我才反应过来，他是说汽车加油的花费比伙食费都多。

伊敏把很大一部分精力放在帮助村民脱贫致富、增产增收上。督促村民春种秋收，联系果木外销，指导牛羊养殖。他对本地农民大大咧咧、粗放型的种地方式很不满。他说，北疆的汉族农民种地都是精耕细作的，上肥的时候上肥，锄草的时候锄草，小心翼翼地照顾庄稼。这个地方的人嘛，心大得很，种下去就不管了，你要跟在他们的屁股后面催呢。不然的话，地里的杂草和麦子一样高了。对此，他免不了着急上火，口出粗言。

他常爱凑到我耳边说一些我认为不那么重要的悄悄话："县上领导要到各村里来检查工作了，不是那么简单的事情。""村委会大院的狗被人毒死了，不是那么简单的事情。"……很多事情在他眼里都"不是那么简单的事情",都需要质疑一下,思考一番。他挨近我说话的时候,口中气味很大,像是装了调料的瓶子没有盖紧盖子,味道冲脑,我怀疑他的脏器可能有毛病,建议他去医院检查一下。他说,哪有时间去检查一个不疼不痒的病。无论什么事情,征求他的意见时,他都会瞪着一双诚恳的大眼睛,暧昧地敷衍:"也行呢!"

伊敏的善良有时像遮蔽在云中的月亮,不经意地就发出光亮来。有一次我们几人到一长期患病的贫困人家探望,这家人因病致贫,家中破败不堪。伊敏脸上露出哀戚的神情,从身上掏出几张票子,凑了200元塞到人家手中,见状我们几个纷纷解囊都捐助了些。他感慨道:"唉,胡子上的饭粒也喂不饱肚子,这样的情况真是让人受不了,这不是简单的事情……"

伊敏现在最渴望的事情是能把自己的事业编转成公务员身份。他对标的是村警吾麦尔,那是一个性情温和的小伙子。伊敏每每提起都愤愤不平:"这个'萨郎'(傻瓜),一个月拿八九千的工资,都换了两辆车了,一天晃来晃去,像一只不要脸的蜜蜂,只会蜇人,不见酿蜜。我两个月都回不了一次家,都快忙成毛驴子了,钱拿的还不如他的一半,太不像话了。"他像克然木家的驴一样,突然就愤怒地喊叫起来。

我们那个村是县里"千亩樱桃园"示范点,那一年,靠马路边上大田里的樱桃树刚刚套种上。伊敏告诉我:樱桃生长五年才挂果,这里雨水不多,阳光不少,土地和乡亲们有耐心等待它们成长。现在算下来也差不多到结果的时候了。时光在绚烂地流淌，现在正是樱桃成熟采摘的季节，那些樱桃树密织成荫了吗？乡亲吃上自己种的樱桃了吗？那些樱桃给他们带来了富裕的生活了吗？樱桃的成长竟成了我挂念的一段心事。

6

吾麦尔家在村里是个大家族，很多人都连带着亲戚关系。他头发花白，背弓腰弯，眼睛眯起来看不到眼仁。他和老伴过着简朴的日子，住在一个有些破旧的院子里，院里有树，门前有花，圈里有羊。平日里下田地出力干活，巴扎日到"乡村俱乐部"巴扎上随性闲逛，每周居玛日到清真寺做一次聚礼祷告。

老人家养育了三个儿子、两个女儿，都成家或嫁人了，另立门户各过各的。大儿子住在他隔壁的院子里，两家就隔了一道院墙。十几年前大儿子患病不幸去世，儿媳四十多岁就守寡了，至今未再嫁，一直照料吾麦尔老两口。

吾麦尔的二儿子热合曼在镇上公路边开了一家抓饭馆，很有些名气。开始是一个小摊，后来越发展越大，小摊成了大店，远近闻名。高速路没有通车前，这个镇子是巴莎公路上一个重要驿站，南来北往的车辆都要在这里停歇吃饭，那时候的生意更红火。抓饭谁都会做，一样的原料，同样的工艺，可是成果却是有优有劣，这里面一定有他人不知的秘籍。凭借精湛的厨艺、良好的信誉、灵活的经营，热合曼的餐厅越做越大，雇请了厨师、帮工、伙计，自己做起了老板。他家的抓饭在这一带都享有盛誉，到镇上巴扎吃抓饭，热合曼家是首选。

我慕名在他的餐厅吃过几次饭，除招牌抓饭以外，烤肉、包子、拉面、大盘鸡等日常饭菜也都在水平线之上，甚至有"红烧杜甫""工保几登""白菜拼条"等炒菜——这是他家餐厅的菜单上写的，魔幻又失笑，我想应该是"红烧豆腐""宫保鸡丁""白菜粉条"吧。每次去吃饭，热合曼都会亲自跑过来招呼，双手抱在胖胖的肚子下，谦恭地咧嘴笑着，几颗大金牙啯瑟地闪闪发光，手腕上金色的雷达表也偶尔露峥嵘，土豪的气质一下子就出来了。

热合曼挣下钱后把家迁到了镇上，在镇上买了土地盖了一院宽大的豪宅，在消费层次和生活方式上和村里乡亲远远拉开了距离。他多次要把父母接到镇上和自己一起生活，可老两口不愿去。老人说，他们习惯了农耕生活、乡间气息，左邻右舍都是乡亲熟人，地里的庄稼、院里的草木、圈里的牲口都割舍不下，不想去过一种陌生的生活，更愿固守在熟悉的村庄。

热合曼的抓饭在四里八乡远近闻名。村里谁家嫁娶等大一些的喜事活动都要请热合曼来做抓饭。这个活动一般在村委会大院举行。热合曼很乐意做这个给自己和父母亲长面子的事情，有点"衣锦还乡"的意思，每次都尽心尽力做得完美。后来他不亲自来了，但会派自己的徒弟来，抓饭的质量标准仍然不变。

每逢这个喜庆的日子,大院里就热闹起来。大柳树下唢呐伴着纳格拉鼓点欢快地响着,临时砌好的两个灶台冒起了青烟,柱子上挂起几只宰好的羊。帮厨的男男女女忙忙碌碌,备好切好做抓饭的各种原料:羊肉块、黄萝卜、皮牙子以及葡萄干、杏干、木瓜等。大厨专注地在锅灶前把握火候,按照传统的方法和自己的秘诀,让羊肉、清油与大米、黄萝卜、皮牙子既保持鲜明特色,又毫不犹豫地融为一体。他不时挥起铁锹般的大铲子在硕大的锅里翻搅一下,最后让它成为一锅充满激情、不容置疑的可口美味。几百人的抓饭就凭他一人掌控,从未听说过出现夹生或过头,每次都是恰到好处。吾麦尔老汉在这件事上很是为儿子骄傲,全村人认可他儿子的手艺,也就是认可了他,能为大家做些事,他脸上像抹了抓饭油一样有光。

吾麦尔老汉的大儿子虽然去世多年,可儿媳妇白吉尔一直没有改嫁,一直陪伴侍奉着日渐年迈的公婆,承担起了养老的责任。她种了十几亩地,有棉花、小麦、玉米,还有几十棵核桃树,一年辛勤劳作下来也得以温饱。在偏远的地方,都有着我们理解不了的事情。在这里一个人结婚、离婚都是寻常的事情。被称为"村花"的古丽仙,不到三十岁已经梅开三度了,村里六七十岁的老汉,结过四五次婚的不在个别,如爱读诗的赛麦提大叔。他们是生活的行动者而不是思考者。

白吉尔和他们相比似乎就是个另类,她有自己的活法。她

看上去不像当奶奶的年纪,但膝下已经孙儿环绕。她端庄挺拔,穿戴得体,身上有一种雍容的贵气,年轻时一定漂亮妩媚。什么时候见到她,她都面带微笑,透着自信和自尊、坦然和知足。有人说,看一家人日子过得怎样,看他们的院落和屋子就清楚了。丈夫生前和她一起经营的庭院,现在依然收拾得整洁干净,宽大的院子廊檐环绕,雕梁画栋,华丽精致。院子墙角种满了夹竹桃、红蔷薇、车矢菊,蓬勃盎然,不像是一个没有男主人的家。她选择了自己认为对的生活。对她来说,生活已经很宽厚了。这个世界是丰富的,哪些是属于自己的,白吉尔看得很清楚,命运带来的不幸是显而易见的,然而它的回赠却是不显山不露水的。

三八妇女节时,村里评选"最美女性",大家无一例外都把票投给了她。

7

艾萨已经年迈,病恹恹的,走起路来颤颤巍巍。他曾经是村干部,在任上干了十多年,在村里是有影响、受尊敬的人。老伴已逝,有三个儿子,大儿子住得不远,有电工手艺,经常干些拉电线、装电表的工程。艾萨和小儿子生活在一起。小儿子高中毕业,不愿务农活,也不愿干保安,村委会想聘他当文书,他嫌钱太少也不干。这小子雄心倒是不小,可又缺乏驾驭它的能力,有一搭没一搭的,一天也不知道在忙活什么。

一天在艾萨家见到一个小伙子，艾萨介绍说："这是二儿子吐尔洪。"小伙子大高个儿，眼睛大而明亮，唇上留了一撮小胡子，看上去很成熟。吐尔洪一开口，我差点笑出声来，他竟然说了一口北疆昌吉的"回族话"，口中不时冒出"啥一个""弄零干了""半不拉子"等熟悉的字眼和音调，且不带一点维吾尔族口音。看样子在那里待了有些日子了。这次和老婆一起回来，是看望生病的父亲。他娶了村里能人、富裕户麦麦提的女儿为妻，两家也算是门当户对。

那天我们应邀到麦麦提家做客。他诚恳邀请我们几次了："房子里坐一下，不去肚了胀（生气）呢！"终丁在一个周末傍晚时分，我们带着砖茶、冰糖、饮料等礼物到了麦麦提整洁干净、绿荫笼盖的院子。院子外的葡萄架一直延伸到大路边，形成一个绿色走廊；院子里有一棵粗壮繁茂的杏树，屋子廊檐外搭满了葡萄藤。院子里停放了一辆造型时尚的大马力东方红拖拉机，村里有这样大型农机具的不过那么几家。

我们喝茶的时候，吐尔洪系着围裙来向我们问候，他说："今天岳父请你们做客，我来当大厨，尝尝我的手艺。"这激发了我们的好奇心，因为维吾尔族家庭一般是男主外，女主内，男人在家里一般不上锅台不做饭，家里饭都是女人做的。虽然女人在家里的灶头上无所不能，可饭馆里好的"阿西排孜"（厨师）都是男人。吐尔洪打破了这个村子里无形的规矩，在家里只要有空，都是他做饭。他厨艺真不错，拌面和椒麻鸡完全是北疆的做法和味道。拌面的特色主要体现在炒菜上，南疆这里的特点一般是将土豆、白菜、西红柿、萝卜等各种蔬菜混在一起炒，汤汤水水一大盆，然后一勺一勺地盛在一盘一盘的拉面上。而北疆的做法一般是一个面炒一个菜，一个炒菜的配菜也不超过两种，如辣子、西红柿。味道各有千秋，南疆拌面更大众化一些。

吐尔洪很早就出门闯天下了，这可能有赖于他父亲的见识和鼓励，毕竟是村干部。他先在乌鲁木齐打工，后来在昌吉市落脚。夫妻俩从馕坑打馕起家，后来带上了烤肉，生意越来越红火，再后来做成了一个小餐厅。其中经历了哪些难辛苦楚只有他们自己知道，现在说起则一笑而过。他们在那里筑了自己的巢，生了两个孩子。接触了各民族的朋友，口音有了变化，生活习惯、思想观念也有了变化，更重要的是，他们的眼界从一个小村庄扩展到更广阔丰富的世界。"不下苦哪有好生活呢！趁着还年轻，牙瓜子咬紧，还能跌绊上几年。"他操了一口昌吉口音说。

在南宁工作的时候，我认识了一个叫诺尔的新疆人，我用维语向他问候的时候，他很惊奇，一下子拉近了我们的距离。他是莎车县荒地镇的人，离我在的那个乡镇不远。从长相上一眼就可看出他是典型的维吾尔族面孔：高鼻深眸，两腮铁青，头发鬈曲。然而一开口则是南宁普通话，"得不得""黑稳"时时从他口中出来，尾音带着"捏""沃"。诺尔从家乡出来闯荡二十多年了，别了家中妻子重娶了一个汉族媳妇，有三个孩子。他凭着一手烤肉的好手艺，不知疲倦地赚辛苦钱，顽强地在他乡生存下来,且融入了当地。从一架烤肉炉子起家,发展到现在,已租下南宁市江南区一间两层门面房,还雇请四五个伙计,生意越来越好,经营的花样也越来越多。我问他回家乡去了吗,他说有十多年没回去了,已经习惯了这里的生活,家也安在这儿了。

见到诺尔,我就想起在昌吉的吐尔洪。人们看到了他们的成就和体面,可出门人的寒苦谁知道?用吐尔洪的话来说:"光阴没到自己的头上就体会不到艰难,挖光阴的日子没松快的时候。"我曾问吐尔洪两口子:"你们觉得家乡好还是昌吉好?"他媳妇说:"哪里有钱哪里好。"吐尔洪沉吟了一下,说:"哎,哪里有家哪里好哇!"

有人在麦子熟了的时候闭上眼睛离去了,有人在巴旦木花开时节睁开眼睛来了。而地里的庄稼、草木,每年也和人一样,从容来了又匆忙去了,一年一年有收不完的庄稼,锄不完的杂草。村委会门前有一条人工大渠,每到春天汛期叶尔羌河水就被引到这条大渠里,一直到冬天的大河枯水期大渠才断流。这条大渠蜿蜒流过各个村落,又不断被引流到田间地头,灌溉庄稼,滋养村庄。这些年大渠经过硬化修整,除去了渠两边的树木荆棘,渠底渠边铺上防渗水泥板,使水流更通畅,也更节省。只是大渠两岸看上去光秃了些,只有静水缓流和云映水面的寂寞淡影,再也看不见两岸茂密的林带,听不到浓稠的鸟鸣。黄昏的时候,也再看不见月光下小伙子带心爱的姑娘在大渠边的密林中,脚浸在水里,手指着月光,听着小虫呢喃,缠绵而肉麻地诉说心事了。村主任玉素甫说，大渠两岸还要栽树，在下一个春天到来的时候，乡亲们会让这里的树比原来还要茂盛。种树，我们是认真的，是乡亲们最不讲价钱、最有成就感的事。

边疆歌声

钦佩他们把青春之花开在边疆，将生命壮丽时刻献给南疆的勇气和精神，真想穿上警服给他们庄重地敬个礼。"你是这样年轻，一切都在开始"——一下想起了里克尔的话，这也是我想对他们说的。

唱歌唱到这个份上，也算是唱出名堂了。我们村要代表莎车县参加喀什地区的红歌大赛啦！我们可是纯纯的农民合唱队，每个人可是要验明身份的，想起来都有按捺不住的骄傲快感。我说过，谦虚使人进步，骄傲使人快乐得睡不着觉。

在单位，每逢重要节假日，都要举行歌唱比赛，尤其是唱红歌。一般来说，挑选的曲目都是慷慨激昂、节奏有力、适宜合唱的。一般都要筹备一个月左右，通过唱红歌来缅怀先烈、赞美祖国。歌唱是进行革命传统教育的重要方式。在机关，各种条件都齐备，只在唱的水平上见高低。而要在一个地处偏远的农村，在村民基本汉语水平不行的情况下开展这项活动,可不像在机关唱红歌那么轻松容易。

我们刚驻村时,就做出规划,制定目标,确定由文艺骨干木塔里甫同志负责夜校的教育培训工作。从寒春到盛夏,夜校的课程像滴灌一样,一点一滴地渗透,不见波澜壮阔,但终显平实力量,把村里的文化活动搞得有声有色。现在,村里的青年们可以用简单的汉语交流,比如"我是中国人""我打工呢,老婆种地呢""今天巴扎我去了""老公今天不在家"……红歌也唱得有腔有调,比说话更流利。上级部门安排的一系列农村文化活动检验了我们的工作成效。在镇上的红歌比赛中,牛刀小试,我们村以突出的优势,无可争辩地夺得第一名。在片区红歌比赛的时候,我们村代表镇上出征,又霸气十足地展现了实力。农民兄弟姐妹们精神昂扬,歌唱准确,吐字清晰,既表现了歌曲精神,又展现了汉语水平,被县委宣传部选拔出来,直接参加喀什地区比赛。比赛的人数也由 50 人扩充到 150 人。现在面临的任务更加艰巨了,同时眼前的道路也更加广阔了。

炎炎盛夏,浩浩雄心,我们开始厉兵秣马备战喀什大赛。每天在村委会大院的古柳下面都回荡着红色歌声。歌唱祖国,歌唱党,"宽广美丽的土地,是我们亲爱的家乡",流利的普通话,优美的旋律,从这些维吾尔青年男女口中唱出来,竟也舒展广阔,充满深情。我仔细观察了一下这些唱歌的农民,他们看上去都很年轻,但都是孩子的父亲、母亲,刚刚成年就结婚成家了。

青春的芳华还来不及绽放，就为人父母，进入人生下一阶段，不由让人嗟叹。而在合唱队里，他们青春的火苗又被点燃，快乐地燃烧着。

眼下到了冲刺阶段，从早上到傍晚，每天都要强化训练。他们放下了自己家里的农活和牵挂，有的从打工的工地赶回来，小媳妇带着孩子，老爷们儿牵着娃娃，还有几对是夫妻二人一起参加。有的孩子还幼小，放在推车里带到村委会大柳树下面，听爸爸妈妈唱歌。有的孩子天天听自己的父母排练唱歌，自己都会唱了。看到这些，让人挺感动，又觉得不忍。工作队的同志自己掏钱买了些奶粉、糖果，送给那些孩子和年轻的父母，聊表心意。酷暑热天，树荫底下，这些青年男女一字一句地推敲琢磨，一音一符地校正音律，像小学生一样认真执着。听说要到喀什比赛，大家兴奋异常，要去大城市了！有的人连莎车县城都很少去，不要说去喀什市了，而合唱队可以完成他们的夙愿，可以带给他们光荣和梦想……就这样，我们在一起耕种着心灵的田野，改变着粗糙的审美世界，开拓着一方新天地，让新时代的潮流浸润古老的土地。

木塔里甫仍旧那么从容、执着、认真，以积跬步至千里的精神，不动声色，一件一件地完成。他的努力得到了回报。马上就要到喀什去比赛了，他还是那么平静，看上去不惊不喜。我问他："你不高兴吗？""当然高兴，这是我最高兴的事情，和见到老婆孩子一样高兴。""没见你兴奋啊？""我高兴时就这个样子，要不让我喝点酒,你就看到我咋样高兴了。"小卫说:"对对! 要喝酒庆祝,这是我们村的喜事,也是工作队的喜事,不喝不足以表达我们的心情。"酒当然要喝,庆功酒就是为英雄准备的,不过不是现在,不急,有的是机会。

县委宣传部负责红歌比赛的是个年轻的小伙子,精力旺盛,思维敏捷,一下就能把握问题的关键。选中我们村去喀什参赛,是他看到了我们的实力和潜力。他有时为某个细节,常常夜半电话,有时突然就到村里来了。直到临比赛之前,他还在服装厂调整服装样式,督促制作进度。我看到了他的敬业,也理解他的焦虑和压力,满嘴的燎泡看样子要一直伴随他到喀什去了。

县委宣传部还专门安排了两名县里幼儿园的音乐老师为村合唱队辅导。小陈和小郭是莎车县从内地引进的人才,小伙、姑娘正值青春年华,像田地里正在盛开的万寿菊,闪着橘黄色光芒。我不知道他们的人生规划是什么,但是我钦佩他们把青春之花开在边疆,将生命壮丽时刻献给南疆的勇气和精神,真想穿上警服给他们庄重地敬个礼。"你是这样年轻,一切都在开始"——一下想起了里克尔的话,这也是我想对他们说的。他们每日晨来暮归,以他们的专业素质,调整着合唱队的枝枝叶叶,为合唱队锦上添花,也为自己的青春增色。他们的到来,也给工作队带来更多欢乐,我们吃饭时间明显拉长,有说不完的话题。平时不怎么闲聊的小任成了大喷壶了,天上地上什么都能聊,真有点酒逢知己千杯少,朋友见面废话多的意思。小卫本来就爽朗的笑声,现在就像炉子上的开水壶,更加欢腾冒泡。吃饭时大家让小郭老师唱个歌,小郭老师忸怩了一下就唱了起来:"羞答答的玫瑰,静悄悄地开……"老刘听完歌竖起拇指赞叹说:"这句'胸大大的妹妹,俊俏俏的哥'唱得真好,不愧是专业范儿的!"

烈日当空,树荫匝地。大赛越来越近了,合唱队的状态越来越好了,大家信心越来越足了。漂亮的演出服制作好了,男男女女换上了演出服,化上淡淡的彩妆,一个个妩媚刚健,相互打量,仿佛互相不认识,我们原来这么美!也有沮丧失落的。阿彤古丽是我们合唱队的主力唱将,底气足,嗓门亮,肤色白皙,体态丰满,是个杨贵妃般的美胖子。这次却因身形丰腴,演出服穿不进去而不能上场,也来不及专门为她定做。辛辛苦苦练唱了几个月,就等这一时刻,却止步于傲娇的身材。阿彤古丽第一次后悔平时吃得太猛了,难过得直抹眼泪,把脸都弄花了。

我们终于浩浩荡荡踏上了征途,代表我们村,代表我们乡镇,代表莎车县,代表农民,代表工作队……我也戴上久违的手表,在去喀什的路上,不停地看,说不上是紧张还是兴奋。昨天刚下完一场大雨,一路上天空湛蓝,庄稼树木生机勃勃,和我们的心情一样。新修的快速路平坦宽敞,一直通向希望的远方。

进了喧闹的喀什市,合唱队员们兴奋地在车上唱了起来。过六里桥了,到解放路了,体育馆就在前面了,红歌比赛将在这里举行。所有的力量将汇集在这里,最灿烂的阳光都洒在这里。我平复了一下激动的心情,想起了大柳树下的日日夜夜,我们种下的那颗种子,就要发出烈焰般的光泽,年轻的乡亲们卑微而闪亮的梦想就要实现了。

湛蓝的天空有一排鸽子弦歌而过。

与庄稼
走过四季

　　夏收时节如期而至,麦子染黄了田野,它用金光灿灿的
色彩向太阳和蓝天致敬,向辛勤劳作的人致敬,它点燃了我
内心的火焰。

　　我曾有过一年多的驻村经历。那一年里,我天天出行在田
间平畴,与庄稼牲畜为伴,关心墒情收成。换了衣服,理短了头
发,并且不再染发,任其花白,努力使自己像个农民。每日和胼
手胝足、满面尘土的乡亲们打交道,和他们一起植树、挖渠,一起
种棉花、割麦子、收玉米。吃一锅饭,喝一壶茶,熟悉并适应他们
身上的味道,学习他们的语言,感受他们的谦恭与达观,体会他
们的智慧和狡黠。一年多下来,我身上有了乡土的味道,对别处
的生活有了深深的共情,虱子小咬也不那么讨厌了,回到乌鲁木
齐竟然有些恍惚。

1

驻村的第一场劳筋动骨的劳动是从春天的植树开始的。

一眨眼的工夫，春天到了，阳光温暖，树木泛绿。桃花红、李花白，漫不经心地点缀在乡村田野，绚烂而散漫，村委会大院里的那棵干枯的大柳树也开始吐出嫩绿的新芽。每年这个时候是植树时节，这年镇上给我们村下达的任务是种植五千棵树。五千棵哎！打记事以来，从学校到单位，没少种过树，记忆中每次种树一个人最多不会超过十棵，时间不会超过半天，就当去郊游了。这次可不是郊游，是驻村后第一次大劳作。

往年的植树任务乡镇都摊派到各村，各村再摊派到农民身上，当地人称为"阿夏"（义务工）。前不久"阿夏"刚刚全面取消，任何部门都不能随意无偿使用义务工了。村里原来的村干部艾海提谈及"阿夏"时说："从年轻时候起，我年年都出义务工，挖渠种树，盖房修路，每次都自带干粮，没有报酬，也习惯了，毕竟也都是我们自己的事情嘛。取消义务工对农民来说高兴得很，不是一般的高兴，和取消农业税一样，这是党和政府给我们农民最大、最好的礼物。"

植树地点是五十公里之外的一片戈壁沙碛地，也是一个待开发的新区。事先已经打好机井，铺好了滴灌，我们的任务是每隔两米挖一个坑，把五千棵树苗一棵棵放在坑里，再把沙土踩实，然后放好滴灌细管，等待水来。我们工作队加上村干部也刚刚20人，一人平均下来要种二百五十棵。这可不是填表格、写报告，凭我们这些坐惯办公室的人，这么大的工作量，一星期也完成不了。镇上领导说，除了不能用"阿夏"，其余自己想办法解决。种树任务艰巨，不容讲条件，必须按时保质完成。最缺的是劳动力，当然还得请乡亲们帮忙，不过要给报酬。经和村干部商量达成共识：每人拿出100元，雇请村里的村民，和我们一起抡起坎土曼挖坑种树。村主任进行了简要动员，很快就挑选了20名身体健硕的青壮年。对农民来说，劳动就是自己的日常，种树有报酬，还有吃有喝，这是个太好的事情。

植树日前后的那几天，十几个村子都被动员起来，往昔荒芜的沙地上车来人往，像巴扎一样热闹。各村领上树苗后，就到自己的责任区开始作业。在砂地上挖坑并不太难，挖好坑后，埋上树苗就行，就是工作量大，要有耐心和耐力。我很久没有参加户外劳动了，拿起坎土曼挥舞起来才觉得力不从心，没挖几个坑就心慌腿软。而那些乡亲却轻松得像玩一样，坎土曼运用自如，三下两下一个坑就刨出来了，责任区大部分工作量是乡亲们完成的。

午饭就在工地上解决了，工作队为大家买来烤包子、馕、饮用水，大家围坐在软软的沙土地上，像工地上的民工一样，蓬头垢面聚集在一起吃饭。春天和煦的阳光和轻扬的风沙拂过我们的脸和我们手中的食物，为我们增加"营养"。黄昏时分，树苗终于全部栽种完毕。很久没有参加这么长时间的劳动，工作队

员一个个尘土满面,腰酸背困(痛),乏如疲驴,在乘车回去的路上大家都沉默不语。驻村以来第一次高强度的劳动,给我们补了一节劳动课——和春天一起奔跑,要有苦心劳筋的准备。和我们一起作业的乡亲们却情绪盎然,又说又唱的,长年劳作的他们并不觉得这一天有多辛苦,就如逛了一场巴扎。而沙碛地上遍野的树苗在晚风中摇曳,像是刚刚排列起方阵的一支队伍,浩荡于田野。

2

第一次在烈火中经历炙烤,也是在这个小村庄。

盛夏酷热,仿佛天空在燃烧。眼看着麦子由绿变黄,饱满的麦穗在轻风中摇头晃脑,等着收割归仓。还没等我们进入麦田,夏天的一把火先把我们煅烧了一回。那天上午刚在村里幼儿园和小朋友们一起度过儿童节,回到宿舍吃中午饭的时候,突然有一村民着急忙慌跑来报告:"热合曼家着火了!"工作队员们立刻放下饭碗,在村委会大院召集所有的人迅疾赶到火场。

热合曼家的后院堆了很多柴禾和木料,可能是做饭时烟囱的火苗窜出来引燃了柴草,然后迅速蔓延开来。短短几分钟的时间,火势凶猛得已经快逼到房间,院子里茂盛的大树被烧得滋滋作响,浓烟滚滚,窒息逼人。各家院子、房子都是连在一起的,如不迅速控制火势就会火烧连营,后果可见。

没有谁招呼动员，乡亲们老老少少远远地看到火光浓烟，就迅速提着水桶、端着盆子赶到火场。院子后面有条灌溉水渠，正好在浇棉田，有人用坎土曼刨了一道沟，把水引到院子里，这下方便了取水救火。火势越来越旺，人在五米之外都被热浪灼逼，如被人掐住喉咙般呼吸困难。一盆水根本泼不到火的跟前，眼睁睁看着那堆木料燃烧成通红的焦炭。只能先把火区隔离开来，防止蔓延，抓紧转移屋里的生活用品。关键时刻镇里的消防车赶到了，几条高压水枪从几个方向齐射，终于遏制住了火势，并最终扑灭。

　　由于扑救及时，除院子里的木料杂物和几棵树被烧毁，房屋一侧被火燎焦之外，其余都无大碍，特别是没让火势蔓延殃及邻居。这时才发现我们几个浑身都湿透了，不知是水还是汗，每个人灰头土脸，像刚出炭窑，脚下一片狼藉泥泞，到处是泥水和烧焦的木头。那一排排白杨树，经过火焰的洗礼有些憔悴，萎靡的枝叶垂头丧气地耷拉着。其实不必担心，该绿的时候它们就绿了，该生长的时候它们还会放肆地疯长。

3

　　夏收时节如期而至，麦子染黄了田野，它用金光灿灿的色彩向太阳和蓝天致敬，向辛勤劳作的人致敬，它点燃了我内心的火焰，我们用什么来偿还麦子和阳光的情谊呢？虽然我还能分得清韭菜和麦苗的样子，但是从没有认真关心过一粒麦穗怎样走到饭桌上成为我们的给养。这一次，我有机会关注它的成长，并和它一起走过四季。

在去年秋天末梢一个晴朗的日子，艾麦提在他的地里播下了麦种，它就在沃土中发芽成长了。青苗破土的时候，冬天来了，大雪给它盖上棉被让它安然睡去。布谷鸟叫的时候，麦子苏醒了，草木还萧瑟的时候，麦田先绿了。在阳光雨露滋养下，它精神抖擞加快了行进的脚步，经过了拔节、抽穗、灌浆等过程。进入盛夏，麦田在喧哗和躁动中迎来了最辉煌的时刻。就像一位诗人比喻的那样：

麦浪，天堂的桌子
摆在田野上

钢蓝的天空下，金光灿灿又广阔浩荡的麦田让人宽慰，让人忧伤，让人翻拣出记忆中饥饿的影子。我骤然想起小时候在上学的路上伴随我们度过春夏的麦子。道路旁边就是麦田，每年这个时节，在上学放学路上看着麦子一天一天长得和我们齐高，等到麦穗饱满发黄就折下几根，一边走，一边搓，然后吹去浮皮，把清香的麦粒放进嘴里咀嚼，等到了学校，嘴里的麦粒已经被加工成筋道的泡泡糖。咀嚼着麦粒，咀嚼着夏天的滋味，我走出了少年时光。

现在夏收基本上都用上机械了。不少富裕人家购置了拖拉机、收割机、播种机等农业机械,自己使用,也租借给别人。收割机开到麦田里,半天时间,一片小麦地的收割、脱粒就完成了,大大解放了人力,收麦子没那么辛苦了。麦麦提敏是村里的能人、富裕户,他家在村委会大院门口开了一间小超市,家里有一台拖拉机、一台小型收割机。农忙时节他收割完自家的庄稼,就把机器出租出去,或者直接开着机器把自己也租出去,轻轻松松度过秋夏。家里没有大机器的,就购买一些简单的农机具,我在地里甚至看到有村民用挎在身上的电动园林割草机来收割麦子和玉米。在收割机不方便操作的地方,就需要操起镰刀来收割了。

艾麦提家的大田里主要种棉花和万寿菊,这也是他家的主要经济来源,一年下来有近两万块钱的收成。另外在离家近的地方种了两亩麦子和一亩西瓜,由于地形不规整,不适于农机收割,要用镰刀手工收割。他是我的包户,帮他收割是我的责任。一大早,在布谷鸟悦耳的鸣叫声中,我带了两名工作队员,到了艾麦提家的麦地,一起挥着镰刀下麦地了。

多年不事稼穑,镰刀上手有些陌生。我脱下衣衫,戴上手套,左手把麦,右手抢镰,"足蒸暑土气,背灼炎天光",弯着腰,挥镰前行,汗如雨下。浑身很快被汗水湿透,眼里、嘴里、鼻子里都是咸涩的滋味,手上起了水泡,水泡又变成血泡。一会儿腰就又困又疼,直起来弯不下去,弯下去又直不起来。总觉得低头下腰割了很长时间,一抬头却没有前行几步,半天也到不了头。这一天是我身体和精神蜕变的日子,艰难丰厚的生活就在我的手指间。

农机具普及了,持镰刈麦的手工劳动越来越少。但对我来说还是需要手持镰刀下地割一次麦子,否则怎么能说我在农村生活过?理解了农事的艰辛,就会珍惜自己的饭碗。一个夏天的好收成,可以安抚乡亲们一年的辛劳,也给我们带来慰藉。这一年,我的身体有了耐力,精神不再矫情。抓饭包子烤肉是一顿饭,一碗酽茶一个馕也是一顿饭。我开始关心一茬一茬庄稼的生长,会把手上最后一粒馕屑小心送入口中。这个时候,我也可以说:你不能说我一无所有,你不能说我两手空空,"叹息生何陋,劬劳不自惭"。

夏收结束后,我们在村委会组织了一次麦西来甫,全村男女老小欢聚在浓荫蔽日的大柳树下,唱歌跳舞,沉浸在丰收的喜悦之中。

怀着最欢快的心情歌唱啊,

歌中充满了音乐——

充满了男子气概,女人心肠,赤子之心啊!

充满了寻常劳动气息,

充满了谷物和树木。

那位美国诗人惠特曼仿佛在一百多年前就为我们这次欢聚写下了诗篇。

人狗之间

> 没想到的是我竟然这么在意一条曾作为伙伴的狗,纷纷尘世,总有长情。

最近,有一原来的同事在微信上说,又去亚勒古孜塔勒村了,这不由勾起了我对那片乡土的情愫。我给他的微信发消息说:代我给艾合麦提、努尔古力几位乡亲问好。特别叮嘱,去看看警犬巴力,给它买几根香肠之类的食品。后来他给我回信说:人的事情办完了,狗的事情没法办,巴力已经死了,老死了。听到这个消息,想起几年前在村子里和这个狗东西一起相处的日子,不禁黯然神伤。

我在过去的文章里记叙过我和巴力的故事,那是一条淘汰下来的警犬,随我们一同从首府城市到偏远乡村驻村。我带着它,走遍了亚勒古孜塔勒村的乡村田野、沙漠林地,有了它的陪伴,我可以一个人自由地窥探这个村子的各个隐秘角落。有巴

力在身边,虽孤身一人,也心有定力,不惧立于危墙之下,狗壮怂人胆嘛!

有一次,我带着巴力在远离村庄的一块棉花地里穿行,在前面奔跑的狗突然一下子停下了,一只前爪血淋淋地悬起,浑身发抖。原来是中了夹子。老乡在地里设置了夹子,可能是用来捕捉狐狸、旱獭之类的小兽,没有想到让一条警犬中招了。我小心翼翼地把带尖齿的夹子从巴力鲜血淋漓的前爪上取下,试了一下,还可以走路,就是有些跛。我摸着巴力的头对它说:"今天幸亏你了,如果不是你在前面蹚路,老夫可能就马失前蹄了。"

巴力还生过一场大病,差点要了狗命。巴力住的地方简陋,曾经给它搭了一个遮风避雨的小棚,它从不进去住,一直就拴在窗子下面。有一天,我发现它的腹部和尾巴上出现了溃烂,敷了些药仍不见好转。后经咨询得知,这是犬不服当地水土、蚊虫叮咬后免疫力低下造成的,不及时救治就会死去。于是,我立即决定将它送往县上专门的犬医院。送它去医院的时候,巴力凌厉的狗眼柔和了许多,它流着浑浊的泪,趴在车上给我摇着尾巴,像是告别。还好,经过一个月的治疗,巴力康复了,我得以继续和它一起穿行于田野村落,看云飞日落。

我和巴力之间的关系经历了由冷漠到信任,再到建立感情、亲如伙伴的过程。开始带它出去还牵着绳,不久就完全撒手。有时跑得不见影子了,高喊一声,它便立即从青纱帐里奔回来。巴力是受过训练的警犬,忠于职守,不吃嗟来之食,也不仗势欺人,狐假虎威,始终保持着一种特有的自尊。我喜欢这种品格,不知道它是怎样养成的。

如今我已退休,巴力的衰老与死去也是必然的,"翁今自憔悴,子去亦宜然",谁都逃不过那个天命。我不忍细问巴力是怎么死去的,它有它的归宿。没想到的是我竟然这么在意一条曾作为伙伴的狗,纷纷尘世,总有长情。其实我们一起相处的日子也不过一年多,与一条狗建立信任、培养感情比和人交往要容易得多。

以前我对狗并无太多好感,小时候我被狗咬过,留下过心理阴影。那还是在上小学的时候,一同学的父亲不知从哪里牵来了一条大狼狗,养在家里。小伙伴们都很好奇,纷纷结伴去他家探望。狼狗盘坐在那里,不怒自威。它对其他小朋友都挺友好,大家伙儿可以逗它,甚至摸它的头,不知为什么,唯独对我充满了敌意。那狗凶巴巴的眼睛一直瞪着我,我不敢直视它。稍微有动一动的企图,这家伙就从嗓子里发出低沉的警告声。在它面前,我像坏分子一样不敢乱说乱动。有一天在外面碰见了它,同学正带着它溜达。见了我,这家伙眼露凶光,如遇猎物。我心虚起来,不敢和它对视,加快脚步想要离开。我终于没有忍住,跑了起来。狼狗立即追赶,我哪能跑过它,魂飞魄散的时候,被这个狗家伙咬住了脚脖子。几十年过去了,许多东西都烟消云散了,唯有这件事还记得,腿上狗咬的印痕至今仍然隐隐可见。真不明白,它哪只狗眼看我像坏人?

由于驻村,得以和巴力这个狗友长时间接触,使我对狗有了一种说不上来的亲近感,比和人打交道更容易。以后遇到狗我不再害怕,甚至有这样的体验:本来狗子对你充满戒备,可在你对其释放出善意时,它是能够知道的。在伊犁山区游玩时,我几次遇到过哈萨克牧羊狗,不知道它们是否嗅出我身上有与巴力相关的某种气息,见了我尾巴高竖,摇个不停,围着撒欢,一招呼它就往你身上扑,一点都不见外。在海南西沙银屿岛旅游时,一上岛除了有十来户居民,还有一黑一白两只小狗来回奔跑。这两只小狗见惯了来往旅客,温顺友好,却也保持距离。但两个小家伙对我却格外亲,前前后后很乖巧地一直围着我转,尾巴摇个不停,好像我们是隔海的亲人。

　　小时候,我家住在城乡接合部,出了工厂大院,四周都是农村田野村落,经常可以听到犬吠牛哞,随处都可以看到或懒散或警觉的狗子,自由自在地四处游荡着。这些无所事事、耀武扬威的家伙,我们是不敢惹的,要么赶快躲开,要么依仗身边有大人对它呵斥。我们只会欺负牛啊羊啊鸡啊鹅啊这些善良温驯、不会反抗的动物,人的有些病根是不是童年就落下了? 我好奇的是,那些狗最后都到哪儿去了? 不知所终,但肯定不是被吃了,新疆人是不吃狗的。

　　现在的住宅小区里也可以看到许多狗子,和它们的前辈相比,这些狗东西尊贵多了,被称为宠物。豢养它们的主人都视这些宠物为自己的孩子,呵护有加,"儿子""女儿"地叫着,有的还穿着花花绿绿的衣服、鞋子，一副沐猴而冠的样子。狗子和它们的主人一样，享受着时代的红利。

　　我并不喜欢养狗啊猫啊之类的宠物，不愿在它们身上费精力，也看不惯对宠物比对亲娘老子都亲的"狗爹狗娘"。可没想到，有一天我也会与宠物小狗有一段亲密接触的时光。有一天在院子里和太太散步，看到一条吉娃娃小狗怔怔地看着我们，见这小狗这么可爱，就和它对视了一下逗了逗它，没想到小狗竟一直跟随我俩回家，到一楼门口停住了。我们以为是谁家走失的宠物，给它喂了几根香肠，把它赶走了。没想第二天打开门，这个小家伙又蹲立在门口，湿漉漉的大眼睛楚楚可怜地望着我俩。问了院子里的人，才知这是一条被遗弃的狗。这条棕色的吉娃娃身形娇小，眼睛又大又圆，耳朵像树叶一样展括，有些呆萌。我们让它进了门，它小尾巴摇个不停，终于有人收留它了。

　　这只乖巧的吉娃娃，很聪明，也很规矩，我们在一起度过了一段快活时光，小狗欢快，我们也高兴。后来因要出门远游，就把小狗托付给一位朋友照看。等一个多月后回来，朋友把小狗送了回来。刚到大门口，小狗就挣脱束缚，一下扑到我太太的怀里，嘴里呜呜咽咽，眼中带着委屈。虽然依然乖巧呆萌，极力想讨人欢喜，但力不从心，情绪不高，也不愿出门，赖在人怀里就不走开，一直用可怜巴巴的大眼睛凝望着你。还不断地咳嗽，咳出淡淡的血色，感觉像生病了。送到宠物医院一检查，果然比预料的更严重。医生说，小狗的内脏遭了重击，很严重，活不了几天。

这让我们很惊诧，不知道它遭受了怎样的厄运。三天后它就死了，安详地死在我太太的怀里。

吉娃娃感觉和巴力是不一样的。巴力像一个靠得住的好朋友，我们之间保持距离又彼此信任和牵挂。巴力的离去，让我感到惆怅，也仅此而已。而吉娃娃则像家里一员，它的死去让人伤悲，有种亲人离去般的难过。我理解了养宠物的人对待它们像家人一样的那种感情，这是人类对他忠实的伙伴应有的一份善意和悲悯。

在广西玉林、桂林等地有吃狗肉的习俗，特别是玉林还自发形成了一个民间节日"玉林狗肉节"。这也引起了一些爱狗人的愤怒和抗议，每年夏至狗肉节期间，都有中外一些"狗粉"前去滋扰一番。其实从狗变成人类的伙伴起，它就成了人类餐桌上的食物。对于吃狗肉，我当然知道这个传统和历史。史载，樊哙就是以屠狗卖狗肉为业，刘邦也是狗肉爱好者，经常去樊哙那里啖一顿。即便吃狗肉的传统源远流长，但我心理上还是不能接受。每当我路过那些"香肉店"，好像挂在架子上烤得焦黄的狗就是我熟悉的巴力，是那可怜巴巴的吉娃娃。

最近两则与狗有关的消息颇引人注目。一则是因为俄罗斯对乌克兰采取"特别军事行动"，此举遭到国际社会的制裁。连国际犬业联合会也宣布对俄罗斯的狗进行制裁，禁止其参加该组织举办的各类赛事。人做的事情，把狗牵扯进来承担后果，可见狗的命运和人连在一起了。狗子如果会说话也会抗议的：

"还有狗权吗？其他狗同意了吗？"

另一则是新冠病毒感染疫情（以下简称"疫情"）防控期间，某地身穿防疫服的工作人员，在狗的主人被隔离，未告知主人的情况下，将一只宠物狗乱棍打死。人类的悲欢从不相通，在你眼中是宠物、家中一员，在别人眼里可能就是走狗、恶犬。有时候人和人的差距和分歧比人和狗的还大。

去过土耳其的人说，伊斯坦布尔是流浪狗的天堂，大街上到处能看到悠闲自得的流浪狗。那里的人也善待这些落魄的朋友。英国作家杰森·古德温在《奥斯曼帝国闲史》中说："几百年来，奥斯曼帝国街头的流浪狗到处游荡，互相撕咬，在阳光下打盹……在帝国的最后岁月，一家法国公司出价50万法郎，想把伊斯坦布尔的15万只流浪狗都做成狗皮手套。苏丹尽管正缺钱，但却高贵地拒绝了。"他写道："或许奥斯曼帝国被践踏的心中仍旧保留了一点谦逊的品质，往昔的一点点回声，这阻止了他们对动物施暴。"这种对待人类朋友的态度还真的让人肃然起敬。

此时春分已过，又有一场大雪降临，这个春天姗姗来迟，好像又没有来。而远处的战争和身边的疫情在这个阴郁冰冷的季节呼啸而至，有的人和有的狗都已经看不到明媚热烈的夏天。更多的人、更多的生灵悲欣交集地活着，他们等待的不是一个季节，而是希望。

帅哥变人渣

　　我真切地看到了这样一个戴着漂亮面具的禽兽,这世界对他来说,就是一个华丽的牢笼。一切都会偿清,他当然会感受到阳光下死亡的况味,在最后的时刻慢慢咀嚼恐惧和绝望。

1

　　有一部涉罪案电视剧《无证之罪》,里面有个叫李丰田的恶人,一脸沧桑,藏着邪魅的笑。抽烟时掐掉过滤嘴,反过来点烟,随手抄起一个烟灰缸就把人杀了,还若无其事地用身边的红色锦旗擦拭手上的鲜血。最让人惊骇的是,他在火化炉前分尸,一边啃着鸡腿,一边用铁锹肢解尸体,脚下血肉横飞,他却泰然自若,如剁一块冷冰,脸上还有一丝满足的、愉悦的神情,真是令人不寒而栗。演员宁理塑造的这个人物像是噩梦中的幽鬼，在现实中，我见到过这样残暴狠硬的恶人，不过他是另外一种面目。

在伊犁挂职时，我曾参与过一起凶杀案件的侦破。案件发生在一个边远山区，不算很复杂。破案过程也没有那么曲折惊险，很短时间内就侦破了，但凶残的案犯给我留下了深刻印象。

那是9月的一天，天气已入秋凉，巩留县一个乡村发生了一起杀人案。接报后，主管刑侦的副局长和我带领刑侦部门的几个骨干一起赶往案发现场。巩留县距伊宁市大约100公里，案件发生在莫乎尔乡一个偏远的村子，距县城又有百余公里。莫乎尔乡现在已改名叫库尔德宁镇，因为在距乡镇不远的地方有个闻名的库尔德宁自然保护区，是著名的旅游景区。这一带也是中国野果林分布带，山空林密，水流花开，是个景色秀丽的好地方。

案子发生在一个半农半牧的偏僻村落，是哈萨克牧民的定居点，村里几乎都是哈萨克族人。房主是一个四十岁左右的男子，有张暗红而粗糙的脸和一双青筋暴起的手。他伤恸欲绝地向专案组人员陈述这几天发生的事情，他和老婆这段时间一直在山上放牧牛羊、收割牧草，他的母亲带着几个孩子在家，这样的事情也是常态了。今天有人上山给他捎信，说他家里发生了惨案，他这才急忙从山上下来。

作为一名警察，虽然我见过不少杀人案现场，但这个凶杀现场的惨烈程度还是深深震撼了我。一个小院，东南两排厢房，西面和南面是牲口棚和草料房。靠东面一间不大的屋子里,床上床下血泊中横竖躺卧着四具尸体,一位老妪,三个儿童,一把带血的长柄大斧被弃在地上,屋子里充斥着末日般的血腥气味。杀人者是个狠人。

2

这是一起重大案件,州局立即成立了专案组,并安排了几个小组分别进行勘查现场、走访摸排、信息查询、组织协调。我跟了一个小组临时住在村子里临街的一家旅舍。一条马路从村里横穿而过,路两边是民居、小商店,行人不多,不时有牛羊慢悠悠地从街上穿过。这条路一边可通乡镇,一边可通景区,这里是个小小的交通枢纽。我们住在二楼,楼下是个小商店,这是村里最豪华的旅店了。宿舍四人一间,没有卫生间,晚上不敢多喝水。楼下小商店里,经常有几个闲人在店里喝酒。他们不是买一瓶,而是买上两三杯,几人倚着柜台一边对饮,一边乐呵地说着什么。喝完杯中酒后,几人抹一把脸,如做完一件重要的事情,带着满意的神情离去。

北疆一带尤其牧区的人喜欢喝酒,这种喜爱缘自宽广草原上游牧的寂寞,也受严寒气候的影响,这还是他们火热粗犷性格的体现,最后形成特有的习惯,几人聚在一起鲜有不喝酒的。无论冬夏,在伊犁的街道路边不时可以看到醉汉晃荡,有的则长卧路边,冬天则有酒后冻死在外面的。冬天因酗酒肇事肇祸的案件格外多。有的牧民喝多了酒,只要能上马背,马就可以把他带回家。

记得有一年春节前夕,我随公安部工作组到北疆一地区检查"五条禁令"贯彻落实情况,其中有一条禁令是"严禁在工作期间饮酒"。那天到某县辖区,远远看到几个人在风雪中抱了一壶什么东西在排队等候。原来是这个辖区派出所所长带着人和酒迎接检查组——按照当地礼节要给远道而来的客人敬下马酒。真让人哭笑不得,这不撞枪口上了吗?再热情好客也不能顶风作案,公然违规啊。于是这里成了教育整顿的重点地区。那些年,北疆地区一些基层公安机关因违反"五条禁令"、酒后驾车肇事、工作期间饮酒、携枪饮酒而被处分的民警不在个别。这里的人爱酒嗜酒,到了不管不顾的地步。

天黑下来后,街道上寂寞而冷清,几家昏黄的灯光忽明忽暗如鬼火般闪着,不时可以听到犬吠的声音。天不亮,我就被一阵阵呼啸的汽车喇叭声吵醒,一辆中巴车在村子的街道上来来回回打着喇叭,这是跑县上的早班车在招呼客人呢。来回闹腾了一个多小时才渐渐消停,乡村又寂静下来。太阳升起,炊烟袅袅,新的一天又开始了。

3

各专案小组根据职责迅速进入角色,开展工作。现场提取的指纹、脚印、毛发、血样、体液等立即送州局和自治区公安厅做检测。案情不算太复杂，刚刚一个星期，各组的情况汇报上来，案情基本明了，嫌犯也被锁定。刑警办案有"快三、慢七、不过十"之说，一周内是案件能否侦破的关键期。现场、物证、人证和运气，是侦破一起案件的几个重要因素。这起案件的各方要素都及时取到，证据齐全，所以在一周内就有了眉目。

住在邻村的巴某很快被锁定为嫌疑人，现场指纹、脚印、体液等多项证据都准确无误地指向他。还有村民反映当夜他敲了好几家的门。调查还显示，就在警察紧锣密鼓侦查破案的时候，这个犯罪嫌疑人去了六七百公里外的一个县城，说是去和当地一个女孩订婚。专案组当即派民警驱车连夜赶往那里，没有任何悬念，第二天在热闹的现场，订婚仪式结束后拘捕了他，采集了 DNA 并迅速送检。

这个犯下血腥罪行，毁灭了四个人的世界的凶手，事后很镇定，烧毁了当日作案时的衣物，居然像没事人一样，还有心情跑到远方去订婚，没有一点对法律的忌惮、对生命的敬畏。当警察出现在他面前时，他一脸无辜，还抱怨抓捕他的警察没有给他面子，在这么重要的场合抓他，让他难堪，把他的订婚计划都破坏了。

在审讯室我见了这个嫌犯。二十五六岁，脸上线条坚硬，鼻子坚挺，眼神犀利。一缕头发不经意地垂下盖住左眼，潇洒又不羁。不像常见到的大圆脸、眯缝眼的牧民，这个家伙身体健壮，体形健美，宽肩蜂腰，像是做过健身，在穿着上也不同于一般牧区的人，一身西服修身而时尚。我心里甚至飘过一丝可惜的情绪，如果有好的教育条件和社会资源，他会不会有更好的前程？我提醒自己，不要因为其英俊的外表而忽略其反社会人格的丑恶。调查表明，他不是第一次犯案，有过盗窃、抢劫、强奸的前科。这次他又酒后逞凶，残暴之极。他的面具再好，皮囊再漂亮，也是一人渣。金子会发光，玻璃碴也会反光。

和许多犯罪嫌疑人一样，巴某一开始心存侥幸，负隅顽抗，和审讯人员展开心理博弈。我相信科学数据不会撒谎，但在各种证据面前，他还是拒不认罪。毁了一个家庭，残杀了四人，他仍是一副满不在乎的样子，没有一点愧疚、悔过。要不是审讯室有监控设备，真想冲过去给这家伙一顿老拳。北野武的一部电影里，那个罗圈腿警察对付恶棍的办法就是不多废话，直接痛揍，简单粗暴但有效，沉默的暴力是同这类人沟通的最好方式。当然，这个想法只是在脑海里演练了一下。

刑侦处长有丰富的办案经验，他说："现在不急了，饭在锅里就等熟了，他熬不过几天。"审讯持续到第三天，巴某的意志开始崩溃了，说要见他的亲人。审讯人员把他的弟弟妹妹带到了看守所。兄妹见面相拥而哭，他嘱咐了弟妹一些事情，然后要了一根烟，交代了作案经过。这时距案发那日正好十天。

4

巴某是个乡村闲人,他成长的年代也正处于社会转型期,传统的生产、生活方式面临重大变迁。他不屑于像父辈那样辗转牧场放牧牛羊,也不会耕种稼穑,还不愿走出大山外出打工。新的事物不断涌现,传统道德面临冲突和崩坏。他学会吃穿享乐,且不肯降低自己的生活水平,靠着父母辛苦积攒下的牛羊马匹等家业过着寄生虫的生活。他在偷窃、抢劫、酗酒、打架中成长起来,成了村里一霸。陀思妥耶夫斯基曾说:"残暴是一种习惯,它不断地发展,最后发展成一种病态。"那天晚上巴某在这个村子和一伙人喝了很多酒,半夜散伙后没有回家去,想留宿在本村,他敲了好几家人的门,都没有给他开。最后到了自己这个远房亲戚家,给开了门。这家主人夫妇去山上打草、放羊,家中有一个老人和三个孩子,其中一个是十四岁女孩。酒精浇灭了人性,点燃了兽性。巴某醉酒中见色起意,欲强暴女孩,遭强拒、反抗和斥责,便恼羞成怒,持斧残忍杀害了四人,之后趁着夜色逃遁。整个案件没有预谋和设计,从人到兽他转换得如此自然快速。

我没有认真分析过巴某的成长经历、家庭环境,社会对他有怎样的影响我也不清楚。但一个对老人、孩子,对自己的亲人都痛下毒手的家伙,无论怎么说都是人神共愤的人渣。英国作家戈尔丁在其寓言小说《蝇王》中把这类人的人性之恶揭示得淋漓尽致。他认为，人们不会无端向善，但却绝对会盲目从恶。因为本性狭隘，灵魂污浊，加上成长环境或际遇中一些因素的影响，这类人的心里有着无数的恶鬼在咆哮，冷酷无情，什么坏事都敢做。他们并不能认识到自己本性中的幽暗，因而不能控制欲望和恶念，一有诱因，就会把自己变成野兽。我真切地看到了这样一个戴着漂亮面具的禽兽，这世界对他来说，就是一个华丽的牢笼。一切都会偿清，他当然会感受到阳光下死亡的况味，在最后的时刻慢慢咀嚼恐惧和绝望。真是可惜了一副好皮囊。

一场秋雨寒彻了山谷，天气愈加凉了。

不甘矫情的
新疆美食

时间长了，饮食习惯沉淀为文化心理，影响人的性格和气质。它和边疆的山川河流、大漠戈壁、草原森林是一脉相承的。这些美食喂饱了我们的肚子，滋养着我们的精神，也维系着我们的人情关系。

记得上中学时有一篇课文叫《吃吃喝喝决不是小事》，说吃吃喝喝会腐蚀革命意志，对讲究吃喝的人要保持高度警觉。那时正是"文革"时候，其实并没有那么多东西供你吃吃喝喝，反而是饥饿的因子深深烙在记忆当中，见面问候都是"吃了吗"。课文里批判吃喝，可大家心里更担忧缺吃少喝。仅从吃饱饭这个意义上说，改革开放改变了国家民族的命运，给人民带来了最大福祉。

"食无定味，适口者珍。"我去过了很多地方，也尽可能地品尝过不少南北大餐、风味小吃，还是觉得自己家乡的新疆饭菜才是自己的最爱。新疆饭菜没有谱系,上不了八大菜系的庙堂,只在江湖上享有盛名。它带着游牧民族的印记,兼收各民族菜肴之优长,形成祖国大地上特有的美食风味,令人着迷而垂涎三尺。大盘鸡是在全国最普及、最响亮的一道新疆菜,它其实就是从四川辣子鸡变化来的,倾注了边疆元素,加上了土豆块和皮带面,使它脱胎换骨成了真正的新疆美食。还有近年兴起的新疆炒米粉,善于融合的新疆人把这个西南盛行的酸爽美食,硬是改造成了新疆口味,"先辣嘴唇子,后辣沟门子",没有最辣,只有爆辣,辣到变态。这么重口味的美食可是新疆女孩子的最爱,炒米粉馆子尽是她们窈窕浩荡的身影。

新疆的民间美食就和新疆山河一样大气、壮阔。大盘肉、大盘鸡、大盘鱼、大盘鹅等,几个盘子就把桌子摆满。也没有什么"一品当朝""金瓜送宝""红翠白玉"等似是而非的叫法,直截了当直呼其名:抓饭、包子、胡辣羊蹄子、羊肉焖饼子……不用猜想,就知道吃的是什么。这也暗合了这个地方人的脾性:粗放、豪气、真诚,直接而不太讲究,缺乏细节。时间长了,饮食习惯沉淀为文化心理,影响人的性格和气质。它和边疆的山川河流、大漠戈壁、草原森林是一脉相承的。这些美食喂饱了我们的肚子,滋养着我们的精神,也维系着我们的人情关系。有朋友自远方来,再怎么忙,也必须抽出时间"请你吃个饭",无论丰俭,哪怕是一盘拌面、一顿抓饭,也是一份情谊。不然就会被鄙视,朋友也做不成了——"你到我那里是手抓肉,我到你这里就只剩下手抓手了?"让人用尻子笑话呢。

有几个地方的早餐给我留下深刻记忆。一次和同事出差,在新和县一宾馆住了半个多月。每天早餐都有一盘卤鸽,哈力江说:"这个嘛,是个太好的东西,女人吃了漂亮,男人吃了有力量!"早饭这么奢侈,不禁让人窃喜,每次都嚼得骨头渣都不剩。然而吃了一个星期就受不了,满嘴燎泡,眼睛赤红,身体肿胀,见了桌上焦黄的鸽子都觉得是一团燃烧的火,再也不敢贪嘴了。

有一年和一位厅领导去沙雅县出差,每天一大早,老爷子的早饭都是一盘头锅带羊腿把子的抓饭,还真是惊到我了。虽然沙雅海楼的抓饭全疆闻名,也听说过这里抓饭养人,所以长寿老人才多,可我也没有见过一大早就吃抓饭的。这位厅领导一直身体健硕,精力充沛,思维也敏捷,不知道是否和爱吃抓饭,尤其是一大早吃抓饭有关。我陪他吃了一个星期,渐入佳境,感觉甚好。

在伊宁市,如果有人郑重地说我们明天一起吃个早饭,你一定要做好思想准备,这不是一碗豆浆、两根油条那么简单的事,一定是超出你想象的一次早餐。在斯大林大街一个偏僻的巷子里,一家不起眼的小门面摆了四五张桌子,坐满了吃早餐的人。不用点餐,标准都一样:每人有一大海碗浮着奶皮子的热奶茶,还有一碗牛肉面。羊肉炒时令蔬菜,红、绿、黄、白填满六个盘子。包子、花卷、热馕随选,配之以果酱、蜂蜜、黄油等小碟。拿起筷子的时候你会感叹:这哪里是吃早饭,一顿主餐也不过如此吧!

20世纪90年代,我正值年富力强、能吃能干的时候,经常到南北疆出差。那时还没有高速路,都是普通国道,火车在南北疆也没有完全通达。飞机只有领导才能乘坐。所以开着车子出差是常态。国道沿线的城镇,都处于交通要道,饭馆云集,也就有机会品尝到全疆各地的民间家常小吃。沙湾的大盘鸡,五台的丸子汤,芦草沟的高压面,托克逊的拌面,一杆旗的抓饭,叶城的烤肉,皮山的烤包子……一路风尘也一路飘香。

从乌鲁木齐到南疆的第一个站点就是托克逊县,早上出发,驱车三四个小时,到这里正好是饭点。一般都在这里停歇一下,吃个饭,给车子加个油。人吃马嚼,补充力量,然后一口气过甘沟,穿乌拉斯台,经焉耆到库尔勒。托克逊的拌面馆就在道路两边,一家赛一家,家家不寻常,谁家馆子门前停车最多就是好口碑。拌面也叫拉条子,除了经典的过油肉拌面,还有繁多配拌面的炒菜:辣子、茄子、西红柿、芹菜、洋芋丝、韭菜、豆角……各种时令蔬菜都是拌面的伴侣,它们与牛羊肉炒在一起,五颜六色,香气四溢。一个星期不重样都吃不过来,你只能看着干着急。老板精明但厚道,往往是菜比面多,肉比菜多,还可随意加面。一盘过油肉拌面下肚,足以充饥饿慰风尘,前面路途再漫长也不担心了。

一个真正的新疆人谁还不知道托克逊拌面呢?它现在已经成了新疆的快餐品牌,和北疆著名的"旱码头"的奇台拌面齐名，是正宗好拌面的标准。在乌鲁木齐北郊一个偏僻的地方，一家打着"托克逊拌面"招牌的餐厅常年火爆，每到中午饭点，餐厅门口停满了四面八方来的车辆，人们蜂聚就为那一口拉条子。乌鲁木齐的拌面馆子比羊还多，而这里则像羊群开会的牧场。

不少新疆人都有这样的体验，每到内地出差、游玩，不过一个星期，就会想念拌面，是那种失魂落魄的挂念。我自己每次从内地出差回来，有时候都来不及回家，就先到一家拌面馆子美美地吃一盘拉条子，这才有一种回到家的满足感。我有个同事爱吃会吃，城里有名的小吃馆子都逃不过他的法眼，他把自己吃成了粗脖大脸的厨师模样。惊人之举是一次从内地出差回来，不回家而先奔到饭馆，要了两个拌面、一个过油肉、一个炒酸菜，还要再加两个面，外加十个烤肉，最后居然能片甲不留，一扫而光。食毕，这厮扣着肚皮，直言舒坦，脸上洋溢着幸福。

烤肉是最让人魂牵梦绕，也是最能代表新疆气质的民间美食。它简单、粗粝、扎实、味美，给平凡的人们增加力量，为人间烟火平添况味。内地把它叫作羊肉串或烤串，新疆人则一直固执地叫烤肉。常见的烤肉当然是钢钎或果木串的新鲜羊肉。此外还有在馕坑里烤的大串烤肉，小臂那么长，有用钎子穿的，也有挂在铁架子上的。大串烤肉上串的羊肉一般要经过皮牙子、鸡蛋清等拌制调料的腌制。在乌鲁木齐烟火缭绕的红旗路、文艺路、五一路、三桥桥头的烤肉摊子上，曾经留下了我们年轻时贪吃的印记，从五毛一串吃到三块一串。每次都让摊主多放孜然、辣子,仿佛不这样要求就显得不会吃。不用我们开口,摊主就会给"奖金",大约吃十串奖一串,吃完后数钎子结账,摊主不会少给烤肉,只有吃货少数钎子。

如今乌鲁木齐街头再也见不着炭红烟青、飘着肉香的烤肉摊子了。吃烤肉要去饭馆餐厅,你看不到烤串在师傅的手中被反复轻拍翻转,看不到辣面孜然在上面欢快跳舞的过程,听不到"没有结婚的羊娃子"的吆喝,只能落寞地享用结果,买单的时候你会发现,一串烤肉最便宜也在五六块钱了。

吃烤肉最豪横的一次是在莎车县驻村期间。正好有朋友来看望我,就带他们去了巴扎吃烤肉。巴扎上有一家两兄弟开的烤肉店,店面不大,门口挂着几只刚宰好的羊,有一个烤肉槽子和一个馕坑,旁边堆了些梭梭柴、红柳等果木。卖烤肉的小伙子说:"羊肉分两种,一种是本地戈壁滩上的羊,一种是北疆草原上的羊。"他们认为本地羊肉味道好,每公斤要比北疆羊贵5元。我们看不出哪个是哪个,任他凭良心给我们称了三公斤本地羊肉。用红柳枝穿上软肉,在槽子上烤炙,带骨的肉放进馕坑里烤炙。除了咸盐,不放任何调料,只有羊肉原味的鲜美。每人一碗肉汤,泡着热馕,就着烤肉,食毕,身上散发着浓浓的羊肉味,心里充盈着满满的幸福。

最好吃最可口的当然是家里的饭了。退休了,我太太一有时间就精进厨艺,绞尽脑汁变着法儿地把一日三餐做出新花样。当然最日常的主食仍然是拌面,面永远是那盘筋道、滑爽的拉条子,不断翻新变化的是拉条子的伴侣——炒菜,只要是当下能吃到的蔬菜都被她爆炒过。入秋以来她一直念叨"九月的韭,香破口",过了九月,大田里最后一茬子的嫩韭菜也就随着秋风消失了。在秋分时节,我们没有相互辜负。太太先是精心地包了一顿羊肉韭菜饺子,略过小瘾。第二天,又用羊羔肉、红辣子配绿韭菜炒了个旺菜,拌上拉条子,吃了个不言传。毫不夸饰地说,无论味道、色泽还是花样,我都觉得我太太做拌面的水平赶上乌市最好餐厅的厨师了,愿这句话被她看到,继续进阶。

吃吃喝喝绝不是小事,没有饭吃才是大事。"浮云世事改,孤月此心明。"我们置身于万象纷纭之中,它们使我们眼花缭乱,却蒙蔽不了我们。谁也不能饿着肚子矫情。

从头做起

　　头发是我们血脉的一部分,有过青春的闪亮光泽,有过枯黄脆弱的不堪,像离离原上草一样不能自拔,也如烦乱的生活一样不能自理。红尘一笑皆过客,我与梨花共白头。收拾自己,从头做起吧。

　　岁月不饶人,但也不欺人,"最是人间留不住,朱颜辞镜花辞树",从两鬓斑白到满头飞霜,正是步入岁暮的标志。不再染发,不用担心坐在前台被人议论年纪大了,强做年轻状。但头发还是要收拾的,保持干净、整洁、清爽,不要让时间把自己打磨成自己所厌憎的样子。

　　楼下开了一家便民理发店,开始是一个中年男子经营,可能嫌挣钱少,干了一段时间就走了,又换了一位女子继续经营。因为在家门口,方便快捷,技艺尚可,价格便宜,头上的事情基本上就交给这里了。疫情期间,封控在家几个月,头发长得越来越像艺术家。解封后一件重要的事情便是剪去千缕陈丝,还我一个清爽。岁末那几天理发的人很多,一堆人戴着口罩坐在那里,髭髭的"荒草"等待着被收割、修理,困窘日子已经过去,新的一年要从头做起。

我对自己的发型从来没有追求,剪短、精神即可。不知什么时候,白发已悄悄上头,我不能免俗地也染起发来,显得自己还年富力强,每月至少要花上时间染一次。在机关里,你若顶着一头白发就好像是对谁不满,不然就是真的老了该离岗了。领导干部染黑发,穿夹克,那简直就是不成文的规矩。直到那年我驻村,才不染发了。那个地老天荒的地方,谁都不会在乎你是光头还是长发,是黑发还是白头。一天忙到黑,与尘土为伴,操着稳定平安、致富脱贫、春种秋收的心,根本顾不上自己头上那点事。工作队全体同志都一度索性剃了光头,省去了许多麻烦和烦恼。

家门口这样便捷的理发店街面上很少见了,街上多是发屋、发廊、美发店,装修华丽而伧俗。进这样的美发店总会有一种心里不踏实甚至被算计的感觉。每店都有一位"集技术与才华于一身"的托尼老师,他夸饰、独特的发型就是广告。理一次发,店员都会给你推荐会员卡、充值卡和理发以外的服务项目。会员卡我办了不止一次,充的值都没有消费完,过段时间再去,店就不见了。有次理完发,一头金发的托尼老师对我意味深长地说:"照照镜子看看你自己,觉得行吗?"仿佛当头一棒,平地起雷,我觉得他另有所指,不仅仅是说发型,竟然有些心虚地自惭形秽起来。以后理发就尽量去传统一点、朴素一些的理发店，坐在那里心才踏实些，就洗剪吹，不多费话，没有什么心理压力。

只管洗剪吹的理发店越来越少了，更加传统的刮脸修面的匠人和店铺，在这个城市更是寻不见了。因为生产服务方式和消费观念的变化，一些传统东西消亡是必然的。可前几年我驻村的时候，还是在偏远乡镇的巴扎见到了像文物一样的剃头师傅和刮脸手艺。

在亚勒古斯塔拉村，男人们剃头刮脸是件不大不小的事情，过个十天半月都会到巴扎上把自己收拾一下。镇上有几个理发店，和城里发廊发屋区别不大，只是陈设没那么豪华。有一个"民朋友理发店"是我经常光顾的地方，店招的汉语意思很让人费思量，不知是"人民的朋友"，还是"民族朋友"？理发师三十多岁，眼睛明亮，性情和蔼，留着精致的髭须。大家不叫他托尼，叫他艾力。艾力手艺好，细心而耐心，几乎不用我提什么要求，根据我的气质、头型，每次理发都让我满意得说不出话来。价格也便宜得让人说不出话来，洗剪吹5元。有次理发时艾力友好地问我："脸不刮一下吗？"我才发觉，许多人到理发店都是躺在椅子上刮脸剃头，似乎特别享受锋利的剃刀摩挲皮肤时又痒又酥的感觉。如果在这儿仅仅理个发，好像浪费了一次享受的机会。可是我还是不想刮，其实是害怕剃刀在我喉咙上惊心动魄地蹭来蹭去。多少年来，我一直用电动剃须刀收拾自己的下巴和脸面。

一个当地乡镇的巴扎日，我在熙熙攘攘的巴扎上闲逛时，来到了剃头刮脸的地方。仿佛穿越了时光，在这里我看到了古老传统的剃头刮脸的手艺。在这里经营的剃头师傅有四五个，年纪都比较大。他们的陈设很简陋，一把椅子，一面镜子，一个带架的脸盆，一个带龙头的小水箱，还有一大块作招牌和背景的红布。主要剃头工具就是各种尺寸的剃刀，另外就是那条长长的磨剃刀的荡刀布。来这里打理的也都是上了年纪的人，他们一般不进理发店，而是喜欢在这种有烟火气的地方修修胡子，刮个脸，把头剃光，闭上眼睛享受一个时辰，再清清爽爽地去吃一盘抓饭、几串烤肉，然后满意地回家，这是他们幸福生活的一部分。

我看见有个正在刮脸修面的老人，剃光的头上点了几块白色棉球，还有一丝丝血色。这场景一下子就让人想起这片土地上的智慧人物阿凡提剃头的故事。说是一个手艺不精的剃头匠给阿凡提剃头时，在他头上拉了几道口子，剃头匠用几块棉花粘在了破口的流血处。阿凡提不满但又不好发作，便说："哎，劳道的匠人，你在我头上种棉花吗？剩下点地方，我回去种胡麻吧！"剃头匠与顾客之间是有默契的，调侃一下也算是批评指正了。如互不体谅，得罪了匠人，就会出现这种情况：眉毛、胡子要吗？如说要，剃下来递你手上；如说不要，刮下来甩在地上。这可都是照你的吩咐做的，你还能说个甚？这就是阿凡提的故事，他是个有智慧的戏精。

突然发现一个剃头师傅很面熟，这不是"民朋友理发店"的那个小胡子师傅艾力吗？这里只有他最年轻。我停下来，饶有兴趣地看着艾力表演般的神操作。他年纪不大，技艺不差，看样子得了真传。他先将热毛巾敷在客人粗糙的脸上，打开毛孔软化毛发，接着把剃刀涂满剃须膏，在荡刀布上下飞舞地摩擦一番，然后开始作业。从头额到喉咙、从眼帘到耳孔全方位地过一遍刀，一把剃刀在他手上左右翻转，刀刃贴着脸面抚过，刀过之处吹毛断发，如此流畅，唯熟手尔！在镇上的理发店里，艾力使用的主要工具是电推子和剪刀，在这唯有剃刀了。在传统与现代这两个世界，艾力像他的剃刀般游刃有余地来回腾挪，平日里在理发店他是理发师，巴扎日在这里他是剃头匠人。

剃完洗净，小胡子艾力双手展开毛巾，在客人光亮的头上来回蹭几下，齐活了。和我一同闲逛的阿迪力突然来了情绪。他坐在剃头椅子上，照着挂在墙上的小镜子，有些伤感地说，他想起了爸爸在巴扎上剃头刮脸的情景。这些老人、剃头师傅、嘈杂的环境都是那么亲切、熟悉，唤起了他儿时的记忆。他说："我要不是个光头，今天就坐在这里剃一个了！"

写到这想起了卓别林的电影《大独裁者》，里面有一段理发师为顾客剃须刮脸的情节让人印象深刻。理发师随着收音机里播放的勃拉姆斯的《匈牙利舞曲第五号》乐曲开始动刀，每个剃须刮脸动作都与音乐节奏合拍。上下飞舞的剃刀跟着音乐时快时慢，使人眼花缭乱，既夸张又自然，让人忍俊不禁，又为理发椅上那个和我们一样紧张的家伙捏一把汗。卓别林不仅是电影大

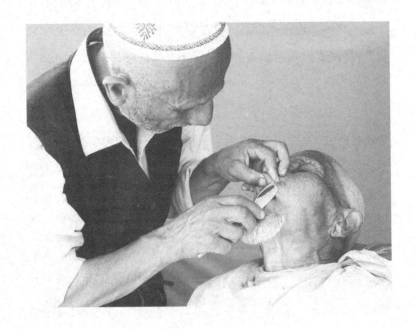

| 千里云山何处好

师,也是理发大师,更是一名伟大的人道主义者。幽默滑稽只是卓别林面对世界的一个方式,而他的真诚、正义和柔软你要看完这部电影才能体会。特别是结尾时,理发师那段关于爱,关于自由,关于和平的演讲特别打动人。他憧憬的"正派而美好的世界""人们都有工作的机会,年轻人有前途,老年人能安度晚年"是人类美好的愿景,也是普通老百姓追求的日常啊。

　　头发是我们血脉的一部分,有过青春的闪亮光泽,有过枯黄脆弱的不堪,像离离原上草一样不能自拔,也如烦乱的生活一样不能自理。红尘一笑皆过客,我与梨花共白头。收拾自己,从头做起吧。有时看到年轻人肆意把头发染成各种色彩,弄出各种古怪造型,难免有些看不惯。其实这就是一个老男人对青春的羡慕嫉妒恨,谁还没有个放浪形骸的年轻时光呢?

行走四方

塞上湖城：银川

银川有高山大河,有风沙荒漠,有黄河脉动滋养下的众多湖泊湿地河流,"塞上湖城"让人恍然有南方水城的感觉。一条典农河由南到北穿起了众多湖泊湿地,为城市带来了灵气。

又去银川了。因为女儿嫁到了这里,就对这里有了牵挂。

我对宁夏似乎并不陌生,乌鲁木齐市区东南边有个地方曾叫宁夏湾,还有一条固原巷。有很多宁夏人生活在这个城市。乌鲁木齐的方言里有浓重的宁夏味道,是兰银官话、关陇方言的综合体,特别是在回族群体中间广泛应用。在南市区街面上时时可以看到戴着白帽,扎着头巾的宁夏人推着车子,摆着摊子卖烤面筋、麻辣烫和凉皮凉粉。他们勤勉耐劳又内敛讷言,吃苦忍耐的精神是本地人所没有的。

20 世纪 90 年代我出差到银川,飞机降落的时候,朝下看,一面是茫茫沙漠,黄河蜿蜒流过,另一面是绿洲水泊蔓延。乘车从一个城区到另一个城区,竟要经过一大片的村庄和林地。银川市区也不大,繁华的城市中心有一座高耸的传统建筑鼓楼,是这座城市的地标。相距不远还有一座重楼叠阁、飞檐画栋的古典建筑玉皇阁。南门广场有个北京天安门的缩小版,再往南有座建筑恢宏、大穹顶的南关清真寺。当时感觉,银川就是新疆一个地州市的格局。宁夏的同事很热情,请我吃了当地闻名的手抓肉,带我去了西夏王陵、镇北堡西部影城。当时有些诧异,银川人并不全是我在新疆见到的那样。和我们说着普通话,自己人之间说兰银官话,性格憨直,喝酒豪爽。宴聚时喜欢划拳,声大气粗。许是都为西北人缘故,沟通起来如丝绸般顺滑。那年在北京部里参加一个培训班,同班有一位银川市公安局局长,回族,但他是河北人。一聊才知是因当年父母支援宁夏建设才来到这的,是"宁二代"。他说,银川像他这样来自全国各地的"宁二代"很多,他们早已经把塞外当故乡了。

　　同是西北三线城市,同是少数民族聚集区,我不由把乌鲁木齐拿来和银川做对比。银川是个移民城市,人员五方杂处,来自全国各地,使这座城市有了包容天下和融通南北的精神气质。这和乌鲁木齐有点像。但银川的城市历史文化显然悠久多了。秦朝时蒙恬北击匈奴,就占领河套地区,在河东建立军事要塞。到了汉武帝时则直抵贺兰山下,驻军屯田,引黄河灌溉开发。国祚持续了近200年的西夏政权也是把银川(兴庆府)作为首都经营的。此地在历史上一直既是军事要地,又是农业粮仓。狂暴的黄河,到了宁夏就温顺了,天下黄河唯富宁夏。在农耕时代银川可是一块宝地,西边的贺兰山脉阻隔了冷空气和沙漠,成为一道屏障,东边是流速平缓的黄河,通过如枝如蔓的引水渠,灌溉广阔的农田,滋养了银川乃至整个宁夏川。

　　这次来到宁夏,好好打量了一下这座城市。步入老城区,熟悉的钟楼、玉皇阁、"天安门"、南关清真寺依然骄傲地矗立,但好像低矮了许多。四周修起了许多商业大厦,建起了步行街。总体上看,街巷狭窄,有种陈旧感,街边有很多四五层的楼房,恍然到了 20 世纪 90 年代,拍年代剧都不用搭景。而新开发的金凤区、阅海湾中央商务区则充满现代化气息,各种商厦广场比肩而立,马路宽敞,公园绿地密布,湖泊河流随处可见。到了夜晚,城市各个角落的夜市上人头攒动,灯光与星光辉映,烟火与美味结缘,真让人羡慕这个城市的闲适自在。

　　走在街上发现,这个首府城市居然没有高架路桥,没有地铁。想想在乌鲁木齐市一个交通枢纽居然可以有五层立交高架桥,不由为银川感叹。可是银川有网约车啊,随叫随到,出行方便,共享单车也随处可见,电动车可以挂牌上路,马路上专辟有非机动车道。在商厦和酒店的停车场,有为电动汽车准备的充电桩。这是城市中普通老百姓的福祉,也是城市迈向现代化的体现,在这些细枝末节上能看到"为人民服务"的落实情况。

　　银川有高山大河,有风沙荒漠,有黄河脉动滋养下的众多湖

| 千里云山何处好

泊湿地河流,"塞上湖城"让人恍然有南方水城的感觉。一条典农河由南到北穿起了众多湖泊湿地,为城市带来了灵气。

孩子带我们去了城南很大的一个银川植物园,湖泊湿地环绕,湖光水色,草木葳蕤,园区甚至通了云轨电车,里面还建了个热带雨林馆。虽然作为旅游项目,植物园还有些粗放,还需更多投入,好好修葺建设,但天然条件和基础已充分和厚实了。乌鲁木齐也有一条乌鲁木齐河,它早变成了一条贯穿南北的快速路,上面跑车不走水。旁边修了一条和平渠,曾经也是激流澎湃,现在空有其名,断流多年。夏天偶尔流过一股细细的浊流,还能证明这是一条水渠,聊以自慰。

银川有几位大学同学,皆安居乐业,事业有成。有一位从宁夏南部山区走出来的杨君,在校时就聪明可人,学习用功,谦朴敏行。步入社会后,辗转腾挪,一路过关斩将,在大学、机关之间无缝对接转换,游刃有余,学问做到了博士,官阶到了厅级,可谓人生赢家。这厮已过退休年龄却迟迟不肯退下,心中装着家国大事,蹙着眉头还在红尘中畅游。约来几人聚一餐厅,吃宁夏特有的回族美食"十三花",这道菜和新疆的"九碗三行子"很像。见到同学和遇到美食一样,特别亲切,没有疏离感。有两位同学毕业40年后第一次相见,皆变化很大,不认真端详看不出菩萨真身。互相提示后依稀还能窥见当年一些影子,遂叹时光无情,怀青春流逝。

银川不仅有手抓肉、葡萄酒、红枸杞,它的文化气质同样迷人。宁夏因为有了个张贤亮,就有了文学的底气和底蕴。就我陋见,石舒清、郭文斌、李进祥、马金莲等宁夏作家,已经具有全国影响力。他们以特有的感悟和表达方式,呈现出这片土地上丰富多彩、鲜明独特的生命质感,其文字具有很高的辨识度和多元文化交融的精神向度。他们的作品与山川大河、湖泊绿地一样共同造就了美丽宁夏。镇北堡景区门口有一副张贤亮手写"旅游长见识,行走即读书"的对联,这是一句旅游广告,但和"我在某处等你"之类的陈词滥调相比,文化含量不知高出了多少。

全国知名品牌连锁书店如钟书阁、西西弗等,在银川的大商厦都居一席之地;本地的黄河书苑、新华书城等也都宽敞宏阔,书品众多。我用了一个上午在钟书阁徜徉,安坐,被静谧的书香氛围所感染,矫情了好一会儿,久久不愿离去。这些多姿的书店提升了这个城市的品质,拓展了这个城市的精神边界。让我们另眼相看这个塞外城市,有没有高架桥都不重要了。书店就像是城市的眉毛,貌似不重要,其实并非可有可无,少了它,城市的眉目就会模糊不清。

我在黄河书苑想寻一些反映本地历史文化的书籍,在一展示柜前挑了半天,搞得腰酸背痛才拣出几本小书,付款时却被笑脸吟吟的店员告知,这书不卖,只做展示,相关内容的书籍已全部下架了。问为什么,店员笑而不语,这打击了我的期望,非常令人遗憾。这时脑海里响起了一首"花儿":

院子里长的是绿韭菜呀

不要割呀

就叫它绿绿地长着　哎

……

　　宁夏是"花儿"的故乡,音乐底蕴十分深厚,朔方大地回响
着洪钟大吕。这是一个粗犷豪放又温婉文艺的城市,粗粝的漠
风与温柔的水泊神奇地融会在了一起。《小鸭子》《一分钱》《嘀
哩嘀哩》是多少人童年最美好的记忆,它们是在银川生活了30
多年的潘振声创作的,过来人谁没有听过唱过啊。银川与兰州
一样,被称为西北民谣的心脏。当代宁夏出了许多摇滚乐手,苏
阳乐队和布衣乐队在全国摇滚界颇有影响力,他们用摇滚的方
式歌唱传统,歌唱土地、鲜花,歌唱爱情和劳作的人民,带着粗粝
的诗意,有感染人心的力量。我非常喜欢苏阳的歌,有泥土风沙
的味道,又表达着当下时代的脉动和情绪。

　　你是世上的奇女子呀

　　我就是那地上的拉拉缨

　　我要给你那新鲜的花儿

　　你让我闻到了刺骨的香味儿

　　每每听到用方言唱出的这首《贤良》,我都有一种发自内心

的认同和感动。这使我想起了大学校友,后来成了知名摇滚歌手的赵老大(赵已然),他就是宁夏人,他的弟弟赵牧阳比他更猛,是中国摇滚黄金时代的鼓手,也是传奇的民谣歌手。他们在某种程度上提升了银川的影响力。

银川还有当代美术馆、韩美林艺术馆、宁夏博物馆等文化宝地,可惜我还没来得及去。

有人讲,银川作为首府就发展来说没有区位优势,四周不是荒漠就是高山,周边都是穷亲戚。但我觉得银川是个好地方,公园湖泊遍布,天蓝云白,小吃可口,安逸闲适,和谐包容,不用着急忙慌,跟头拌子地追赶光阴。这座城市可能不适于年轻人打拼,却像一座幸福的花园,特别适合休闲养老。

有一首宁夏"花儿"唱道:

宁夏川的四季天高云淡
宁夏川的稻田黄不见边

银川就是这么一个好地方。

塞上明珠：榆林

张家畔起身刘家峁站，

峁底里下去我把朋友看。

——陕北民歌《脚夫调》

　　提起陕北，我觉得和新疆有相似的地方：高山旷漠，辽远壮阔，长河落日，寒风冰雪……塞上边地和西陲边疆确有某种共同的东西，这使我对陕北有一种天然的亲近感。

　　陕北延安我去过两次，上大学时就去过一次，是学校组织的。好像是只有"三好学生""优秀学生干部"能去，我不知怎么地就混进去了。30多人乘一辆"嘎斯51"汽车，从早上7点一直到晚上7点，经铜川、过黄陵，傍晚才到达，宿于延安师范学院刚修建的窑洞宿舍。此行其实是去延安接受革命传统教育，返回时又到黄陵参观游览。前几年出公差又去了一次延安，面貌大变，除了杨家岭、枣园等几处革命圣地经过翻新保持原样，其他都依稀不可辨。高楼林立,满山绿荫,重建的延安革命纪念馆巍峨堂皇,是这座城市最宏伟的建筑;当年的延安师院已成为延安大学,校区早已从窑洞变成了高楼大厦,它不再是那个听起来光芒四射,看上去土里土气的革命圣地了。

工作休假,决定带老婆一起到陕北看看。老婆有红色情结,几次说想去延安看看,接受一下革命传统教育,这次也遂了她的心愿。延安以北我还没有去过。正好我的同学亚英长期在陕北榆林煤炭矿业部门工作,电话沟通之后,就愉快地决定了。他开车从铜川赶到榆林等我们,我和妻子则从银川乘大巴到榆林与之会合。

多少年没有乘大巴远行了。只有一半乘客,一路惬意,除了没有空姐服务,舒适度和乘飞机差不多。过盐池、定边、靖边、横山,基本沿着明长城线路前行。一路上山峁沟壑,山河远阔,绿色植被比想象的繁盛,黄土高坡大都穿上了绿衣。大约 5 个多小时路程,下午 5 时许大巴车进了榆林城。亚英已经在南门汽车站候我们半天了。

亚英小我几岁,心思细腻,待人诚恳,为人仗义。只要有同学去西安或同学聚会,他都会热心张罗,热情陪伴,一直是那个古道热肠的君子,向他开口没有心理负担。他已退居二线,诸多大事可以放下了,有时间陪陪我等闲人,极尽同学之谊。他专门从铜川赶到榆林等我,开了一台越野车,带着我们在陕北的沟沟壑壑中奔波了好几天。

榆林城比延安城更有生机，也更开阔。这里是黄土高原与大漠草原的接壤区，曾经是游牧民族与农耕民族冲突、交融的舞台，也是重要军事要塞。榆林城在历史上名声赫赫，为"九边重镇"之一，初建于明代，朝廷为御鞑靼铁骑筑城修墙，延绥镇由绥德迁到榆林，经不断拓迁，逐步形成现在的榆林城格局。

榆林老城区保持着传统特色，新城区则充满时代生机。老舍先生在20世纪30年代曾来过榆林，他眼中的榆林城"长街十里，城扁街宽，坚厚的墙垣，宽敞的庭院，铺户家宅，都略具北平的局面"。八九十年过去了，我们仍然可以寻见先生笔下的风物。榆林老城最著名的景点莫过"六楼骑街"，那是从南到北直穿越一条大街的六座不同建筑风格的中西式楼阁，其中有三座楼阁曾被拆除而后又重建的。榆林城里的民居老建筑竟然不是陕北特有的窑洞式建筑，而是四合院、小胡同。榆林城的人来源很广，除了本地人，还有戍边士卒、流官配军、商贾贩卒等来自四面八方的各色人等，这些人从天南海北聚居于一城，文化习俗相互渗透影响，血脉杂糅交融，让"圣人布道此处偏遗漏"的塞北一隅有了新的文化基因，形成有活力，能包容的特质。历史长河中，塞北还是"胡汉相搅"的地方，千百年来匈奴、党项、鲜卑、蒙古等少数民族在和亲、争战、迁徙、贸易中与中原汉族深度交融，血骨杂糅，气息融会。这使这里的人普遍有一种独特的气质：长相俊美，性子刚烈，仗义直爽，宽厚朴实。此地环境气候、人文习俗以及人的性格特点，有点新疆北疆哈密、巴里坤一带的感觉，使我这个来自西部边疆的行者感到很熟悉也很亲切。

镇北台距榆林市区三四公里，是万里长城遗址中气势最为宏大的建筑，集要塞、城堡、楼台于一身，与东面的山海关、西面的嘉峪关齐名，雄踞漠北，依山踞险，扼守要冲。登上四层台顶，仿佛百年风云掠过眼前，金戈铁马，强弓劲弩，烽烟滚滚，"千嶂里，长烟落日孤城闭"的感叹犹在耳边。

镇北台的西面有红石峡，峡内有条榆溪河。峡谷东西石壁上有大小不一的庙宇石窟和摩崖石刻、碑刻题记，我看到了我熟知的几位名人的墨迹：左宗棠的"榆溪胜地"，马占山的"还我河山"，杜斌丞的"力挽狂澜"。他们在这里或胸怀天下抒发壮志，或流连美景赞美胜境。他们为何会在此偏远之地留下墨迹，也来不及探究，匆匆一览而过。

晚上宿住在新城开发区。开发区大街宽敞，高楼林立，灯火灿烂与银河争辉。豪华大酒店一家挨着一家，都是四星级以上的，密集得令人惊讶，让人怀疑这里有那么多人入住吗。亚英说："都住满了，得提前一星期预定，手慢无。"酒店前停满各种豪车，像暴发户举办的车展。榆林的繁荣得益于富集的煤油气能源开发和化工产业，现代工业文明正在改变传统的农耕文明形态，这个转型也充满了纠结和痛苦。亚英说："榆林和你想象的不一样吧？榆林的煤老板、油老板可是牛得很咧，到西安购房都是整单元买下。你不到这里，根本想不到这里有多繁荣，多奢靡，有人说咱这里是'中国科威特'。"

榆林地方历史文化厚重，长城之雄、黄河之险，是典型的中华元素。信天游、秧歌腰鼓、说书剪纸等民间文化艺术凝聚成陕北特有的文化肌理。吴堡石城、李自成行宫、袁家沟等都是重要的文化遗产。要把这么多东西短期消化掉是不可能的。亚英根据自己的体验，给我们推荐了几个地方。一是神木市高家堡镇石峁遗址，二是绥德党氏庄园，三是统万城遗址，四是龟兹故城。前两个我都去了，后两个因故没有去成。

　　统万城遗址早就如雷贯耳，叱咤一时的匈奴王赫连勃勃在此建立大夏国，筑就白城子，即统万城，以期君临万邦。那天我们驱车到靖边县境下了高速路，还有 20 公里就到了，向路边人打听怎么走，人说，白城子遗址正在维修，不开放，我们犹豫了一下，就止步于此了。

　　榆林还有一个龟兹故城，那是我从未听说过的。我所知道的龟兹故城那是在新疆库车啊。史载，汉武帝曾将内附的龟兹部落迁于榆林北部，并置龟兹县，设龟兹属国都尉进行管理。龟兹故城在今榆林城北面一个叫牛家梁的镇子里，据说城垣轮廓尚存。我想就是去了也看不到什么了，新疆的龟兹故城也就剩下一个曾经是佛塔的土堆堆了，就在一册山河史籍中寻找历史云烟吧。

　　神木市高家堡镇曾是重要的商贸重镇，也是重要的边塞古堡，目前是陕北保存最完好的古城。整齐的街道，方正的城楼，鳞次栉比的四合院都文物般完整再现。电视剧《平凡的世界》

在此取景拍摄,呈现了一个"文革"时期陕北小县城的景观。大街上留下了当年的商场、机关、街道的痕迹,高大的毛主席像和"文革"时期充满火药味的标语,让人恍惚今夕何夕。在平凡的世界里,有不平凡的高家堡。

最让我吃惊和开眼的是石峁遗址。

朋友问我:"听说过石峁遗址吗?"我对自己的孤陋寡闻羞愧,讪讪地说:"没有印象。"他用带着鼻音的陕北话一字一句地说:"石峁遗址一定会让你吃惊的。"遗址位于高家堡镇城东,上了山峁一会儿就到了。石峁遗址是目前为止发现的中国史前时期规模最大的城址,距今约4300年。考古发掘和展览同时开展,修建了巨大的展览场馆,在这里可以看到部分遗址的基本轮廓。考古初步表明,石峁遗址是由皇城台、内城、外城3座基本完整并相对独立的城址组成,规模大于4平方公里。朋友告诉我,发现石峁遗址,是因为这里不断出土古玉器。当地居民在20世纪30年代前就在石峁发现了玉器,这里的玉器被"笼垛驮卖",有人把玉器带到北京贩卖,一个叫萨尔蒙德的德国人买走其中一部分,并发表论文。现在欧美各国和日本的博物馆、美术馆收藏了众多类石峁风格的牙璋等玉器。石峁遗址再次引起考古界的关注是在1976年;2012年前后,石峁遗址开始发掘。目前考古挖掘仍在进行中,不断有新的发现。

在我们的认知中,4300年前的历史就是传说,于史无记。眼前的城堡遗址,让我们惊叹那时强大的社会动员能力、组织能力和宏伟的规划设计能力,那时的智慧和文明大大超出我们的想象力。它和三星堆遗址一样,颠覆了人们对中国文明历程和对中国史前格局的认知。解开石峁文明的密码需要时间和耐心。在浩瀚深远的历史海洋面前,自以为是的我们是那样无知,我们心怀敬畏地在4000多年前的城堡遗址前留下自己浮浅的影子,站在沧桑的史前"王谢堂前",和远古的历史合个影。

榆林各县有众多的陕北风格的民居、庄园,赫赫有名的杨家沟、姜氏庄园、白云山、袁家沟等都非常典型。亚英说,这些都重新修建过,味道和风貌都改变了许多。时间有限,建议就去看现仍保持原始状态的绥德党氏庄园,这个庄园可以代表陕北的民居民俗文化建筑的特点。

党氏庄园在哪儿?打开手机导航,显示离绥德县城20多公里,位于一个叫白家碱乡贺家石村的地方。沿着一条山沟沟进去,一路蜿蜒前行。道路是水泥路面,这是"村村通"的成果,路很狭窄,仅过一车。路两边沟沟壑壑,在山坡阳面不时可以看到一排排卸去门窗被遗弃的空空的窑洞,间或有块平地,种着稀稀拉拉的庄稼。梁峁上种了不少树,仍盖不住焦灼的黄土。车行半小时许就到了,迎面石墙壁上"绥德党氏庄园"六个漆红大字是著名艺术家刘文西的手笔。

村里人少,显得空旷落寞破败,几个老汉圪蹴在阳坡晒太阳。年轻后生们都出去打工,村里只剩下老人孩子。党氏庄园是典型的陕北窑洞式民居群落,原是一家地主庄园,经过六代人历经近百年的修建,最终建成一个既各自独立又互相贯通的以窑洞为主体的建筑群。它规模庞大,恢宏气派,见证了党氏族人辛勤劳作积累财富的奋斗历程。它的凋敝没落也令人惆怅不已,百年精心打造的家园,早已被风吹雨打去。一些窑洞因长时间无人居住,颓唐败落,有的院子里长满荒草,一片肃杀。随着农民大量离开土地,田园荒芜,土地废弃,农耕文化正在迅速崩解。地主作为一个阶级早已消亡,他们的后代也早已离开家园,庄园的萧条、落寞是历史的必然。进入工业信息化社会,还有多少人对土地有深深的感情?传统地主消失了,新的"地主"换了个身份,在水泥丛林般的城市又冒出来了。囤积几套房屋,靠炒房卖房和收取房租积累财富,过得自得富足,这也算是新时代的"地主"吧?

在榆林市榆阳区,我们还去了刚建成不久的陕北民歌博物馆。这个民歌博物馆是全国首家关于陕北民歌的博物馆,有特色,有味道。它修建得高大雄伟,让一个地域的精神在这里灿烂绽放,让榆林对得起陕北民歌故里的称号。展区有传统陕北民歌、革命历史陕北民歌、新时期陕北民歌等,涵盖了陕北民歌的全部内容。别具一格的是,在观看展陈内容的同时,我们还可以欣赏民间艺人根据情景现场演唱的经典民歌。

让我惊讶的是,仿佛榆林人人都会唱民歌,而且都唱得那么高亢、嘹亮和悠扬。赶牲灵的哥哥早就绝尘远去了,要命的二妹妹还在缠绵信天而游。晚上大家一起宴聚的时候,也请来了几位男女歌手唱歌助兴。在新疆有这样的习俗,朋友宴聚时往往都要唱歌跳舞,没有歌声的场子多么寂寥啊。在榆林的欢聚中,我仿佛回到故乡一般,只是他们唱得更开阔,更嘹亮,一点也不输于专业演员。我突然发现唱歌的女子很眼熟,原来她是在民歌博物馆里演唱解说的演员。她有触物生情、即兴编唱的本事,挥洒自如,不拘场合,既能在星光大舞台上表演,也能在山梁峁沟上高歌,带着泥土芬芳,表达着人间至情。

几天行程意犹未尽,假期到了还要赶回去工作。亚英说:"留点遗憾,等退休了和同学们一起松松快快深度游一回榆林。"带着亚英的美意,我们告别了榆林。

途经延安停留了一天,去了杨家岭、枣园、宝塔山、王家坪延安革命纪念馆等地,坚决满足了老婆一直想接受革命传统教育的心愿。

第二天一早我们又出发了,越野车疾驰在陕北高原的山峁沟梁。李季先生在他的信天游长诗《王贵与李香香》中曾经描绘陕北:

三边没有树石头少

庄户人的日子过不了

可如今我们行驶在高速路上,两旁的山川褶皱都被绿色植

千里云山何处好

被覆盖,黄土高坡和以前人们印象中焦渴苦寒的面貌已经大不一样。陕北正在时代的铁砧上锤打,火光四溅,变化在持续。

到达西安时天已经黑了。

来云南冲杯咖啡

后谷咖啡是云南的知名品牌,外交部长亲自为后谷站台,称后谷咖啡"是我走遍全球,喝过全球各个国家咖啡当中最好的"。

这个夏天我又来到滇西。我对云南这个边疆省份一直有种莫名好感和浓厚兴趣,欣赏它的悠久多元的历史文化传统,多民族、多宗教和谐共处的文化生态。中华传统文明很早就影响到这里,而本地民族文化特征又十分浓烈,多元一体,美美与共。红土地上气候温润,鲜花盛开,四季如春,人间胜地。

这次滇西之行半月有余,去了保山、芒市、瑞丽、腾冲、大理等地。以前出行,都要和朋友同事打招呼,安排接送,行程基本上不用自己费心。这次我们两口子除找了昆明地接以外,完全是自助游。这一行,乘飞机,坐动车,搭出租,还坐了网约小车、专线大巴,各种交通工具哪个方便乘哪个,随势所动,随遇而安,浏览山河,体味风物,颇感自由随性。

先乘飞机到昆明,女儿专门安排了她的同学小倩到机场接我们。她一片盛情带我们到滇池海埂公园附近一个挺华丽的餐厅,吃云南特色美食过桥米线。四五六个小盘小碗,七七八八的小菜调料,摆盘漂亮,排场很大,但没吃过瘾,辜负了小倩的美意。之后,驱车前往火车站附近的万达广场,在那儿找了一酒店住下。第二天一早搭车到火车站,然后乘动车前往保山。

在携程上寻到一落地接的旅游工作者,一个小伙子为我们驾车服务。从保山地接、芒市、瑞丽、腾冲游玩,直到送到驼峰机场,每日到各景区游览,前后五天时间,司机的服务还是令人满意的。他是腾冲本地人,咖啡肤色,看上去挺年轻,但他说自己已经三十七岁了,有两个孩子,不由让人感叹:腾冲水土真养人。小伙子人不活泛,也不太爱言语,不问不说。只带我们去大家都知道的景区,例行公事的感觉。但只要提出去哪里,他也不含糊,关键是自己事先攻略要做好。

此行除了包车,都是网约车出行,很方便,基本都是电能源车,宽敞舒适。作为地级市,这里的网约交通比首府都方便快捷。遇到的几个网约车司机,有健谈的,聊得投机滔滔不绝的,也有讷言的,狡黠的,憨实的。他们普遍都服务态度好,平和有礼,当然也有令人不悦的。从保山火车站去酒店的路上,随机搭了辆车。司机四五十岁,看上去老实忠厚,话多健谈,一路介绍当地风土人情。没走多远穿过几个街巷竟然就到了。司机没打表,牙长的一截路竟要20元,我心中不快倒不是为了钱,是自己被套路了,为自己的智商羞恼。不愿与其争辩,看在其年纪已大,且一路热聊的情分上,给了他15元,他也不多言欣然收下。

在大理我们住在火车站附近一酒店,头天去三塔寺、大理古城是乘公交车,一路观光,方便至极。第二日去喜洲、洱海湿地,约了车。小伙子二十多岁,精神爽朗,新购置的比亚迪电动车,刚跑网约车没几天,开得很谨慎。从酒店到喜洲镇约90元。与他商议,回去还用他的车,200元来回。后面的110元不用在网络上订付,避开了网络算法,钱都归他自己。给他一个实惠,换我一个方便,他高兴地答应了。等该返回时打他电话一直没接,等了好半天他才过来,说是刚才睡着了没有听到电话。小伙子不讲武德,明显在撂套,我想是他借着这个空当又接活儿了。等把我们送到洱海边景区门口他就走了,后面我们还要打车回酒店。光想着别人的不易了,自己的难处还要自己解决。

从大理返回乌鲁木齐的时候,叫了去机场的网约车。三两分钟车就到了,信息显示司机姓马。我戏谑地问:"汉马回马?"他认真地答:"回马,巍山人。"嗯,握个手,道个平安。这个回马四十多岁,非常健谈,很有定力,诚恳而有见识。一路上他向我们介绍大理回族分布情况,应该去哪些不为游客所知的好地方,哪里可以吃到适合我们口味的美食,如何节省时间和金钱。如早早约到他,大理之行可能会有更多惊喜。在腾冲的包车司机如有他这般机灵,我们可能有更多的旅行收获。有些事情是可遇不可求的,有些缘分是初见也如旧相识。正是众里寻他千百度,蓦然回首,那人却在开出租。

一路上退伍军人优待证起了一定作用,民航优先,乘公交免费,有的地方景区免门票,有的半价,省了一些钱。但景区的区间车你拿着享受国务院专家待遇的证件也是不免费的。有的区间车比门票都贵,嗯,你有免费的政策,我有收费的办法,有些景区不就这样挖空心思巧立名目吗?打出的旗号都是冠冕堂皇,环保、安全之类,来都来了,你还好意思质疑和反驳吗?赶紧上车,不然就等下一趟了,特别能理解,毕竟旅游业不是公益事业。

滇西基本上吃不到面食,餐厅食馆都是米制食品。云南人嗜吃米线,就如同新疆人喜吃拉条子,陕西人爱吃羊肉泡馍。

我想这与历史上中原几次大规模的人口南迁有关,也是饮食文化的南迁融合。云南主要产大米,那些来自中原、江淮、川蜀的人们,思念家乡的面食而不得,便发明了一种近似面条的食物。他们就把大米磨成米浆,然后过滤成丝,做成米线,替代面食,以解乡愁。在广西对于桂林米粉也有这样的说法:来自北方的秦人征南越修灵渠,他们不习惯南方的米食,于是想出了把大米碾粉做成面条状来食用,形成了最早的桂林米粉。可见,无论米粉还是米线都是思乡的纽带,也是民族融合的见证。

云南米线与桂、黔、川等西南地区的米粉很相似,味道互通,但又不完全相同,我的拙眼看不出线和粉的区别。据说主要是添加的淀粉比例不同,米线的米浆含量高,而米粉则淀粉比例高,这使得米线入口滑爽,而米粉较为黏糯。不同地方配上不同的配料,就是不同口味的米粉、米线。"臭名远扬"的柳州螺蛳粉以"臭"、酸、辣、鲜出名,那种奇葩的"臭"味是螺蛳粉里的酸笋发酵而成,有人喜欢得欲罢不能,不习惯的则退避三舍。连西陲新疆都出了一种"先辣嘴唇子,后辣沟门子"的销魂炒米粉,可见米粉早已越过了西南边界。

饵块则是将大米淘洗、蒸熟、冲捣、揉制成各种形状的食品,可切成块、片、丝,煎炒、热煮、凉拌皆可。我们所吃到的米线、饵块汤浓油重,配菜丰富,味道有点像兰州牛肉面、新疆炒面片,又完全不同,口味却完全习惯。也有米饭,是盛在一个木桶或者一个大铁盆里,吃多少自己盛,比较粗放。几次吃的米饭,米的品质都不太好,这也可能是此地要将米做成米粉、饵块的一个原因吧。

在腾冲一食馆菜单上看到有一小吃叫"大救驾",似很有气派。问了店家,其实就是炒饵块。它是将饵块切薄,配以牛肉、鸡蛋、蔬菜,放上调料煎炒,有些像新疆的揪片子炒面。传说南明永历皇帝朱由榔逃难到腾冲,惊恐饥饿之时吃了盘炒饵块,称赞这顿饭"救了朕的大驾",腾冲炒饵块遂有此名。"体貌修伟"的永历帝虽贵为天子,落难时迫于枵腹(饥饿),一顿饱饭就算救驾了,足以见其仓皇悲苦。最草根的饭菜其实是最养人的,而腾冲人念念不忘曾经的"大救驾",这背后则是舍生取义,忠君爱国的情怀。

作为勐卯古国的发源地,瑞丽、芒市生活着很多傣族同胞,他们有自己独特的饮食习惯和美食佳肴。在芒市、瑞丽及腾冲常见的一道傣族配菜叫"撒撇",字面上看仿佛是放开了整的意思,但肯定不是我想的那样啦。这是傣语,是指用特制配料凉拌肉食,它既是指一类食物,又是指一种工艺,是傣族人餐桌上的"大众情人",相当于广西柳州人嗜痴的螺蛳粉。撒撇由蘸水和附菜组成。店家老板简要介绍了我们所吃的牛撒撇工艺。它是将瘦牛肉捣成泥,放上韭菜、芫荽等青菜及辣椒等佐料,再加入牛的"苦肠"熬制出的"苦水"做成蘸料,然后可以就着附菜如米线,卷心菜、芥蓝、茼蒿等蔬菜以及熟牛肉片蘸食。牛撒撇有些苦味,而加了柠檬则又有酸味。一句话:撒撇就是用特制配料凉拌肉食,用材不一,做法各异,我觉得有些像西北熬制的凉皮调料,作为主食的配菜,则相当于新疆的"皮辣红"。

此次滇西行,有一意外收获是我一个红尘俗人居然喜欢上了高雅人追捧的咖啡。云南烟茶有名,咖啡也厉害,与其特殊的气候、土壤有关。在保山那个快意的晚上,面如重枣的小店老板给我普及了咖啡常识,勾起了我喝咖啡的兴趣。在芒市,司机专门带我们到后谷咖啡产业园参观了一下。这是一家民营企业,集咖啡种植、深加工、产品研发、国际贸易为一体的集团公司。后谷咖啡是云南的知名品牌,外交部长亲自为后谷站台,称后谷咖啡"是我走遍全球,喝过全球各个国家咖啡当中最好的"。

云南咖啡起源于 19 世纪 80 年代。当时清政府被迫与法国签订条约并开放蒙自为通商口岸。开关后,欧洲商人云集而至,西方文化包括盛行的咖啡文化也随之而入。云南第一株咖啡树是在19世纪末,一位法国的传教士在大理宾川县一乡村传教时种下的。20世纪50年代保山曾种过咖啡,那是专供苏联的。改革开放后,云南咖啡才进入一个稳定发展的阶段。当下云南咖啡种植面积和产量均占到全国绝大多数份额。云南咖啡品质很好,但喝咖啡的群体远不如喝茶的群体广泛。市场规模小,在国际上没有话语权,多为世界著名的咖啡品牌提供原料,远没有普洱茶的影响力大。一路上几次品尝咖啡的经历,勾起了我喝咖啡的欲望和兴趣,咖啡的芳香在慢慢征服我的灵魂。想起在广西期间喝的越南、印尼、马来西亚等地的各种味道的速溶咖啡,才知道自己曾经误入歧途。买了几种云南小粒咖啡豆带回来,并马上买了一台全自动咖啡机,每日口粮从茶变成了咖啡,且越来越上瘾,去了一趟滇西,竟然让我风雅起来,当然吃包子就大蒜的习惯仍然坚挺。

滇西一行半月余,感受弥新,一路亢奋。回到家才感到累坏了,腰腿酸疼,精神疲惫,缓了好几天才回神。

铁血与人文的腾冲

腾冲我十多年前来过,对于这个地理末梢,又是开放前
沿的极边之城有着莫名喜欢,自然风光与人文风情相融,它
有着我们心灵深处熟悉的风貌,与唐诗宋词元曲的余音
共鸣。

在瑞丽姐告口岸一家腾芒清真食馆的小矮桌上吃过午饭
后,便驱车直奔腾冲。快速路平坦而又蜿蜒曲折,傍晚时分赶到
腾冲,住在市郊的颐福别墅宾馆。晚上泡温泉,洗去一路疲劳。

当年美国植物学家、探险家洛克在昆明遇见斯诺,告诉他,
中国最有趣的地方在云南西部,那里是"人类真正的乐园"。神
秘和美丽诱惑着斯诺,他从昆明出发一路经大理、保山,来到腾
冲、盈江,写下了著名的《马帮旅行》(也译《云南游记》)。腾冲
我十多年前来过,对于这个地理末梢,又是开放前沿的极边之城
有着莫名喜欢,自然风光与人文风情相融,它有着我们心灵深处

熟悉的风貌，与唐诗宋词元曲的余音共鸣。

和顺古镇几无变化，依然充满魅力，小桥流水人家，粉墙黛瓦木楼，祠堂亭阁牌坊，依山傍水而建的民居，火山石铺就的石板路，这一切都散发着浓郁的古典农耕文化气息，具有别致的古风古韵。比起各地滥觞的仿旧古镇，说它是最接近原生态的美丽古镇是不为过的。洪武年间，数十万戍边将士从中原来到腾冲，繁衍生息，使汉文化在此生根发展。在中华传统文化的滋养下，这个极边之地人们的家国情怀、宗族观念、家族意识依然鲜明强烈，这些文化特征在内地则一天天面临花凋树谢。

来腾冲的人都要去热海、北海湿地和火山地质公园。徐霞客笔下的热海："跃出之势，风水交迫，喷若发机，声如吼虎，其高数尺，坠涧下流，犹热若探汤。"已经是把热海写入骨髓了。因上次来过，便不再觉新奇，没有太大兴致，只觉得来来回回奔波挺累人的。北海湿地天高云低，山水相依，景色绚丽，很好的休憩之地，泛舟湖上，心旷神怡。火山地质公园在一个叫马店的地方，因4月份发生过火灾，闭馆谢客了。在外围围绕一火山口转了一圈。山上的树木全部过火烧焦，焦黑的枝干高高低低恐怖地矗立着，一派影视剧中末日景象，好像刚刚经历了一次火山喷发。

返回的路上去了一个叫"司莫拉"的佤族村寨，有意外惊喜。据载这个村寨建于明代，定居在这里的佤族较早地结束了"刀耕火种"的原始生活，是最先与外来汉人交流融合的守土民族之一。村寨已被辟为景区,需乘区间车进入。一路上高大的树木拱卫,遮天蔽日。到了一处胜地,密林森森,泉水漫涌,池塘清澈见底,有妇女在泉边浣衣。这是一处农田景观,被称为千亩梯田农耕文化体验区。从高处看下去,梯田依次,雨细云低,稻田有农人劳作,木制水车在缓缓转动,汲水上坡。绿色稻田中,有红色山茶花点缀其中,在蒙蒙细雨中格外鲜明,有种世外桃源的感觉。雨越下越大,敲打得树林窸窸窣窣发抖,再待下去,我也会发抖的。移步到佤族村寨,这个村寨依山而建,面向田园。经过修整,成为一个民族风情景区。佤族尚黑,村寨整体色调以黑色为主,民族服装黑红相配是主色调,让人想起秦朝的风物。具有民族特色的楼寨、佤王府、陈列馆都是新建的,随处可见牛头图腾。村里古榕树森森密布,石板铺就的路通向一个个巷子深处。佤族人留给人的印象是肤色黝黑,对你开口嫣然一笑,犹如一道白色闪电倏忽而过。

　　来到国殇墓园不由得就肃穆起来。夏天是腾冲的雨季,天气时晴时阴,温润的雨滴时紧时慢,雨滴在石板地上打出一片片小圆圈水纹,也在人们心里激起涟漪。国殇墓园是当地名士李根源先生以《楚辞·九歌》中的《国殇》篇来命名并题写的。"殇",未成年而亡,那些年轻战士,在整个民族羸弱不堪,将要颓倒之时,挺起了胸膛担负起兴亡。在细雨中再一次到忠烈祠后面埋骨的山丘上凭吊。密密排列着的被风霜侵蚀的石碑,如同当年战火中的官兵队列,一直排列到最高处小团坡坡顶。大门口有卖菊花的,不断有人手持鲜花献放在墓碑前,一位老者带着一位女孩献花的同时,把一粒粒糖块放在一个个墓碑上,喃喃道:"这些长眠的战士吃了太多苦了。"

滇西抗战纪念馆就在墓园东侧,与国殇墓园融为一体。其前身是和顺镇里原中国远征军第二十集团军司令部旧址的滇缅抗战博物馆。十多年前我来和顺曾认真参观了这个由民间人士搜集文物并出资建设的抗战主题博物馆。记得馆名是国民党前荣誉主席连战先生题写的。2013 年政府主导的滇西抗战纪念馆建成后,原博物馆藏上万件抗战文物转到新馆。新馆宽展多了,气势阔大,内容精实,文物丰富,更加全面展示了滇缅抗战的史实。一进展馆大堂就能被震撼:正中的三人雕塑代表了滇西抗战的主要力量——民众百姓、远征军、盟军。雕塑后面三面墙上呈矩阵式排列的上千顶钢盔,慷慨悲壮,气势恢宏。

宁静安详的腾冲曾经是血肉博杀的惨烈战场。腾冲城1942 年曾被日寇占领,沦陷 2 年。1944 年 5 月中国远征军发起正面大反攻,强渡怒江,仰攻高黎贡山,之后开始了腾冲城攻坚战。第二十集团军总司令霍揆彰在《第二十集团军腾冲会战概要》中记腾冲之战:"尺寸必争,处处激战,我敌肉博,山川震眩,声动江河,势如雷电,尸填街巷,血满城沿……"最终三千守敌全被歼灭,而中国军人付出了阵亡九千多人、负伤上万人的代价,数百年财富积累和文化积淀的腾冲城成为废墟。此役,中国远征军在具有优势兵力、精锐美式装备,有盟军飞机支援的情况下,还打得如此异常艰苦惨烈,用了四十余天才攻克腾冲城。可见日军的亡命凶悍和战斗意志、战斗力之强。由此我们也可想到,一个积贫积弱的农业国与一个工业化的列强交手,能够取得抗战最终的胜利是多么的艰难。腾冲一战,碧血千秋,和平不是乞求来的,是用热血和生命奠基的,自由和尊严不是没有代价的。

腾冲是中国抗日大反攻中收复的第一座县城,有力地促进了滇缅战场的胜利。一年后,腾冲百姓在李根源先生的倡导带领下,捐钱捐物修建起了国殇墓园,安葬了3346位收复腾冲阵亡将士的骨灰遗骸。还有近6000位普通士兵没留下姓名,更没有石碑。而从1942年至1944年,有40万中国远征军两次进入缅甸与日寇作战,十万人长眠在了异国。他们中的大多数没有墓地,有的人连名字都没有留下。但他们活在了人们的心里。从20世纪80年代开始,有多位民间学者以不同方式,重走当年滇缅抗战中国远征军之路,开展民间田野调查,还寻访到了多位抗战中幸存的老军人,记录下许多珍贵的历史碎片。更令人欣慰和感动的是,2011年,《瞭望东方周刊》的一位叫孙春龙的记者辞去工作,成为"老兵回家"公益活动发起人。在这十多年时间里,有上千万名捐助者和志愿者参与了这项公益活动,这和当年义无反顾走上战场的中国军人一样多。年年岁岁,抗日将士纪念碑前、中国远征军名录墙前都摆满了鲜花,如同天使送来的问候。每个来到腾冲的人,不约而同地都会到这里来祭奠凭吊。

孙春龙有句话说得好："抵抗侵略是他们的义务,铭记他们是我们的责任。"

纪念馆的商店有不少有关滇西抗战的书籍和文化用品,有些书籍在别的地方可能都见不到。我买了一只有飞虎队标志的不锈钢咖啡杯,两本有关腾冲抗战的书籍《战怒江》和《父亲的战场》,以表达我对曾经为这方土地抛洒热血、英勇牺牲的官兵们的敬重和纪念。

雨还在下着,有种苍凉在潮湿的空气中漫延。

腾冲以内地人的视角看很偏远,属"极边一城",可从地缘角度看却与世界联系紧密。腾冲是一座马帮驮来的古城。南方丝绸之路就通过腾冲进入缅甸。历史上这里商贾云集,贸易繁荣,是东南亚珠宝玉石翡翠的加工集散地。一百多年前,腾冲人就通过"走夷方"经商贸易,在英殖民地的缅甸接触到西方新事物、新观念。最偏远的地方却有很大的开放格局。

离我们住的地方不远处,有一个董官村,晚上散步就到了。这是一处大宅院,被称为西董大院。宅院、宗祠、门楼保存完好,很有历史沧桑感,同时有古建筑的精美和精致。西董的后人现以翡翠开采、加工、经营为主业,大宅子就是加工销售的地方。腾冲人一点点积攒起自己的家业,清末民初在民间就有了"东董、西董、南刘、北邓、弯楼子"五大商号之说,西董更胜一筹。这些富商望族,不仅有雄厚的财富,也有崇文传统和家国天下的情怀。在"西风"的浸染下,腾冲人更是有了不一样的世界格局

和文化、教育救国的新思想。

腾冲的文化标志和精神高地就是和顺图书馆。它与新文化运动、辛亥革命同气连枝，源远流长。它偏安一隅，为腾冲人传送着绵绵不断的精神内力。图书馆前身是清末和顺同盟会员组织的"咸新社"及1924年成立的"阅书报社"。这些留学回国的学生和乡绅们，身在乡村，心怀天下，以传播先进思想开展革新活动为宗旨，以期影响更多的年轻人。后经海外华侨和乡绅捐资赠书，于1928年扩建为图书馆。腾冲人气定神闲、温和雅致的气质，丹心报国的家国情怀一定和这座图书馆有关系吧！辛亥革命元老李根源先生也是崇尚教育的大家，抗战期间先生振臂一呼发布《告滇西父老书》，激励人民保家卫国；腾冲沦陷后，原政府官吏卷席逃遁，"退休老干部"张问德以六十多岁高龄临危受命，出任腾冲县县长，发动带领民众坚持抗战。在敌酋田岛的诱降面前，张问德毅然挥笔写下《答田岛书》严辞痛斥，其坚定立场和勇气激励了全国人民，被誉为"有气节的读书人"。在国家民族的危难时刻，两位老人的情怀和壮举表明，边地腾冲屡出奇人不是偶然的。这座图书馆是照亮边地的文化灯塔，不然胡适、熊庆来、廖承志、李石曾等诸多文化大家，怎么会躬身为一个乡村图书馆题字呢？

我看到民国时一位叫寒光的诗人写给和顺图书馆的诗：

我祝你搭上文化的利剑

射到边陲的人间
　　提高智识水准
　　创造新生的乐园

这就是这座乡村图书馆的意义吧！

风月无边的大理

大理是一座古城,但却洋溢着青春气息和包容天下的胸怀。在古城、苍山洱海游玩的大都是年轻人,他们追逐有风的地方,借山水拂心尘。

大理本来不在这次出行的计划中。游完腾冲本来是要从驼峰机场飞昆明,再飞回乌鲁木齐。那天的大雨下得好像天漏了,不停不歇地倾注,航班取消。和老婆商量并以迅雷不及掩耳盗铃的速度做出决定:去大理!随即搭出租车到客运站,乘下午的大巴车翻山过岭穿隧道,一路辗转到了保山,仍住原来的酒店。第二天一早乘动车来到大理。

对大理最早印象来自电影《五朵金花》。苍山脚下,蝴蝶泉边,美丽的金花,憨厚的阿鹏,是我们这代人对大理的最初认识。来到大理真是被迷住了,"家家流水,户户养花",生活节奏不紧不慢。"风花雪月"这个词在这里一点都不轻慢,说它是浪漫更

准确。大才子杨慎被贬永昌，曾在大理寄居数年，他笔下的苍山洱海至今不曾变化："山则苍龙叠翠，海则半月拖蓝，城郭莫山海之间，楼阁出烟云之上，香风满道，芳气袭人。"几句话道出了大理的魅力与韵味。

说大理是历史文化名城一点也不为过，其文脉丰厚，风情浓郁，历经唐宋五百多年的南诏国、大理国的都城就在这里。元代大理国灭亡后，这里为云南行省的省会，后才迁至昆明。所以大理曾经很长一段时间一直是云南的政治、经济、文化中心。现存的大理古城，始建于明初，历年修葺，依然古色古香。

大理是一座古城，但却洋溢着青春气息和包容天下的胸怀。在古城、苍山洱海游玩的大都是年轻人，他们追逐有风的地方，借山水拂心尘。这里有来自不同地方、不同面孔的人开的形形色色的大店小铺、客栈民宿、酒吧餐厅，他们自由散漫地经营生活，消磨时光。喜欢文学音乐美术的文艺青年和艺术家爱往这里扎堆，满城春色，遍地江湖，仿佛"生活在别处"是一种时尚，不期就会遇见灵魂相似的同道。他们的到来使大理成为一方艺术高地，大理深厚的历史和多元文化，也给予他们内生动力。在古城一书店里，电视里播放着老电影《五朵金花》，一个满脸胡须、头发纷乱，有些诗人气质的背包客，坐在那里目不转睛地一直认真观看。一定是电影触动了他，勾起了青春的回忆。我们离开书店时，他还雕塑一般坐在那里，脸上的风霜、心里的故事与电影融为了一体。

大理有"妙香佛国"之称,元朝的行巡使郭松年曾说:"沿山寺宇极多,不可殚记。"现存的著名寺院还有崇圣寺、感通寺、无为寺、法真寺、寂照庵等,都深藏于苍山密林深处,每座寺都有绵绵动听的故事。著名的崇圣寺三塔建于南诏时期,是大理的地标之一。塔是古塔,寺则重修。大理国22代皇帝中,有9位到崇圣寺出家当和尚。崇圣寺与皇家结缘,便有了传奇色彩,老段家可以自夸:老衲祖宗八辈都是和尚!长寿皇帝段正严,也就是金庸小说中的段誉,当了三十九年皇帝,又做了二十九年和尚,终于在九十四岁那年不情愿地挂了。皇帝老儿出家可不是苦修行,只是换了一个宫殿,随臣一帮,嫔妃一群,犹如置身宫廷,依然富贵风流。不知是寺崇圣,还是圣崇寺。苍山深处的感通寺则由于落魄名士杨慎居留过和"身在禅林,心在社稷"的诗书画天才担当和尚在此圆寂而闻名。那些隐居于此的闲云野鹤、浊世佳公子,和皇家王爷们比起来,更能修得菩提心,拈花向云笑。

苍山洱海的山水间,不时还可见到回族人家的庭院和清真寺,在建筑风格上融入大量的白族和汉族元素。在网约车上聊天时,健谈的马姓回族司机告诉我,大理市有不到两万人的回族人口,有十多座清真寺。大理城南门、西门的清真寺均始建于元朝,历史悠久。整个大理州有7万多回族人,而云南有70多万回族人。大理还有数千名白回人,说白族语言,穿白族服饰,居白族建筑,但在生活习惯上遵从回族穆斯林的生活方式,这也是民族融合的见证。大量回族同胞进入云南,这些人一部分是元

时随蒙古军征战进入大理的十万西域回族军队，一部分是明清两代随军从江南、西北、华北、川蜀等地定居云南的回族人。一路上，司机不断提到赛典赤·赡思丁，尊崇之情溢于言表。他说，云南省的第一任省长就是咱回族人赛典赤，云南历史上第一座文庙和第一所官办学校，也是赛典赤开办的，赛典赤后代也遍布云南。赛典赤·赡思丁的事迹我当然也知道一些，他的名字如换成现在新疆人名，译法应该叫赛义提·安吉力·夏姆西丁·吾麦尔，就像生活在我身边的维吾尔同胞，听上去亲切多了。有文献定论，说赛典赤在担任云南省省长（平章政事）的六年间，对云南的社会、经济和文化建设都做出了重大贡献，其功德一直惠泽后人。人们为纪念这位忠君爱民的先贤，在昆明为他建了"忠爱坊"。

在洱海景区门口见到一个三轮车流动烧烤摊，主人是个戴着白色小帽的英俊回族小伙，一问是宁夏人。因女朋友来大理读研究生，他就过来陪读，平时做点小生意，补贴生活。古有陪太子读书，随公主观影，今有为红颜痴心，替爱人解忧。这让我想起了一句维吾尔谚语：为了爱情，巴格达不嫌远。同时，生死契阔也在寻常柴米之中。

喜洲古镇距大理古城十多公里。老舍先生20世纪40年代到喜洲时，曾赞叹道："我想不到，在国内这么偏僻的地方，见过这么体面的市镇，进到镇里仿佛是到了英国的剑桥……山水之间有这样的一个镇市，真是世外桃源啊！"果然此言不虚。喜洲是电影里白族姑娘金花的故乡，很多地方几乎保持着原生态，有种不施粉黛的风流。这里保存有明清时代的白族民居建筑群落，连当地一座清真寺都融合了白族和汉族的建筑风格：雕梁画栋、斗拱重叠、翘角飞檐，用彩画装饰的门楼、照壁、山墙则完全是白族格调。

古色古香的四方街，一架牌坊高立，数棵古树茂盛。四面通达的街巷，店铺林立，许多小店都卖鲜花和鲜花饼，空气中都飘洒着蜜甜的花香。古朴的转角楼，广阔的青绿稻田，是游客们云集打卡的地方。在一条小巷深处，发现了一家清真鲜花饼店——五功斋。从店招上我思忖，这是一个恪守传统、信仰虔诚的家庭。小店格局前店铺后作坊，祖辈留下的营生，世代传承的手艺，两个俊俏的青年男女在经营。满心欢喜在这家挑选了各种口味的鲜花饼，必须要把这里的甜蜜和芬芳带回家。

在返回的路上，盘桓在苍山上的云朵被阳光劈开一道道金色的缝隙，天上云卷云舒，雨滴似有似无。在洱海西岸的生态走廊上漫步一会儿，闲坐一下，看白云映水，思光阴如梭，恍然不知今夕何夕，老之将至。"一笑皆春"，担当和尚如是说，说得真好，大有禅意。

保山遗韵

吃过饭离开时把没吃完打包的干巴丢在店里。走出很远，店里的小姑娘竟骑着小摩托气喘吁吁地追过来送上。那包干巴虽值不了多少钱，可小姑娘这么执意尽心，令人感动，让我对这个地方淳厚的民风又多了一分好感。

昆明距保山约 500 公里。动车上有个小孩一直哭闹，有个姑娘在吃榴梿，在寐睡中声音和味道一直在脑子里飘洒。3 个多小时后，到了保山，出火车站时感觉自己到了一个局促的县城。但我知道这个地方不容小觑，古为哀牢国首邑，东汉时期就设立永昌郡，明嘉靖年间设保山县，民国初年撤永昌府，留下了保山的名称。保山是西南丝绸之路的重要通道和驿站，历史上一直都是滇西地区的政治经济文化中心。

洪武年间，在平定云南元朝势力后，朱元璋派老乡兼亲信胡渊到永昌镇守。老胡有老朱做靠山，便仿照南京城重修保山城池,发配大量人口充军,移民滇西。大胆这厮居然撤了永昌府,设立"金齿军民指挥使司",自己成为集军政大权为一身的总指挥,"独专其地",且将"指挥使"传与自己的儿子、孙子,老胡一家三代权倾一时。三代胡总指挥也算是能人,对于镇守永昌可说立下大功,明朝三征麓川就是以保山为基地用兵征讨,解决西边隐患。大量中原、南方的军民也是那时开始进入保山地区,至今影响着这里的语言、风物和饮食。

和保山有关的著名历史人物,就我的陋见还有以下几位。首先是明中叶状元郎杨慎。大才子杨慎因言获罪,被嘉靖皇帝打了屁股后发配到永昌卫充军。他在滇西待了三十年,"胸中有热血,眼里有热泪",最终卒于这瘴雨蛮烟之地。他著名的词作《临江仙·滚滚长江东逝水》就是在被押解前往永昌的途中所作。杨慎的文学成就、人生经历和文化影响和苏轼有很多相似的地方,他为滇边的历史文化发展进步增添了新的内涵和浓重底蕴。其次是明末旅行家徐霞客。徐霞客在崇祯末年曾经走进保山,留下了精彩的考察旅游文字。他对保山评价极高:"村庐错落,鸡犬桑麻,俱有灵气……武陵桃源,王官盘谷,皆所不及矣!此当为入滇第一胜。"然后是"革命满清,出民水火"的清末回族起义领袖杜文秀。杜文秀是保山人,其与清政府英勇抗争十八年,最后在大理慷慨赴死。曾有手书:"天生英雄夺回汉朝世界,地出豪杰戮破胡儿乾坤。"还有和陶峙岳将军一道组织策划新疆"九·二五"和平起义的原新疆警备副总司令赵锡光,也是保山人,20 世纪 50 年代曾任新疆军区生产建设兵团副总司令,逝于新疆石河子。

在市中心一快捷酒店住下后,就外出寻餐厅吃饭。在附近一街巷觅得老马家清真食馆,一楼快餐,二楼办席。有些新奇的是,食馆里都是矮桌小凳,像我们小时候家里围桌吃饭的情形,又像小学生的"小饭桌"。之后一路上的快捷餐馆几乎都是"小饭桌",而且大多都叫"食馆",也算是本地特色。虽然屈尊坐下来,可架不住美食好啊。有当地特色牛肉干巴、牛肉米线、牛肉火锅。还有鸡鸭鹅肉等,没有见到羊肉。看上去粗放,却很实惠。我们点了米线和干巴。米线是用现熬的牛肉汤浇头,辅以各种小菜调料,汤里的牛肉块多得让人窃喜。干巴有点像新疆的风干肉,但味道不大一样。一桌子饭菜下来才百元许,真心不贵。干巴没吃完打包带回。想起头天在昆明吃的过桥米线,餐厅豪华,碗碟铺陈,价格虚高,像是一场美食展演。

吃过饭在路边小店闲逛,老婆买了条裤子,离开时把没吃完打包的干巴丢在店里。走出很远,店里的小姑娘竟骑着小摩托气喘吁吁地追过来送上。那包干巴虽值不了多少钱,可小姑娘这么执意尽心,还是令人感动,让我对这个地方淳厚的民风又多了一分好感。

距离保山城区七八公里处有一个板桥古镇,历史上曾是滇西著名的商业重镇和重要驿站。保山市区可能只有这个地方还保持了些许古意,决定要去一下。在酒店打听当地古镇板桥镇怎么走,酒店一女服务员热情地说,她家就住在那边,下班可搭

千里云山何处好

她的顺风车一同去，一时间又被感动了。

古镇的青龙街就是核心了，长不足一公里，始建于明洪武年间，街道全用青石板和鹅卵石铺成。街两旁保存的古建筑经过修葺保持了原有古朴模样，和西南见到的许多古镇的传统民居一样，前店后宅，门面不大，但纵深长阔。由于在广西这类古镇见得多了，基本上同质，就没有特别的新奇感。广西的古镇多在水边，航运带来繁荣形成小镇集市。而这个小镇则是马帮陆路驿站，也是处于交通要道。在一个别致的咖啡屋坐下，店里的姑娘推荐了一款调制的拿铁咖啡，慢慢品着，想象着这条街曾经的车水马龙，消磨了一段时光。

返回搭网约车，到城区时满天星稀，华灯初上。经过一招牌上霓虹流转的咖啡茶叶店，被吸引住了，遂下车进店，坐下喝茶。店老板四十多岁，褐色面孔，和蔼诚恳，谈吐得体，接触交流都很舒适，好像我们很早就认识一样。老板分别泡了几种生茶熟茶和红茶，一时间精神澡雪，齿颊留香。我们像熟人一样品茗喝茶，谈天说地。他家也做咖啡，向我们介绍和推荐了他们自产自制的云南小粒咖啡。老板的一句话让我觉得他像个诗人，他说："都说咖啡苦，可是哪有生活苦啊！"不知不觉天已黑了，几泡茶都喝败了，该回酒店了。在他的推荐下，我们买了几包咖啡豆，老板说："你一定会喜欢上我家的咖啡的！"他还特地包了一小包新茶送我们品尝。走在保山夜晚的大街上，感觉到一种风轻云淡的闲静。

金色德宏

勐焕大金塔是芒市标志性的建筑,"勐焕"是傣语,意为黎明之城。传说是释迦牟尼转世为金鸡阿銮时曾生活于此。

大金塔属南亚傣王宫的建筑风格,造型为八角四门空心佛塔,下三层为空心大厅,富丽堂皇、金光灿灿,被称为中国第一金佛塔、亚洲第一空心佛塔。

瑞丽西北、西南、东南三面与缅甸山水相连,村寨相望,两地语言相通,习俗相近,文化相融。

第二天事先网约的车接上我俩,沿 G56 高速路过怒江,越过高黎贡山,到了边境城市芒市。一路上云雾缭绕,前临深谷,背连陡坡,山道弯弯,隧道连连。20 世纪 30 年代初,美国记者埃德加·斯诺曾随着马帮翻越高黎贡山前往腾冲,在翻越这座山时,斯诺发出了"眼前接连不断地出现的,仍是滚滚而来的、无穷无尽的、不可征服的山峰,像大海永恒的波涛一样"的无限感慨。如今山还是那座山,路已经成为通途。与 G56 高速路伴行的是 320 国道,一些路段大致是改造翻修过的抗战时期的滇缅公路。关于滇缅公路,我引用在腾冲国殇墓园买的一本书《父亲的战场》(章东磐)中的描述:"我不知道这个世界上还有哪条山路上流过这么多的鲜血。……这条蜿蜒的崎岖山路上每一米都是一条人命,每一米仰面朝天地躺着一位死者,他们手拉手从云南省会昆明连接到缅甸的交通枢纽腊戍。也就是说,这条路从修筑起的不到五年间,几乎用人的骨肉又重新铺了一遍。"这是多么的惊心动魄啊!

芒市是德宏州首府,是一座金光闪闪的城市,充满东南亚气息,处处有南传佛教的影子。大街两边都是椰子树、棕榈树,街上的隔离带用小佛塔点缀,大象、孔雀造型,金黄色和橘黄色的三角尖塔顶建筑随处可见。这里最适合那些惬意享受佛家文化,喜欢南传佛教的人士游览观光。芒市一条步行街上有个奇特的树包塔,据说已有 200 多年历史。放眼看去,塔中有树,树中有塔,树和塔早已融为了一体,形成了树和塔共生的局面,成了罕见的自然景观。

勐焕大金塔是当地标志性的建筑,位于芒市城区的雷牙让山山顶。"勐焕"是傣语,意为黎明之城。勐焕大金塔所在地传说是释迦牟尼转世为金鸡阿鸾时曾生活于此。原山上佛塔毁于抗战时期,现在的建筑重建于二十年前。大金塔属南亚傣王宫的建筑风格,造型为八角四门空心佛塔,下三层为空心大厅,富丽堂皇、金光灿灿,被称为中国第一金佛塔、亚洲第一空心佛塔。它的对面不远处是勐焕银塔,十年前建设完工,据说塔尖都是用傣银制作,是傣族手工艺艺术品。金塔和银塔,一金一银,一个雍容华丽,一个典雅素静,两塔遥相呼应,隔空相望,形成一道别致的风景。

在瑞丽的街上,我还看到了清真餐馆独特的表述——"786回族餐馆",以前在西双版纳和拉萨的街头上也曾见过。询问过有关人士,对这个称法有了明晰的认识。简要地说,"786"是穆斯林祝祷词"台斯密"字母数字的总和,在东南亚和印巴地区,许多人用"786"代指清真餐厅。这个文化现象也影响到这里,无论你认不认字,看到"786"就表明这是清真餐厅。

晚上游傣族古镇,充分感受了本地文化的多元性、多样性。异域风情的小镇灯火通明,游人如织,充满烟火气。虽是新修建的,但风格独特,和所见过古镇都不大一样,处处闪耀着金光,古老的傣乡风情与时尚潮流融为一体。

瑞丽西北、西南、东南三面与缅甸山水相连,村寨相望,两地语言相通,习俗相近,文化相融。这个地方曾经是麓川王国的中心,发生过惊心动魄的故事。1312年大土司思汗法脱离了元朝金齿宣抚司的控制,建立了麓川王国("勐卯龙")。这个傣人建立的政权彪悍骁勇、武力充沛,曾经占据半个云南,与元朝划澜沧江而治,势力影响到整个东南亚。王国起起落落历经三百余年。大明王朝先后三次对麓川王国用兵征讨,军事对峙了近十年之久。征讨之后,麓川思氏退缩到缅甸北部,在缅甸的牵制下,麓川王国彻底衰落,成为缅甸北部的普通土司。

读到一本书《季风之北,彩云之南:多民族融合的地方因素》(杨斌),粗解了云南融入中国的整个历史进程,云南如何从一个独特的文化区域演变为中国的一个边疆省份,人们如何经历了由蛮夷、远人、臣民到兄弟这样一个过程。"云南对于中国的关键贡献是它在中国人与中国国家演变成多族群实体这一过程中所发挥的作用。"

到中缅边境上的银井寨("一寨两国")及瑞丽姐告口岸游览。"姐告"是傣语,旧城之意。姐告口岸是云南最大的边贸口岸。320 国道经姐告出境把原"滇缅公路"和"史迪威公路"相连通。因之前疫情影响,口岸的车辆和人都不多,许多店铺关门。姐告对面是缅甸木姐市,属于缅北掸邦,从这里出去就是缅北地区。这个地方多山多林,复杂混乱,多种势力割据。从元朝始直到民国,每逢战乱和政权更迭,这里就成为华人的避难地,一支支孤军逆旅败走异域,长留他乡渐被遗忘,这些人在缅北一带却逐渐形成势力。20 世纪 90 年代初,有部电影《异域》,讲的就是国民党残军败走缅北的故事。电影结尾有一首罗大佑创作的歌曲《亚细亚的孤儿》:

亚细亚的孤儿在风中哭泣
黄色的脸孔有红色的污泥

黑色的眼珠有白色的恐惧

　　西风在东方唱着悲伤的歌曲

　　……

　　口岸附近一个边民市场挺热闹,主要贩卖服装、日用品、零食,以及翡翠、玉器之类,这里也有打扮俏丽、口吐莲花的青年男女架着手机现场直播带货。许多经营者都是对面的缅甸人,他们和这边可能都是亲戚,几百年前兴许就是从这里走过去的。

书店是城市的灵魂

> 喜欢漓汀书院,不仅仅是因为里面的书,其实并没有在里面买几本书,而是因为在特定的心境中,有那么一个慰藉人心、令人温暖的去处。

要说自己有什么爱好,说来惭愧,学书学剑皆不成,想了半天也没有能拿得出手的硬货。在单位时写总结、讲话倒是笔下生风、倚马可待,总不能说我爱好写公文吧?不知道逛书店算不算爱好,有没有收获不好说,但过程的确很愉快。其实它更像一种不好意思与人言说的癖好,说出来都底气不足。但逛书店确实又是像我这样半吊子读书人的一种生活方式。说得矫情一点,书店对我来说,像是人生的一个驿站,在漫漫人生旅途中我们一次次在这里歇息、补给,又从这里出发,我们的热情和虚妄和这里多多少少都有些关系。

让我最早对书店产生兴趣和情缘的是少年时代铁路局四街

的那家小小的新华书店。书店不大，就在街边，土坯房，墙很厚，夏天阴凉，冬日暖和。当屋子外面大雪飘飞的时候，屋子中间的大铁炉便烧得旺旺的，和书里的故事一样温暖。我和同伴常常倚在高大厚重的柜台边，在暖和的书店度过一段快活的时光。它抚慰了我少年的寂寞，书的光照亮了简单无聊的日子，不断健全我的心智，让我初步体会到阅读的快乐。

自称"不靠谱的作家"许知远说过一句靠谱的话："书店更像是我了解、认识一个城市的入口。"这也是我的体会，了解一个城市，首先要到书店看看。每每到大城市出差，我都到当地书店逛逛。特别是北京、上海、南京、成都、深圳等一、二线城市，华烛生辉，车马骈阗，书肆遍布，书香四溢。北京琉璃厂一带诸多百年老字号书店几天都逛不完。大城市的书店除新华书店以外，各种民营书店、独立书店更是繁多喜人，如西西弗、钟书阁、单向街、诚品、先锋等品牌书店，书品丰富又有格调。书店就是一座城市的文化品牌形象，它和当地的经济社会发展应该是同步的，有人说"书店是城市的灵魂"，这话很有道理。

我所在的城市曾有一家做成品牌的民营书店"一心书店"，大约成立于20世纪90年代末。地方虽不大，书品却不俗，几个合伙人为边陲城市的文化建设，撑起了一片新天地。这个书店也给我许多精神上的滋养，每逢休息日上街去，必然要去"一心书店"看看转转，在里面徜徉半天，买些心仪的书。和书店里的几位老板也混成了熟人，还赠我一张购书打折卡。遗憾的是，后来这家书店日渐式微,往日风光不再。他们调整了经营方向,尝试数字化转型,线上线下相结合。有次在一个图书批发市场,我意外发现其中的一合伙人在这里经营,规模已经很可观。书店不开了,花照样在开。

去过不少城市,也见过很多书店,但最早被吸引、最难忘的还是北京长安街边的那间"三味书屋"。2000 年前后常去北京出差。有次在西单一个胡同大院住了一段时间,晚上溜达的时候,发现了这个地方。位置在西长安街与佟麟阁路交叉口,过了长安街,对面就是民族文化宫。进得书店立即被一种庄重而又安详的气氛所感染。桌子上摆放了一很抽象的黑色金属雕塑,认真端详原来是鲁迅先生塑像。书屋有两层,一层楼是图书,书架有四档,沿三壁而立,都是人文社科类图书,朴素而有品位。左右两侧的墙上贴挂着此处开展各种文化讲座以及文化名人来这参加活动等的照片,其中最引人注目的是鲁迅之子周海婴先生在书屋开业时前来祝贺的照片。中间的空地摆了几张桌椅。书店二层是茶座、画廊,据说不定期举办文化沙龙、讲座等,来了几次都没有遇到上去的机会。之后每次到北京,只要有时间,我都会去这家书店看看,即便不买什么书,在桌前坐一会儿,静静看着买书的人出出进进,也非常享受。有时会一直坐到打烊关门,这一天便好像内心板结的砾土被翻新了。

三味书屋创办于 1988 年,很久没去了,据说现在还在坚持营业,算来已有三十多年了,是一对姓李的夫妇开办的,他们该有八十多岁了吧？

最近读到一本有意思的书，是意大利作家艾柯和法国编剧卡里埃尔的对话录《别想摆脱书》。这两位文化界大佬可以说是泰斗级别的人物。前者如果大家不熟悉，后者编剧的电影《大鼻子情圣》《布拉格之恋》《铁皮鼓》我们这般年纪的人不会没看过吧？二人的对谈围绕书的历史、命运、收藏，记忆和虚妄，以及网络对书籍的影响等话题展开。"一本伟大的书永远活着，和我们一起成长和衰老，但从不会死去。"读着大师间的对话，会有深深的共情，喜欢阅读是人生之一大乐趣。虽然在人世间有许多事情值得去做，读书应该是一个重要选项。可能会因工作的忙碌和生活的艰难抑或沉醉于纸醉金迷，会有一段时间不去书店，不读书，但终有一天我还是会再拿起书本，因为"阅读是一种未受惩罚的恶习"，要改也难，所以"别想摆脱书"。

2019年底我到广西工作，让我惊喜的是这里有不少书店可以流连忘返。南宁市除了国字号的大大小小的新华书店，还有许多颇具个性的民营书店。代表性的有万象城里的"西西弗书店"，新梦商厦的"涵芬楼书屋"，南宁百货的"当当书店"等。还有在大街小巷街街角角不时可以发现的各具特色的小书店，集咖啡、甜品、书籍、文创产品为一体，如"稻草人""城市""书巢"等各种书屋、书店，有的成了网民打卡的网红店。其更大的价值是作为一个文化平台，点缀城市的光芒，提升城市的文化形象。

"漓江书院"是我在南宁体验最好的一家书店。它位于繁华闹市中心的"三街两巷"内的金狮巷,离我住的地方不太远,只要得空散步就到了这里。"三街两巷"是南宁市规模最大的历史文化街区,历经多年保护改造,拥有南宁市区唯一保留下来的清代至民国时期的居民群。书院是明清风格的砖木结构院落建筑,三进制四合院,青砖青瓦,闹中取静,仿佛遗世独立。书店以人文社科和文学类的书籍为主,广西本地出版书籍在这里比较集中,充满文艺气息和思古幽情。

喜欢漓江书院,不仅仅是因为里面的书,其实并没有在里面买几本书,而是因为在特定的心境中,有那么一个慰藉人心、令人温暖的去处。那天下着细雨,我漫步到金狮巷漓江书院,人不多,屋内泛着一丝潮气,橘黄的灯光安静地照在书架上。我拿起一本书坐在竹椅上漫无目的地翻着,室内青灯映黄卷,窗外细雨湿流光,此时世上最安宁的地方,莫过于这里了。

那年秋天,我应邀去桂林在广西师范大学一个培训班做一个讲座。期间到广西师范大学出版社集团总部参观,在一楼意外发现一处宝地,一个独特的书店:"独秀书房"。这是一个专门为大学青年学子打造的书店。"独秀书房"的名字源于桂林市那座著名的"独秀峰",这座高标独秀的山峰正位于广西师范大学王城校区院内。

广西师大出版社是一个有文化、有理想的出版机构,也是极有影响力的文化品牌,它以纯粹之心,追求文化品质。虽处西南一隅,却有争霸天下之心。正如唐朝诗人张固咏叹的那样:"孤峰不与众山俦,直上青云势未休。"他咏的是独秀山,然而"峥嵘挺拔,凝秀独出"不也是广西师大出版社的写照吗？在出版社林立的今天,实力和影响力秀出辈行,令人瞩目。前面提到的《别想摆脱书》也是广西师大出版社的产品。

独秀书房图书有限公司的总经理容罡先生外表粗犷,内心秀丽,身体壮实,性情儒雅,神情还有一丝羞涩。他向我介绍了"独秀书房"一些情况。"独秀书房"是广西师范大学出版社打造推出的高校校园实体书店品牌。2016年第一家"独秀书房"在广西玉林师范学院落地,现在已建成15家,辐射广西区内7个城市的11所高校。

容罡先生介绍说:"'独秀书房'在运营上不断创新,策划推出一系列文化主题活动,与高校专家、大学生共同打造校园文艺现场,探索出一条环境涵养、经典浸润、实践育人的校园阅读推广模式。同时还向城市社区和中小学生延伸。将书房创建成为中国高校实体书店的领跑品牌。"

出版大厦一楼的这家"独秀书房"是旗舰店,它的空间设计简约舒适,富有想象力,书品格调高雅,具有丰厚的文化内涵和独特的人文风貌,和大学的气质一脉相承,也和出版社的理想初心紧密相关,是一个集阅读学习、交流展示、聚会休闲、创意生活等功能为一体的复合式文化体验空间。

让我惊喜的是,出版社送我一套杨奎松先生的四册精装本《革命》,这套书是研究中国现代革命的经典著作,市场上早已寻不见踪影，煞是珍贵。更让我惊喜和意外的是，经营多年的"杂花野草"，不期在"独秀书房"遇到了灿烂的春光。和出版社集团的高士们的交流中，他们对我涂抹的一些文字有了兴趣，认为达到了出版社的要求，愿将这些文字结集成册。从没有奢望能在这家名满天下的出版社出版一本印着我的名字的书，真是"良久惊兼喜，殷勤卷更开"，野百合也有今天呢。

每个人心之深处中都有个隐秘的角落。虽然我曾从事的职业与文化艺术毫不沾边，我甚至没有加入过任何和文学艺术有关的协会、团体，但不影响我喜欢阅读和写作，它们让我觉得安宁又舒适。卡里埃尔认为："一批藏书就像一种陪伴，一群活生生的朋友和个体。哪天你觉得被孤立了，消沉了，你可以去找它们。它们一直在那里。"世界远远比我们身边的环境丰富和辽阔，我相信，读书是通往那个世界的途径。我曾认为自己是一个"读书人"，但看到大学问家沈从文先生说过的一句话"我是一个没有读过书的人"时，便不敢自诩了，在人群中吹牛一定要小心，会被人看不起的。人们对别人的愚蠢看得很清楚，却往往自以为是，看不到自己的无知。卡里埃尔说："受过教育也不一定意味着智慧。不。今天有这么多人渴望被人听见，致命的是，他们只被人听见了他们自己的愚蠢。从前的愚蠢没有爆发，不为人所知，今天的愚蠢却肆意横行。"真是睿智的洞见，他好像亲见了今天我们身边的世间怪象。

不妨把读书、写作看作世间的盐，它们让我们的生活有滋有味起来,在每一书页里享受地沉浸,寻觅,体验自己。它们使我们免除谬误和犹疑,也避开迷雾,让我们的记忆获得补充。"'孤灯青影'还自笑,一池春水不干卿。"我不认识命运,却一直为它工作,多年随性的阅读写作,命运也意外地给我一个惊喜,一年后《天山明月》出版,杂树生花,聊以自慰。这也是广西师大出版社在我退休前送给我最好的一份礼物。

就像艾柯与卡里埃尔对谈时说的"书永远不死","也许书的组成部分将有所演变,也许书不再是纸质的书,但书终将是书"。所以我们还有很多机会进书店,去书市,逛书摊,与一本老书相逢,对一册新书惊喜。逛书店和写作一样,目的性不必太强,鲁迅先生说得很透彻:"读书就如游公园似的,随随便便去,因为随随便便,所以不吃力,因为不吃力,所以会觉得有趣。"随心转转,随手翻翻,有时就会有意想不到的收获。生活有很多偶然性,有时很让人无奈,可它不会辜负你,它总是静静地等着给你惊喜。"总有一天,你热爱的东西会反过来拥抱你。"这是一句营养丰富的鸡汤语录,我喜欢。

行走山河
不平事

> 我觉得易中天先生有句话说得有道理:"对于人生,不求最好,只求不要最坏。常在河边走,怎能不湿鞋。别掉下去就好。"

有些意想不到的事情,在我身上屡有发生,有的是幸运,有些是悲催。我时不时地会缺乏判断和把控能力,在紧要时候,那两三步怎么也走不好。许多言不由衷的鸡汤都在说:"平平淡淡才是真。"谁信呢?人生怎么会没有波澜呢?瞎猫不一定碰到死耗子,秀才却一定会遇到兵。真正的生活是串味的日子,是泥沙俱下、悲欣交集的光阴,没有一点跌宕起伏岂不是太乏味了?我觉得易中天先生有句话说得有道理:"对于人生,不求最好,只求不要最坏。常在河边走,怎能不湿鞋。别掉下去就好。"

有一次和太太筹划去成都,网上查询淡季票价非常便宜,看好了时间、航班,就决定订票。成都的朋友正伸长脖子翘首以盼呢。网上订票不允许出错，一失足则成千古恨，改正的机会都不给你。小心翼翼，看了又看，反复核对，才点击购票……刚敲完确定键，不出意料地还是出错了，我鬼使神差地订了返程票，刹那间我的智商下滑到了正常警戒线以下。只有退票重订，加上退票费，重新订购都超过原价了，本想占个便宜，却让便宜戏弄了我。

　　这样的事情竟然不止一次发生在我身上。今年9月中旬想去喀什，在网上看好的时间，本周航班出发。太太叮嘱我吸取历史教训，看清大势，别再犯小资产阶级幼稚病。我深刻反省后，认真反复核对，颤颤抖抖点下订单。一会儿信息发过来，却是下周同一时间，瞬间似有无形巴掌抽脸。要退票头比身子都重，我假装镇静，安慰太太也哄自己：人非圣贤，熟能生巧，反正也没有什么事，下周就下周吧。没想到这次却歪打正着胜算一回：恰好本周喀什天气不好，塔什库尔干有雨雪，上山不便，下一周却都是晴天。虽晚行了一个星期，但一路晴天，避开了尘霾和风雨。过程惊险，结局还好，我很凑巧地办了一件靠谱的事情。

　　我当然也有幸运的时候。那年驻村时，有一次组队出行的时候，曾无意中躲过了一场祸患。村委会大院有一棵生长了近百年的大柳树，沧桑斑驳，几人合抱不拢，年轻人都得叫树爷爷。村民们到村委会办事都在这棵大树下聊天、纳凉，夏天就在这棵大树下开会。我们组织了一支农民合唱队，经过层层选拔，获得参加喀什地区农牧民红歌大赛的资格。合唱队每天都咿咿呀呀在大树下面练唱。那天夜里下了一场大雨，树上和地上都湿淋淋的,第二天一早我们在饱含雨滴的大树下面集合整队,要去喀什市参赛。150多名青年男女花红柳绿穿戴一新,像过节一般喜庆。我啰里吧唆向大家讲了到喀什的注意事项。这时谁都没有料想到我们头顶上的大树正酝酿着一个阴谋。我唠啰完后大家就上了大巴车出发了。刚出村委会大院不久,就接到一个惊慌失措的电话:"大柳树倒了!"原来大柳树的一个枝干因为被虫噬蚁咬,经年已朽,在昨晚一场雨水浸泡下轰然落下。我问:"有无人被砸着?"回答:"没有,人们都离开了。"我长舒了一口气,看着一车满脸喜悦兴致勃勃的青年男女,庆幸我们刚刚离开,大树砸在我们身上的阴谋没有得逞,不然参赛的喜庆就会成为伤亡的悲剧。我没有把大树折倒的消息告诉大家,让这些很少出远门的青年男女,一路迎着晨光,云雀般叽叽喳喳心无旁骛地去他们心中的大城市喀什。

堵在路上,前后不着村店的事情也不止一次遇到过。2014年我和太太休假去西安,西安的朋友驾车带我们去了汉中。这是第一次到陕南,心中充满喜悦和新奇。两天内游玩了汉王刘邦驻跸汉中的行宫遗址古汉台、石门栈道、勉县武侯祠、诸葛古镇等著名景点,汉中的朋友还送我一幅曹操手书《衮雪》拓片,然后兴致勃勃准备从安康越秦岭返回。返回途中要穿过秦岭终南山一条著名的隧道,这条隧道全长18公里多一点,长虫的尻子,深着呢! 过了商洛(现称商州市)柞水县营盘镇,远远就见到了幽黑的隧道口。然而,临近隧道车子开始慢了下来,后来索性就停下不动了。也不知道前面发生了什么情况,这时已经进退不能,只能拿出十二分的耐心等待,这一等就是5个多小时,而这个隧道正常情况下大约需要15分钟就可出去。幸而还没有困在隧道里,密闭的空间往往使人恐惧和绝望,进退失据的隧道不知让多少尿意盎然的人任意发挥,留下的味道和色彩令人遐想,想起来我的前列腺都发紧。百无聊赖中饿着肚子睡过去又醒过来,在忍无可忍,仍需再忍的疲惫煎熬中,车队终于开始挪动了,等出了隧道到长安区已是黄昏时分。

还有一次困在路上是去年我在广西工作期间。从河池返回南宁,高速路通畅,一般情况下,两个小时左右就可以到南宁驻地了。车子到南宁市北郊,通常从这里可以拐进市区,我向掌握方向路线的司机多了一句嘴:"进入市区会堵车,不如顺着高速环城绕一下,更顺畅一些。"司机照办了,行车无难事,只要有心人,我挺沾沾自喜的。刚过下高速的路口,一直畅通的路,一下子阻塞了。前面发生了重大交通事故,整个高速路成了首尾不见的停车场。这离我们刚刚错过的路口还不到一公里。我们在高速路的大桥上,看着太阳一点点落下去,困在那里一点都没办法。从傍晚到深夜,才清障完毕,开始通车,回到驻地已经半夜2点多了。自作聪明了一回,让我们在路上干耗了近6个小时。司机说:"把控好正确的路线方向是多么重要!"其实,机会主义分子要改也难。

行走在路上,发生在我身上最严重的一次意外,是在从库尔勒市前往若羌县的路上。若羌是个边远的地方，是全疆我没有去过的几个县之一，我要了却这个遗憾。到了库尔勒就有了机会，还有，尉犁通往若羌的 218 国道上有一段 20 世纪六七十年代用红砖建成的世界上最长的砖砌公路，听说这条路现在还有若干公里保留下来，作为文物和历史见证，特别有兴趣想去看一下。然而，人算不如天算，车子出了库尔勒在去尉犁的路上就发生了交通事故，上演了一场惊魂记。车上其他 3 人都无大碍，就我状况严重，腰胸骨骨折，当时瘫软不起，梦想戛然而止。回到乌鲁木齐住院、手术，生活不能自理的我一口气卧床三月。平躺在床上，就我脑袋还在运动，腾空了又填满了，终有小悟：大行有常，命运泥泞，人不能太自以为是，轻狂没好事！

也有发生在路上让人怦然心动的意外，如鲜花在阳光下轻轻战栗，温暖而美好。在河西走廊半夜时分的偏僻火车站，我和我的中学老师不期而遇是我一生中最不可思议的事情。那是我上大学时候，有一年暑假从西安回家，火车经过乌鞘岭时晚点，火车晚点就要等待避让其他列车。在一个不知名的会车小站上，我们这列火车停了很久，等对面车过来。已是半夜时分，车厢里的人都昏昏欲睡。我拉开半截窗户透透气，这时看到对面停的列车窗口，在昏黄的灯光下有一个非常熟悉的人影，那人竟然是我中学老师。我使劲拍打着窗户，大声地喊着，终于引起了她的注意，她也惊喜万分。我俩就隔着一条铁道大声地相互问候。老师是回陕西探家，列车也是晚点滞留在此。这件事真的是太神奇了,概率太小了,比中百万彩票的概率都要小。在一个遥远的地方,那么凑巧就在那个时间点上、那个位置上,两列火车上隔着窗户就能相互看见。一路上尽打瞌睡的我,那个时候竟然没有睡去,而是拉开窗帘东张西望。东西相去的两列绿皮火车像是专门为我们师生相见而停在那个位置,真是一场神奇又温暖的见面啊。奇迹的到来,就像此时的月亮升起在漆黑的夜空,悄无声息却又清朗动人,在空寂的旷野,我心中燃烧着沸腾的火焰。

行走山河,我也有灵光乍现的时刻。9月下旬我和太太去伊犁游玩,仿佛去了远方就换了人间,从容尽兴地玩了几天。国庆节悄没声地来临了,每逢节假,伊犁胜地往往是游人扎堆的地方,忙碌地休闲,紧张地消遣。视频上那位一袭红衣、跃马飞驰的美女天天都在召唤,"那拉提的养蜂女"也在蛊惑宅男宅女们快来入戏。我们就不扎堆凑热闹了,寄情山水的热情已经用完,赶快回家吧。于是毫不犹豫买了10月1日的机票顺利返回。这一回选择对了,有如神助。第二天就听闻伊犁那边有疫情发生,之后伊犁全境封城,进出不得。回来之后我俩被迅速收容到方舱医院隔离修炼了十多天,在自己家门口踏踏实实过了一段不劳而获、无所事事的颓废日子。

我为自己庆幸,躲过了十月的冰雪,没有困在伊犁。那是我热爱的地方。那些山川河流、森林草原、大街小巷连悲伤都是辉煌的,值得我们流连忘返。来年吐尔根杏花盛开的时候,我会说服自己再去一次伊犁,见证一袭芳华落满天涯。

八桂大地

广西把我带到大海深处

我们离不开大海，它是生命的摇篮、人类的给养，不管它需要不需要我们，我们都深深地爱着它，它是我们雄伟壮丽、不问沧桑的永恒故乡。

新疆是内陆地区，山川形胜，景观丰富多样，有高山荒漠、森林草原、大河湖泊，唯独没有大海和出海口。从小生长于斯，对大海充满想象和期待。

第一次见到大海是什么时候，什么心情，已经记不清楚了，是在青岛还是深圳？只记得在海边游了一次泳，被海浪颠簸得七荤八素的，真不是滋味。它能托起你，也紧紧地控制着你，与在泳池和水库、江河里游泳绝不是一回事。严肃而雄健的大海是不能随便挑战的。是广西把我带到了大海深处，领略海的宽广和丰富。广西最南端临海，却叫北部湾，大约是在南海北部的缘故吧。悲催的广西从明朝始失去出海口近600年，从唐宋元

千里云山何处好

时代的半海洋省份，回到了内陆省状态。有幸的是1965年北海、钦州、防城港又重回广西。广西有了北海、钦州、防城港，就有了海岸线、出海口，打破了封闭状态。面向大海，才有了更广阔的眼界和气度，才有更多更好的发展机会。

北海的银滩是著名的旅游胜地，石英细砂铺展的海滩延绵有20多公里长，泛着银白光的细砂与蓝色海水相映，分外美丽。这片银滩一下子提升了北海作为旅游景区的品质。外地人到广西来旅游，一般就两个地方：桂林和北海，一个山水，一个大海，一北一南把广西景观都涵盖了。涠洲岛是广西最大的海岛，是火山沉积岛，有海蚀、溶岩等独特景观，时光在穿梭，浪涛一直拍着岩岸，兀自遗世独立。岛上有一法国人建造的天主教堂，神圣庄严，斑驳沧桑。我们进去参观时，有一唱诗班正列队捧经赞圣"求主赐我圣粮，饱我身心"，让你游览的心态不由正肃起来。

在钦州龙门港，我第一次乘着小艇出海。看着陆地渐渐消失在海平线，如同沉没一样，有种巨大的慑服感。在万顷波涛中，只看到天空和大海，兴奋之中又有一种莫名恐惧和惆怅沮丧，自己的世界和眼界是多么的有限和渺小。苏轼的千古名句霎时映入脑海："驾一叶之扁舟……寄蜉蝣于天地，渺沧海之一粟。哀吾生之须臾，羡长江之无穷。"在三娘湾海域我居然看到了中华白海豚。应该是一群白海豚组团出游，一直在我们小艇周边游弋，和船上的人一样兴奋，一样兴高采烈。一会儿从海浪中冲出来，画出一道弧线，倏地又潜入海中，像是同我们打招呼，又像是展示自己。我嗅到了友爱、快乐和自由的气息。它们有自己的天空和星辰,有自己的家园和亲友。我黯然神伤地念叨:"我们不是鱼,安知鱼之乐?"

面朝大海,让我开眼的还有被称为"海上森林"的红树林。在北海、钦州、防城港的沿海滩涂上,生长着成片的潮来而隐,潮去而现的灌木或乔木植物群落——红树林。红树林其实是海边滩涂上一片绿油油的丛林。因其树种分属红树科,还由于植物体内的氧化作用,枝干呈红褐色,故得名红树林。在滩涂上,它们形成高 10 米左右的灌丛,呈带状分布,维护着海洋生态,起着防浪护堤、净化海水的作用。涨潮时,海水没过树林,只有个别树枝探头,只露一星点绿色;落潮时,则丛丛绿意盎然,摇曳生姿,延绵到海,展现着生命的律动。

我觉得靠海吃海的生活要比靠山吃山难。在北海海港渔村我见到了以海为生的疍家人。疍家渔人曾经是备受欺凌的一个群落,以海为田,不耕而食,历史上曾被视作贱民,不能上岸,不准读书。记得小时候看的一部电影《南海潮》有这样一个情节:一个渔民上岸穿上了鞋,被渔霸看到,强令他脱下来,把他的鞋用手中拐杖挑到海里。当时不明白渔民为什么不可以穿鞋。据说疍家人是百越后裔,分布在闽粤桂沿海,长期以来备受歧视,居无定所,祖辈都过着浮家泛宅的生活。新中国建立后,疍家人才改变了境遇,在岸上有了立足之地。我所知道的知名人物冼星海和霍英东都是在船上出生、长大的疍家人。疍家人现在的生活和其他人已无太大差别了。

北海市地角镇、侨港镇还可以看到疍家民俗的影子。吃海鲜要去那里。港湾停泊着密集的小船艇，船上人家汲水做饭，烟火兴旺，岸边沿街开满了海鲜大排档。海鲜现捞现卖现做，除各种鱼虾之外，花蟹、生蚝、沙虫等奇奇怪怪的海鲜都是第一次吃到。这是疍家人的特色产业，在这里吃过海鲜，其他地方的海产品可以不用再尝了。

再往南还有更广阔的海洋。跨过雷州半岛穿过琼州海峡就是海南岛了，曾经的偏远之岛、流放之角，古代长期被作为贬谪罪臣的流放之地。唐代被流放的宰相杨炎感慨此处"一去一万里，千知千不还"。然而现在想去海南，那真是分分钟钟的事情。曾经的流放之地，如今不仅是改革开放前沿的"海南自贸区"，更是旅游天堂，北方人一到冬天，都候鸟般乌泱乌泱地到海南度假。坊间有调侃说："海南都快成东北的另一个省了！"

春节期间，我和妻子也不能免俗地到海南三亚度假。有一个继续往南去西沙远足的机会，令人十分向往。我们那一代人，曾经对西沙有着一段深深的记忆。1974 年越南南方当局侵犯我西沙群岛，爆发了西沙自卫反击战。当时几个文艺作品很有名：张永枚的叙事诗《西沙之战》，浩然的散文诗体小说《西沙儿女》，以及电影《南海风云》。当时的文艺作品不多，有几个集中出现西沙之战的题材，就使我们对西沙不陌生了。

脚行大地过江河，心随流云到天涯。要去遥远的西沙还是有些激动，毕竟不是谁都有机会去的。办好手续，傍晚时分，我们乘着南海邮轮出海了。《泰坦尼克号》《海上钢琴师》等电影曾带给我豪华绚丽的海上梦境，充满纸醉金迷、罗曼蒂克，我期待着美梦降临。和老婆专门购置了一身花花绿绿的沙滩衣裤，花枝招展，风情万种，像去准备跳广场舞。

晚上昏昏睡去，天亮时分醒来已到锚地。邮轮一夜行驶了10多个小时，大约300多公里路程。我们订的是"海景房"，幻想能临窗观海，看云飞浪卷。岂料是一间密闭的4人间，还不如火车卧铺宽敞。有一像飞机舷窗大小的窗户，我问导游："我们的海景房呢？"他睁着无辜的大眼睛理直气壮、不容置疑地说："这就是啊。舷窗外面不就是海景吗？"显得我们太没有见识，想挑事的感觉。反正一晚上都在航行中，还不太适应海上行走，心潮起伏，根本顾不上看什么劳什子海景，他说是就是吧。

邮轮上有电影厅、图书室、小酒吧、自助餐，晚上还有一台联欢晚会，好像什么都有，但都缺点什么，像草台班子搞了一场热闹的节目，不上档次。比较惬意的是，有空可到船顶吹海风，望万顷波涛，看朝霞落日。在茫茫大海上看不到天地尽头，或许和人生一样，根本就没有尽头。大海一直独自保持自己应有的骄傲，茫无涯际，深邃莫测，渺小的我们只能随波逐流，浩瀚之水，也只能取一瓢饮。我到了所能到的最远地方，那又怎么样呢？我们许多孜孜以求、看似有价值的东西，其实也没那么重要，没有什么是不能放手的。

邮轮晚上放映电影《南海风云》，引发了我的兴趣。40多年前看过的电影，今天还能引起共鸣吗？这是一部"文革"后期拍的电影，西沙之战的题材，唐国强、高宝成主演。那时的唐国强可真是英俊帅气的鲜肉啊，谁能想到，奶油小生般的唐国强今天会成为荧屏银幕上挥斥方遒、傲岸天下的伟大领袖。除了片头美丽的西沙景色好看，电影插曲《西沙，我美丽的故乡》好听，后面的故事、人物简直就不能卒睹。它与长诗《西沙之战》、散文诗体小说《西沙儿女》是一个路子，同样腔调。相比之下，同一时期问世的苏联战争影片《这里的黎明静悄悄》，数十年后再看，对战争的思考，对人道情怀表达，诗意蕴藉，依然充满魅力，时间可以沉淀一切，杀伐一切。

邮轮在西沙永乐礁岛附近海域下锚停船。茫茫大海上，远处隐隐可见岛屿或大船。导游指着远处一片隐约可见的突出在海面上的影子说，那是三沙市市政府所在地永兴岛。我问："我们去那里吗？"导游说："永兴岛我们去不了。"他指了另一个方向说："我们去那里，两个小岛屿。"从大船上转乘橡皮冲锋艇驶向两个小岛屿，一路上吹着海风，沐着浪花体会"乘风破浪"这个熟烂的词。先上了一个叫银屿岛的岛，岛上有社区居委会、一个警务室。有16户人家，几栋新建的二三层黄色砖混建筑。一黑一黄两只小狗懒洋洋地晒着太阳。小狗性情温和，见到游客如见到家人，摇尾撒欢，欢喜可人。在小岛广场上，导游带领游客一起举行了隆重的升国旗仪式，宣示主权，进行了一次爱国主义教育。蓝天下,五星红旗格外鲜艳,天空明媚,海天一色,秀丽通透。

另一个小岛叫全富岛,岛上无人居住,呈原始状态。一上岛脚下全是温暖细软的海沙,四周海水清澈透明,由浅到深变幻着透明、碧绿、深蓝、墨蓝等各种色彩。两米深的水面,一眼可见海底。这种美丽景色只有在遥远的西沙才能看到。可再美好的景色也有让人看厌的时候。一个时辰后,新奇和激动像潮水一样慢慢退去,茫茫大海变得无趣,海洋恢复了寂寞。我们又乘冲锋艇返回到邮轮。

法国19世纪浪漫主义历史学家儒勒·米什莱在其散文《海》中,以独特的笔法呈现了丰富多彩的海洋风貌。他说:"如果说我们需要海,而海却不需要我们。"我们离不开大海,它是生命的摇篮、人类的给养,不管它需要不需要我们,我们都深深地爱着它,它是我们雄伟壮丽、不问沧桑的永恒故乡。

如果从最西北边阿勒泰地区的哈巴河县算起,到西沙永乐群岛,我的脚步已经跨越了几乎整个南北中国,这是我在祖国大地最大的跨越了吧? 或许我们应该走得更远,才能有更广阔的胸怀?

英雄高地
昆仑关

> 以前广西和抗战有关的这些事我都不清晰，甚至闻所未闻，以我的陋见，这里山直水曲、风光旖旎，是唱山歌撩妹子的好地方。来到广西，才慢慢知道这个曾经贫瘠的边疆省份，在抗战中贡献了多少人力、财力，血性、刚勇的广西人民为抗战付出了多大代价。

说起抗战，绝对绕不开广西，广西曾经是南方抗战的重要战场。侵华日军曾两次入侵广西。1939 年日军占领桂南，以南宁为中心，长达一年。1944 年日军占领桂林，蹂躏三分之二的广西土地半年之久。而北海涠洲岛（时属广东）曾被日军作为海空基地占领 7 年。抗战期间广西征调了百万兵源参战，人均比例全国最高，广西子弟兵参加了著名的淞沪会战、台儿庄战役、昆仑关战役等大仗、硬仗，加入了中国远征军赴缅作战，有"广西狼兵雄天下"之誉。台儿庄战役中，李宗仁作为第五战区司令长官,指挥各路部队大败强悍的日军精锐板垣师团和矶谷师团;昆仑关战役中,白崇禧又指挥中央军嫡系部队打了胜仗,歼灭日军一个旅团。桂系将领的军事韬略、指挥能力可见一斑,这么能打仗,怎能不让"疑人也用,用人也疑"的蒋委员长忌惮呢?

以前广西和抗战有关的这些事我都不清晰,甚至闻所未闻,以我的陋见,这里山直水曲、风光旖旎,是唱山歌撩妹子的好地方。来到广西,才慢慢知道这个曾经贫瘠的边疆省份,在抗战中贡献了多少人力、财力,血性、刚勇的广西人民为抗战付出了多大代价。

十多年前第一次到南宁出差,就想去昆仑关抗战遗址看看,因为曾经有一部反映广西抗战的电影《铁血昆仑关》匆匆上映后又停映,电影没看到,但昆仑关这个名字留下了印象。作为"万山之宗"的昆仑山我一点都不陌生,莽莽昆仑威天下,那是一块举世高地,它就在我的家乡,横贯新疆、西藏,延伸至青海境内,和田、喀什绿洲都在它的脚下。我们就是昆仑山下一棵草。

广西的昆仑关是怎么回事呢?

南宁公干之余,朋友要带我看看广西的美丽山水,我想满足自己的好奇和愿望,便说:"就去昆仑关抗战遗址看看吧。"正是八月,南宁潮湿酷热,炎日逼人。从南宁市区到昆仑关不太远,五六十公里的样子,通往昆仑关的道路现在叫"昆仑大道",这条路曾是桂南通往桂中地区的咽喉。刚出城这条路拓得很宽敞,行进几十公里后进入山岭,道路渐渐窄了起来,一路上蜿蜒曲折,树木森森,谷深坡陡。

我大致了解了这座昆仑山是怎么回事:所谓昆仑山,实际上是大明山的一段余脉山地,也叫昆仑台地。这里群山绵亘,峰峦叠嶂,昆仑关正处山道中腰,东北通桂林到湖南,西北经贵州入四川,自古以来就是南方到中原驿路上的重要关隘,与北边的严关、南边的镇南关一道,并称为广西三大关隘,历来为兵家必争之地。昆仑关在秦汉时就设关,唐朝垒石筑关,宋代正式设立驿站关隘,称昆仑关,历史上此处曾发生十余次屯兵和战斗。清朝一个叫刘元清的当地举人曾有诗曰:"粤之西兮有昆仑,岣嵝耸拔势独尊,关山雄踞宾邕道,不减泰行与剑门。"昆仑关山下的公路是民国十五年(1926 年)修建的,以后经过不断扩建,形成现在的格局。

没有征兆突然就到了。昆仑关抗战遗址其实就是一个墓园,就在公路边,一点都不显山露水,芳草萋萋、人迹寥寥。车停在山脚,我们进了墓园。入南大门是一座三门四柱石牌坊,上书"陆军第五军昆仑关战役阵亡将士墓园"。从牌坊到山顶有一道 300 多级的石级道,山顶上建有纪念塔、阵亡将士公墓和碑亭。墓园里有多处国民党军政要人蒋介石、李宗仁、李济深、于右任、白崇禧、杜聿明等人的题词、题联和碑文。这些题词、题联、碑文,内容沉郁悲壮,书写苍劲有力,可以窥见这些政要将领的家学渊源和文化功底。山上碑亭内立有一块"纪战碑",是当时战场指挥第五军军长杜聿明撰文并亲自书写,详细记述 1939

年昆仑关战况,是很好的历史资料。墓园里面的纪念碑、牌坊、碑刻、题联等都基本保存完好。这场战役中被击毙的日酋中村正雄也埋在墓园西侧荒坡上。

昆仑关战役为抗日战争的大型战役之一,是桂南会战的一部分,战况十分惨烈。参加过这场战役的指挥官白崇禧、杜聿明、郑洞国等分别在回忆录和"纪战碑"中,从不同角度记载了昆仑关攻坚战的全过程。1939年11月,侵华日军企图切断当时中国大后方唯一畅通的国际交通线,从钦州湾登陆,一路北进侵占南宁,之后攻下并占领了昆仑关,并企图乘势北犯滇黔,威胁重庆。国民政府旋即调集大军反攻。12月18日,中国军队在隆隆炮声中打响了昆仑关攻坚战。战役总指挥是时任桂林行营主任的白崇禧,他集中了4个集团军与日军决战。由杜聿明率领的号称"铁马雄师"的全机械化部队第五军作为主力攻坚昆仑关。在战前召开的团以上指挥员会议上,杜聿明分析了战场态势后指出这场战役的重要意义:"这场战争胜负,关系到抗日战争的前途,是国家民族存亡的关键……全军将士一定要抱'不成功必成仁'的决心,歼灭日军,收复失地!"这段讲话也是充满热血、铿锵有力,体现了血战到底的决心和意志。而日本方面也认为,打胜此仗,切断这条国际补给线路,必然使中国丧失抵抗能力。日本大本营陆军部敌酋更是骄狂地宣布:"这是中国事变的最后一战。"

经过十余天浴血奋战,昆仑关阵地三次反复易手,得而复失,失而复得,终于被中国军队惨烈收复。昆仑关战役是中国军队自抗战以来的首次的正面攻坚战,动用了当时最精锐的全机械化部队,全歼了日军号称"钢军"的精锐第五师团第21旅团,毙敌四千多人,击毙旅团长少将中村正雄,消灭了百分之八十五班长以上的指挥官。铁军对钢军,强勇相撞,钢花四溅,血沃昆仑。昆仑关战役开创了抗战以来,中国军队歼灭日军一个旅团的纪录。据日军步兵第21联队战史记载:"这次作战终于遭遇了事变以来前所未见的中国精锐军队……当我军发起冲锋时,陷入绝境的敌军纷纷用手榴弹同归于尽,如此强力之精神实属罕见。"

然而代价也是巨大的,中国军队伤亡3倍于敌人,仅第五军在反攻中就有15000余人伤亡,郑洞国所部荣誉第一师13000余人仅有700余人生还。战后,杜聿明在昆仑关上组织修建了阵亡将士纪念碑和这座墓园,并亲笔写下了四百多字沉郁悲愤的悼念碑文。程思远先生曾回忆说:"昆仑关路窄关险,怪石嶙峋,易守难攻,而我英勇的中国军人,凭借刚毅气概,勇攀险阻,斩关夺隘,其悲壮实亘古之未有,其忠勇乃举世之罕见。"这段话概括得非常精准。田汉先生在昆仑关战役后登临昆仑关慰问时也曾写下苍凉悲壮的诗句:"一树桃花惨淡红,雄关阳塞驿楼空。倭师几处留残垒,汉帜依然卷大风。"

那天,偌大的墓园,除了我们几个,几乎没什么人,显得空旷寂寥。在园区北边,正在修建的昆仑关战役博物馆马上就要竣工,脚手架四纵八横,工人们忙忙碌碌地工作。和平的阳光下想象不出几十年前这里枪炮轰鸣、浴血拼杀、尸山血海的情景。天气溽热,一圈走下来汗流如注、浑身湿透,这种桑拿般的潮热天气实在使我这个北方人难以忍受,匆匆一览便和朋友离开。此行有些失落,又有些宽慰。

十几年过去了,有机会到广西工作,我时不时想起曾经浴血的昆仑关战场,还惦记抗战博物馆建设得怎样了。向当地朋友问到昆仑关,他含含混混地说:"那里好像建了一个公园,现在是一个旅游景点。"

五一假期,趁着休息我决定再去凭吊一下,看看早已建成的抗战博物馆。现在的昆仑关墓园跟我上次来相比变化很大,山下公路两边星星点点盛开着鲜红的杜鹃花,群山叠翠、满目青葱。昆仑关战役博物馆 2008 年底就已经建成开放,后来整个昆仑关、墓园区又建成了景区公园,开辟为爱国主义教育基地,重新修葺了古关楼和驿道,新建了"石景碑林园",园内都是以抗战为内容的题联碑刻。整个景区山秀水明、花草芬芳、生机勃勃,和十几年前相比面貌大变。那天去得有些晚,抗战博物馆刚好闭馆,未得参观甚为遗憾。

在抗战博物馆外我徘徊良久,认真体味。博物馆坐北朝南,气势宏大,正面广场沿山坡而下是一新修建的三门四柱石牌坊,横幅书"铁血昆仑",对面书"千古雄关",把昆仑关的历史特征都概括了。广场东面墙外形是"V"字形结构,象征胜利之意,下面设置有一"魂兮归来"方尖碑阵,110根黑色碑柱上,每柱碑刻有两字,代表牺牲的220个姓氏约3400名将士。这个博物馆是由参加过此役的第200师师长戴安澜将军的长子戴复东设计的,戴先生是同济大学建筑学院专家教授,又是为自己父辈立碑,所以博物馆设计倾注其心血,庄重沉郁又别开生面。

昆仑关在全国来说籍籍无名,昆仑关战役也并不广为人知。与昆仑关战役一样,七八十年前那场发生在中华大地上的惨烈的战争,承载了中国人沉重的记忆。积贫积弱的中国军民奋起抗击,血沃中华,最终赢得抗战胜利,但这胜利来得多么不易,不是大捷,是惨胜。战争中倒下了无数的将士,他们的名字在冷冰冰的墓碑上斑驳漫漶,他们的故事被人淡忘,名字不会被人记住,最终成为一组抽象的字符。昆仑关战役中五军牺牲的将士就有6400人,其中仅3400多人留下姓名。他们终究只是时代大潮中的一粒尘沙,是昆仑关上一棵无名草。他们曾经有名有姓,有父母有亲人,为窘迫的生活奔波,为新世界的光亮努力,他们为国家和民族做出的牺牲,不该被历史遗忘,也不该被你我遗忘。

在写这篇小文的时候,恰逢看了一部抗战电影《八佰》。影片直面当年抗战的残酷血腥,场面震撼恸人,让我们体会每一个鲜活的生命是如何消失的,战士的血水是怎样喷涌而出的。士兵中有英勇抗敌的,有胆怯逃跑的,那些慷慨赴死的战士用惨烈的牺牲和热血勇气来拼死抵抗唤醒国人,"舍生取义,儿所愿也"！让我们看到匹夫之怒,民族血性。当年轻战士陈树生身捆手榴弹毅然跳入敌阵时,悲怆的热泪与热血一起涌上我的眼眶和心头。我脑海中不由得又浮现亲历者笔下的昆仑关惨烈的战斗场面。在山高坡陡的密林荒草里,在炮火倾泻、飞机轰炸、毒气弥漫中,那些冲锋呐喊、浴血拼杀,又如草捆搬倒下的战士,还有那些学生军、民团和普通百姓,"有枪拿枪,无枪则提刀荷锄,或与军队一起破路,或袭扰敌人",配合主力攻坚。在国家民族危亡之际,在这个国家一盘散沙的时候,有那么多的"沙粒"义无反顾、粉身碎骨地冲向前去,诚如在枣宜会战中殉国的张自忠将军留下的遗言:"国家到了如此地步,除我等为其死,毫无其他办法。"卡尔·冯·克劳塞维茨在《战争论》中有句名言:战争是政治的延续。还有一句更深刻的话是:血液是胜利的代价。哪一场战役的胜利,不是用将士与民众的鲜血和生命来交换? 尊严不是没有代价的。

不管岁月如何更迭,社会如何变化,那些为国家民族付出和牺牲的人们,都应该被历史,被时代,被今天的我们记住,这应该成为社会的普遍共识。那萃取于炮火连天的战场,经过血与火淬炼的家国情怀、民族精神是永远值得纪念和尊敬的。昆仑关曾被鲜血镀亮,被炮火洗礼,那些来自四面八方的年轻生命长眠于此,斑驳的墓碑向我们提示生死的意义,那份民族的伤痛和骄傲长久萦回在我心里。白崇禧在墓园题写的碑文有这样两句话:"英灵赫赫,芳草萋萋。千秋万世,视此丰碑。"我想这是他的真情流露和良好愿景,但愿这座丰碑能够如巍巍昆仑一般,千秋万世屹立下去。

离开时,天色近晚,霞映昆仑,风动芳草。返回途中一路上看着橘红的太阳在婆娑的树影中渐渐沉落,心绪惆怅,绵绵不绝。抗战博物馆我还是没能进去,只在广场纪念碑前留下了一束鲜花。

昆仑关在我心中永远是一块英雄高地。

2020.9.18

2022 年抗战胜利日修订

魅力绿城

　　一个城市有活力，让人愿意驻留，使人自由舒展，在于它多元丰富，开放包容，兼收并蓄。

　　其实，我之于南宁也只是个过客，我喜欢这个城市的市井烟火味道，喜欢它的露水青草气息，还有那处处可见、四季常开常落的朱槿花。

　　秋分时节，天气没有那么闷热了，傍晚的微雨下得有滋有味，还有一丝凉风若有若无地掠过，在南国竟让人捕捉到一丝秋的况味。

　　爽雨总是受祈愿
　　我要把愁和喜兼收
　　自自然然

这是葡萄牙诗人费尔南多·佩索阿的一句诗,颇合我现在心境。已近秋分,愁喜兼有,两种情绪平分秋色。天黑得很快,才7点就暗淡下来,南宁的光亮这时候被星星点燃。季节在流转,生活在起起落落,波澜不惊又暗流涌动。周末在宿舍憋闷了一天,想出去走走,就往人多的地方去吧。朝阳商圈,是南宁市著名的商业中心。这里南近邕江,北靠火车站,交通便利,人气旺盛,在历史上就是重镇商埠,曾经是南宁的政治文化商贸中心。如今虽然城市政治文化中心向东南转移,但这里依然是一繁华的商贸圈。

中山路、民主路、民权路、民生路、民族大道……处于闹市中的这些地名让人想起了孙中山先生的"三民主义",想起了民国,也估摸出了这个城市兴起的年代。修葺一新的"三街两巷"旧街区(兴宁路、民生路、解放路,金狮巷、银狮巷)古色古香,人声鼎沸。这里翻新保存了南宁市较完整的骑楼群和明清建筑旧居,将这个城市往昔的商圈繁华岁月重现。在广西保存完好、最具规模的骑楼群当属梧州市的骑楼群。就我陋见,这可能是全国最大的、具有岭南和南洋特色的骑楼群。当地政府正在修葺改造,打造特色街景。北海市的老街骑楼群也颇具规模,保存完好,成为旅游景观。尤其晚上,在五彩灯光的映照下,弥漫着一股古色古香、纸醉金迷的气息。钦州老街的骑楼数量尚存,但破败不堪,不具观光价值。南宁市因旧城改造,老骑楼等建筑都拆得差不多了。现在,在共和路一条街上也还残存着一些往昔原生态的骑楼群,不知它们还能撑多久。城市在发展,在扩张,大拆大建,越来越趋同,越来越没有地域特点,橘枳已不可辨。

南宁作为中心城市的时间短,历史文化积淀不够,广西本地人尤其是桂柳一带的人对南宁颇不以为然,提起南宁都是一副不服气的样子。但南宁是一个正在兴起的城市,一个包容的城市,一个绿色的城市。一条大江蜿蜒穿城,民族大道贯穿东西,"瘴烟长暖无霜雪""半城绿树半城楼",妖娆明媚,尽享天时地利。南宁人来自四面八方,温和包容,互不嫌弃。他们的口味很杂,没有什么不敢吃的。什么"牛欢喜""烤猪眼""屈头蛋",千奇百怪,耸人听闻。中山路名气大就是因为它是美食一条街,外地人到南宁,中山路夜市是一个重要的打卡地。白天到这里看到的是穷街陋巷,一副破败窘相,很像马上就拆迁的样子。一到晚上一改颓容,像一个村姑化了浓妆,花枝招展,珠光宝气,弥漫着人间烟火和草根之欢,市井气息浓郁得如黑芝麻糊。这里汇集了南宁、广西乃至全国各地的各种美食,有的闻所未闻,见所未见。在烟火缭绕、天南地北、杂陈撩人的味道中,人流如羊群转场一般在明亮又狭窄的摊位前蠕动。再简陋的摊位,再局促的空间,也挡不住吃货烂漫天真的觅食热情。

我注意到了这儿的商场店铺餐厅的牌匾、标识,竟无一雷同,大小、色彩、书写各异,有书法,有美工,拙朴与精巧并存,雅致和通俗齐观。不拘一格,个性鲜明,绝不千篇一律。内容上也是别出心裁,你看,"老娘粉派""吃货留步""榴芒派"

"螺神""蚝美人"等,真是五彩缤纷,独特有趣,自由随性,又地域特点鲜明,让人一目了然,体现了这个城市的多元精神和包容胸怀。我住的地方离朝阳商圈不远,步行10分钟就到了。晚8点的南宁天色,相当于晚上10点的乌鲁木齐了。在乌鲁木齐,这时街道上早已空旷,商厦歇业,人们大都聚集在电视机前打着瞌睡,看完晚间新闻就洗洗睡了。而这个时间南宁的夜生活才开始。红绿灯路口停满等待过街的电动车,街道上华灯闪烁,车流不息,一派腐糜气息。有人戴着口罩,但大多数人不戴,人们摩肩接踵,熙熙攘攘,乐乐呵呵好像疫情没有发生过。南宁人心真大,很潇洒,我戴着口罩在人群中倒像个异类,是不是也要摘下来呢?

人们不知从哪里冒出来,潮水般汇聚过来,商厦里人声鼎沸,餐饮店前排着长队,等着吃吃喝喝。青年男女坐在人气餐厅外面的椅子上,刷着手机聊着天,不急不躁地等着服务员小哥小妹叫号。露天茶饮摊点,友仔靓妹们扎堆打着纸牌,喝着糖水饮料,聊着闲话,一副无所事事的样子,其实无所事事正是此时的大事。大榕树环立的朝阳广场,是中老年人的世界。露天卡拉OK这20世纪90年代在城市街头出现的娱乐,神奇地在当下南宁街头如文物一般地存在,并且曲目也是耳熟能详,革命歌曲居多。两块钱唱一首歌,歌者踊跃,听者环立。穿背心短裤、趿拉拖鞋的大爷,打扮得花枝招展的大妈,拿着麦克风沉浸在自己的世界,放开喉咙嘶喊着。奇怪的是歌声里没有一点方言,甚至可以说字正腔圆。广场舞分了好几个圈子，在嘈杂高分贝的乐声中，年轻的、年长的各自跳着自己熟悉的民族舞、现代舞，互不嫌弃，也互不影响。

漓江书院，在"三街两巷"的深巷里面，古色古香，书品不俗。每次到这个街巷溜达我都要进来看一看，也不一定要买什么书，仿佛这是一个朋友，几日不见就有念想。今天来这个书院的人不多，和外面的嘈杂热闹相比，这里安静多了。书籍内充盈的空间让我空落落的心仿佛被书香填满了。进来浏览的以女孩子为多，有的就在店里的凳子上坐下专心读书，一派娴静可人的模样。"永恒的女性引领我们上升"，歌德的这句话，此时仿佛又在这个书店里回荡起来。在广西版图书架上，我发现一本《广西历史地理通考》，1994 年初版，2013 年再版，内容稍显过时，但有学术价值，就一孤本，且价格便宜，才 18 元。我准备收下。在前台交款时，服务员小妹说："这是作者原来的著作，放在这里让大家翻阅，是否出售要问他一下。"随即电话联系作者，没联系上，我挺遗憾，留下了我的电话，告诉她："作者如出售的话打电话给我。"这样的书有学术价值，印量不多，一般没有大量读者，估计作者自己存了一些。为了解广西掌故，我淘得了一些讲述广西历史文化的好书。有在书店，也有在旧货市场，特别在旧书摊上有时会有意外惊喜。唐山路文化市场有旧书摊点，有空我会去那里转悠，淘些心仪的书。我在那里淘得"新桂系纪实"系列、《广西文献纪闻》、《广西抗战史稿》、《南宁旧事》

等一批文献资料,狭小的宿舍里又快没有地方存放书了。有时也埋怨自己,像个书虫一样执着,错过多少醉生梦死的好机会,这是何苦呢。

不知不觉到晚 10 点了,这时大街上人流如泻,南宁人好像才睡醒,睁着明亮的眼睛,飞蛾扑火般慵懒地聚向灯火浓稠的闹市。一个姑娘拉着行李箱,郁郁寡欢地踽踽独行,这么晚了,她从哪里来,要到哪里去?今晚还有多少和她一样的人,在热闹的街头满怀冰雪,心事茫茫。头戴竹笠、身穿橘红色工服的城市清洁工,扫完地面上最后一片落叶,拖着疲惫的身子坐在马路牙子上,拿出手机说着什么,可能是告诉家人,马上就要下班回家了。灯光暗淡的地方,偏僻一隅停着一辆警车,低调地闪着警灯,警察的目光盯着灯火通明的地方。这个城市的秩序、洁净和安宁来自你看见和看不见的付出和支撑。地下过街通道中,一个神情茫然的流浪汉无视过往的行人,旁若无人地铺开了简单的行李,舒展身体准备在这里过夜。一个穿着窘迫的拾荒者,蓬乱着头发,拿着蛇皮袋子专心在一个垃圾桶里翻淘明天的光阴。对很多人来说,这个夜晚也许并不温柔,生活一地鸡毛,狼狈不堪,谁的人生没有泥泞呢。我无端地心生隐忧:明天阳光能洒到他们身上吗?

一个城市有活力,让人愿意驻留,使人自由舒展,在于它多元丰富,开放包容,兼收并蓄。人潮里,明眸姑娘浅浅的微笑,黑瘦小伙杀伐的眼神,店铺老板谦和接待顾客,汽车耐心礼让过街行人,都让我感到这个城市的亲和与生机,让人无端喜欢。红红绿绿浮华的灯光把城市点亮,一派风月琳琅,不说风情万种,也摇曳生姿。霓虹灯光下人影幢幢,美食鲜味飘散,人间烟火正旺,你就在世界中心,什么也不用做,今晚的时光就是用来被辜负的。

回来的路上,夜已深了,雨后天气新鲜欲滴,空气中充盈着草木青香的味道,路边的花儿在悄然绽放,暗夜散发出缤纷的光芒。烟雨繁花中,突然就想起远方的故乡,想起了天各一方的亲人。这个季节,乌鲁木齐正是天蓝云白、阳光明媚的时候,温和干爽,弱风拂过,开始泛黄的白杨树叶飒飒作响,随风飘落,山河已然入秋。我到南宁工作生活近两年了,从离开家那天起,一家人从此就天各一方,生活在不同的空间,离多聚少,远远惦念,直把他乡作故乡。此时此刻一家人徜徉在这个潮润街道上,面对满月,平分秋色,该是多么美好的事情。

其实,我之于南宁也只是个过客,我喜欢这个城市的市井烟火味道,喜欢它的露水青草气息,还有那处处可见、四季常开常落的朱槿花。夏天衰逝了,木槿花还在盛开,它的热情灿烂贯穿了四季,那是南宁的市花。

南宁,你好。

无东不成市

被称为"千年岭南重镇，百年两广商埠"的梧州，历史悠久，位置优越，浔江、桂江交汇为西江，直达珠江，是有名的黄金水道和商贸重镇。江河传播维系着文化血脉，增强着大河上下人们的归属感。

梧州在广西显得有些另类，像是被领养的孩子。它的神奇在于，地界在广西，文化却靠近广东，是岭南文化、广府文化的发源地之一。梧州曾经有座广信县城，是古苍梧郡的治所，谓"广布恩信"，管抚岭南。古时行政区域划分就从这里划线，简要地说，广信以西为广西，广信以东为广东。今天的梧州人喝靓汤，吃早茶，讲白话，生活习俗和心理上更接近广府文化圈。从梧州到广州比到南宁更便捷，这是一座最不像广西的城市。

梧州有着深厚的历史文化底蕴，既有南越因子，又受中原汉文化惠泽，还受西方文化影响，它就像一个迟暮美人，年华逝去却还风姿绰约,自有它的魅力所在。

梧州是广西的东大门,紧邻广东,脉通筋连。广府文化的主要特征是开放、务实、敢于探索和尝试。历史上广东是出思想,出领袖的地方,对广西影响甚大。广东人洪秀全到偏僻的广西桂平金田村宣传"上帝会",发动当地人,自此爆发了一场轰轰烈烈的太平天国农民革命。孙中山先生以广东为大本营,领导反清武装起义,建立革命政权,开展北伐,开创民主革命新纪元。而广西大哥不光会唱山歌,嗍米粉,也有更彪悍的人生,有这样一句话说广西仔的刚猛:"广西狼兵雄天下。"民国时期新桂系的发迹地就在玉林和梧州,这两个地方都靠近广东。

新桂系的崛起,有两个追随孙中山革命的广西人起了重要作用。一个是玉林容县人马晓军,被称为"新桂系教父",其开创了广西陆军模范营,培养了一批军官骨干,创建了战斗力颇强的新桂系军队。还一个就是梧州人李济深,这就更了不得了。他是国民党元老、粤军第一师师长、黄埔军校副校长、广东省政府主席,还是新中国的国家副主席,有"全国陆军皆后学,两粤名将尽门生"的美誉,尤对广西同乡厚爱有加。李济深对于李宗仁、白崇禧、黄绍竑为代表的新桂系在政治上引导,军事上支持,经济上扶植,对其统一于孙中山领导的革命大本营和其后的崛起,起了重要作用,被认为是新桂系的准核心人物。广西仔李济深在广东、广西都能受到尊崇和拥戴,不是偶然的,是其"高贵的品格和诚挚待人的作风"(白崇禧)所致。

李济深先生的故居在今梧州市龙圩区大坡镇料神村,距梧州市区 40 多公里,我专门去凭吊了一下。李济深先生穿过历史云烟从泛黄的照片中向我走来,年轻时的他,英武,俊朗,刚毅,在今天看来是绝对的帅哥靓仔。故居展馆有一联李济深先生手书的晚唐诗人杜荀鹤的诗句:

好随汉将收胡土
去草军书出帝乡

充满家国胸怀和纵横天下的壮士之风。笔墨则具南国书家赖少其之韵,拙雅朴厚,富有金石味。

被称为"千年岭南重镇,百年两广商埠"的梧州,历史悠久,位置优越,浔江、桂江交汇为西江,直达珠江,是有名的黄金水道和商贸重镇。江河传播维系着文化血脉,增强着大河上下人们的归属感。梧州的繁荣始发于唐宋,兴盛于明清。翻一下资料,我们就会从心底竖起拇指钦佩一番:明成化六年(1470 年),明宪宗皇帝钦定在梧州设立第一个两广总督府,那时梧州就成为两广政治、经济、军事中心,是妥妥的岭南核心城市。1897 年开埠成为对外通商口岸,1927 年梧州市政府就成立了,为广西最早的省辖市。1929 年一度还成为广西壮族自治区的首府,广西第一所大学广西大学也是 1927 年在梧州创办的。仅这些就让梧州在广西的地位闪闪发光,让梧州人对自己故乡的往昔生出许多自豪，由不得就忘情地夸饰起来。

要说梧州什么最有标志性，那一定是骑楼了。在河东老城区，看到成片古色古香，充满岭南特色和西洋韵味的骑楼群，会让你有进入年代剧片厂的感觉，时光一下回到过去。在这之前，我在北海市老城区珠海路上看到保存完好、尚成规模的骑楼群时，心中还赞叹保存了这么完整的文化遗存。而到了梧州大街上看到纵横交错的骑楼群时，就感觉是小巫见大巫了。它让我不由想象昔年这里商贾云集，车水马龙不可一世的繁盛。梧州保存了全国规模最大、最完整的骑楼群。有20多条骑楼街道，最长的有2公里之多。中山路国泰广场大东路口竖有一大牌坊，上书"中国骑楼城"，叫板整个岭南。位于西江边的新西酒店，楼高7层，欧式风格，是20世纪三四十年代梧州最高最豪华的酒店，在广州、香港都很有名气，并辐射到东南亚，现在看来依然很气派。风云际会的20世纪30年代，这里各色人等汇集，龙蛇混杂，上海滩斧头帮帮主，被称为"暗杀大王"的安徽人王亚樵，就是在这个酒店命殒于国民党特务枪下的。

这些骑楼兼有岭南文化和西方文化特点，中西合璧，多元共存。中式传统浮雕、砖雕花饰图案，还有西方建筑细节罗马柱、圆拱形窗等随处可见。这种融合性的建筑文化见证着梧州"百年商埠"曾经的辉煌，说到底是广府文化中的开放性、创新性传统与面对外来文化开放、兼容的态度的结晶。开放才能发展，交融才有繁荣，包容才会多样，历史和现实不断在强化这个道理。

梧州有一道名小吃是冰泉豆浆。豆浆油条，再普通不过的市井大众食品，在梧州却被铸成了一张闪光的名片。梧州朋友老陆告诉我，梧州不产豆子，梧州豆浆有名，是因为得天独厚的"冰井泉香"的井水和十分讲究的豆浆制作工艺。我想还有梧州人开拓创新的意识和精益求精的经营水平，才化平常为神奇。老陆说，来了梧州要喝冰泉豆浆，不然会有遗憾的，让我一定要体验一下。他说每天喝冰泉豆浆的人很多，要提前预定好。能把一种市井小吃开成酒楼的格局，喝豆浆还需要预定，只有梧州了。

冰泉豆浆馆在白云山山脚的冰泉冲，两层楼建筑，里面有好几个大厅，据说已有 60 多年经营历史。一大早赶去，已是人头攒动，排上了长队，慕名而来，不仅仅就喝一杯冰泉豆浆。在一间朴素的包间，老陆请我喝了个广式早茶，既有简单的油条包子，也有精致的广式点心，当然少不了远近闻名的冰泉豆浆。其特点是豆浆浓度高，凉冻后，面上凝成一层薄豆皮，有点像吾乡纳曼别克家酿造的带着奶皮的酸奶。豆浆滴在桌上成珠不散，谓之"滴珠豆浆"。不过，说实在的，我对冰泉豆浆并没有期待中的特殊感受，感受深的是喝早茶的气氛和仪式感，享受那个散漫悠闲的过程。

生长在梧州的老陆更像个广东人，讲的普通话有白话口音。他个子高大，性情温和，说话低声。老陆不动烟酒却痴茶好茗。忙完公事，天黑下来，老陆一定会带我去一僻静茶室，带上自家

六堡老茶，让茶室的小姐姐焚起香，泡上茶，三五人轻啜慢饮，谈天说地，直到两腋生风，脊椎生津，通体舒泰。喝了半天竟没有想上厕所的感觉。老陆说，这才喝到位了，茶性渗入体内，是不是直接化为尿排出，这也是判别茶叶优劣的一个标准，好茶的精华都会被体内吸收的。老陆给我普及茶知识，如数家珍地讲了六堡茶的源流、种类和品评，一晚上我都浸泡在茶香的氛围中，没有喝酒，却有微醺的感觉。

广西以六堡茶而闻名，而梧州则是六堡茶的祖地。六堡茶的历史可与苍梧郡历史比肩，至少有1500多年历史。六堡茶的原产地在苍梧县六堡镇，距梧州市60多公里。广西六堡茶的兴起，还是广东人助力的结果。广东人爱茶，嗜茶，把吃饭都称"喝早茶"，其喜爱茶水的生活习惯，促进了六堡茶在广东的消费和六堡茶的兴盛，直接拉动了近代六堡茶的大规模生产和运销。当年大量广东商人逆珠江、西江水而上，到六堡山区设庄收茶。每到产茶季节，商人们从六堡的合口街码头将茶叶装上尖头船，经小河小流辗转进入西江之后，装卸到大船中，运送到广州，再转口港澳、南洋各地，这就是当年所谓的"茶船古道"，广西人将它与"茶马古道"相媲美。据记载，抗战爆发前，六堡茶的生产、运输和销售达到了前所未有的高峰。六堡茶也已深入到广东民众的心中，成为沿江很多地方的日常用茶。

老陆给我科普了六堡茶的基本知识。早先，六堡茶大多遵循传统制法，即将毛茶蒸软后踩压入箩，经晾置陈化后再上市销售,这种六堡茶称为"农家茶",亦称"古法六堡茶"。它的生产周期长,产量低,不易规模生产。20世纪50年代经过科研攻关解决了快速发酵工艺,才有了渥堆发酵工艺茶,生产周期和生产规模等都有大的改观,茶的品质也有新的提升,汤色深厚,苦涩去除,滋味变醇。现在市场上喝到的大多是这种厂家茶。

老陆还带我去位于市区鸳鸯江畔的一茶厂亲自体验了一回,了解六堡工艺茶的生产流程,参观藏储发酵的茶窖和木板仓。这个茶厂建于20世纪50年代初,年代悠久,有着"中国六堡茶工业摇篮"之称。老陆说,市场上的六堡茶主要是这类茶厂生产的渥堆发酵工艺茶,也叫"厂家茶"。厂区里有数座年代悠久的恒温茶窖和木板仓,这也是六堡工艺茶制作羽化成仙的关键设施。茶窖与木仓在六堡茶的整个陈化过程中起到了非常重要的作用,它使有益菌群生长和繁殖,促进内含物质的转化。六堡茶中醇厚的"槟榔香",就是木仓窖藏的结果,一般需要窖藏存放10年左右才会陈化。这和酒的窖藏陈化道理似乎是一样的,优良的品质都要经过默默锻造。

给我印象最深的是,进了厂工作区的大门后,有一大的储水罐,旁边放满了瓶瓶罐罐,打开水龙头,流出来的竟是浓郁香醇冒着热气的六堡茶!厂里负责人说:"这是厂里给职工的福利。"也真是靠山吃山,靠茶喝茶了!

老陆算是老梧州人了,家里有亲戚专门种茶,制茶。他说:"还是传统制法好,自然发酵,自然陈化,六堡茶的味道也天然,不过这种茶产量少，价格高，属小众茶。"老陆每年都精心挑选储存一些古法制作的农家茶，自己留存下来喝。他将两包珍藏数十年的农家老茶赠送于我，像个哲学家似的对我说："农家茶和工艺茶，一个有传统的韵味，一个跟上时代风气，都喝一喝，不管你喜欢哪一款，岭南的味道都在里面了。"

梧州历史悠久，古之苍梧，便是今之梧州，这是一座有着2000多年历史的古城，广府文化发源地之一……打住打住，俱往矣！曾经是广西最有活力的繁华城市，如今东边西头都不受待见，经济文化存在感都很差。用老陆的话讲："广东不亲我们，我们不亲南宁。"土耳其诺贝尔文学奖得主奥尔罕·帕慕克在他的《伊斯坦布尔：一座城市的记忆》中对自己故乡城市有段描绘，大意是：历史上高度的荣耀辉煌，而现在都失去了，只剩下那种随处可见的历史遗迹和废墟。这些在提醒着伊斯坦布尔人这座城市过去的荣光，渗透在这座城市中的是深深的"呼愁"。呼愁，土耳其语中"忧伤"的意思，是心灵深处的失落感。梧州人对于曾经有过的辉煌荣耀与今日的衰落和寂寞，是否也有这种失落和忧伤呢？

岭南有一种鲜艳的花叫作刺桐花，"开时烂若红霞，风吹色愈鲜好"，一簇簇似红红的小辣椒，张扬耀眼，这种花又称苍梧花。《异物志》云："苍梧即刺桐，岭南多此物，因以名郡。"不知为什么，这样一个和梧州历史文化联系紧密的花木，却没有成为梧州的市花，这让我一个外地人都扼腕长叹。梧州市花是宝巾花,也即是三角梅,这种花在广西各地和米粉一样普遍,在闽粤一带也随处可见。舍刺桐而择三角梅作为梧州市花也不知是个什么梗,颇令人费解。问老陆,他顾左右而言他,说:"喝茶喝茶,都要凉了,这茶味道还不错吧?"

玉林的流韵

　　不去一趟玉林,是感受不到沉淀在时光背后历史的吉光
片羽的,即便匆匆掠过,也觉得深厚,值得探究。

　　在广西首府南宁,最有存在感的是玉林人。从大街小巷就
能直观感受到:玉林牛腩米粉、玉林牛巴、玉林云吞等风味小吃
随处可见。晚上你若到"中山路美食一条街",玉林人经营的小
吃摊能够占据半壁江山。问及南宁的朋友,他说:"没错,南宁
的外地人中,玉林人最多。"他们宗族观念强,善经商,能吃苦,
爱抱团,大小生意都能做,多苦多累都能扛。哪个行业都有玉林
人的影子,大公司的老板,街头小商小贩,建筑工地的民工,多了
去了。这么说吧,每年春节,在南宁的玉林人回家过年,南宁人
的吃喝都要受到影响。
　　前年我来到玉林,正是阳光猛烈的时候,天气闷热得令人犯
愁。玉林的机场和高铁正在修建,新区建设得富丽堂皇,路宽楼

高,广场恢宏。老城区则破旧脏乱,电动车到处穿行,有一个小县城的感觉。玉林是桂东南重要的中心城市,和广西其他地方一样,行政区划变动很大。从明、清、民国及新中国成立以来就经历了州、府、县、专区、市的复杂转换,一会儿是爷爷,一会儿当孙子,特别是和容县的关系更是变化巨大,一会儿是邻居,一会儿是上级,容县短暂当了一阵玉林的领导后,最终归到了玉林门下,"玉林五属"喜添了新丁。

进入网络时代,玉林最负盛名的莫过于"狗肉节"了,吃狗肉是当地的一个特色风俗。玉林的朋友老陈告诉我,每年 6 月夏至这一天,玉林市民间都要举办"荔枝狗肉节",活动时间一周以上。荔枝湿热,狗肉上火,玉林人把这两样东西搭配在一起过盛夏,可谓脑洞大开了。北方有"狗肉上不了席"之说,在这里吃狗肉却成了一个民间自发形成的节日,成为吸引游客,拉动经济的一个动因。

玉林人吃狗肉的年代和美人杨玉环生于容州的传说一样悠长,岁岁年年,安然无恙,只是到了互联网时代,它才被放大了,被广知了。"狗肉节"引起了四面八方爱狗人士的愤怒和指责,老陈说,每到 6 月份时候,我们就因"狗肉节"的事情忙碌一番,有不少外地乃至外国来的"狗粉"到玉林抗议虐狗吃狗,和当地吃狗的人发生冲突,还形成网络舆情。虽然维护"狗权"的人不理解、不高兴并不能削减玉林人大啖狗肉的热情,但还是收敛了一些。老陈给我指着路边几个挂着"玉林香肉馆""玉林脆皮肉馆"招牌的店,说:"这就是卖狗肉的!""狗"字不见了,狗肉依然不缺席。这让我想起,在南宁、桂林街头好像也见到过"香肉馆"的牌子,原来如此啊。我问老陈:"当地人都吃狗肉吗?""当然了,'吃了夏至狗,西风绕道走',吃了狗肉浑身有劲哪,还有不少外地人专门到这里来寻狗肉吃呢。"我调侃道:"对于人类的朋友你们可真能下得去嘴啊!"老陈辩解道:"别误会了,我们吃的是'肉狗',不是'宠物狗',那些'狗粉'们如真有善心为什么不去关心一下牛马猪羊的福祉呢?"

其实,诚如梁实秋先生《雅舍谈吃》中所言:"杀肥狗与宰肥猪、宰肥羊无异,我看不出其间有什么文明与野蛮之别。有人不吃猪肉,有人不吃羊肉,有人不吃狗肉,各随其便,犯不着横眉怒目。"中国人吃狗肉的历史也久矣,樊哙就是以屠狗为业,刘邦也以啖狗肉为快事。我把梁先生这段话大意转述给老陈,他说:"对嘛,这位粮食先生是个明白人!"

到了玉林市,玉林的朋友一定会请你去一个豪奢的地方游览,这就是被称为广西的"布达拉宫"的云天宫。远远看上去,这个雄伟高大的建筑,像是小时看过的动画片《大闹天宫》里远古时代的玉皇大帝宫殿,天兵天将、牛鬼蛇神都住里面。这个巨大的单体建筑共有21层,层层叠叠,雕梁画栋,极尽奢华。里面陈列了从世界各地收罗来的珍贵花木、奇珍异石,还有各种石雕、木雕和铜雕。云天宫的六楼,供奉着一座30米高,600吨重,鎏金铸铜,喜笑颜开的弥勒,据说这是当今世界室内最大的弥勒佛像。

带我游览的朋友老陈告诉我,他刚工作的时候,这座宫殿就开始动工修建了,如今都20多年了,一直在不停地建,刚刚才整体完工,现在还在不断装修。这楼可花了老鼻子钱了,也没有预算,有钱就投进去,据说到现在投进了不少于20个亿。听他这么说,还是有些让我不解的,这样没完没了地投入,耗费这么长时间,不考虑回报,修这座建筑的目的是什么?是为了灵魂救赎吗?

云天宫是什么人投资的呢?老陈说:"说起来都是很诡异,很神秘的。"有人说是由台湾老板投资建的,还有人说是由玉林籍贼王张子强——就是那个在香港绑架勒索大富豪的世纪贼王张子强出资建的。到底是谁建的,莫衷一是,讲不明白。玉林民间有一个流传很广的故事,说是清道光年间一个叫曾肇图的贫苦农民,经过奋斗打拼终于"富甲玉林州",但他"有钱不识享福",把大把的钱慷慨捐出修筑玉林城墙。这事民众广知,《玉林州志》记载修筑玉林城事时,却对于曾肇图的功绩一字不提。这和当下讲不清楚谁是云天宫的投资修建人倒是异曲同工。

老陈一挥手:"嗨,管他谁呢,反正建在我们玉林了,也算是我们这里标志性建筑了。"

其实,我倒是对这所建筑没有太大的兴趣,打着传统文化的幌子,充斥着玄学风水、佛佛道道,玉皇大帝、佛陀菩萨,神龟龙马、金鸡麒麟、仙葫芦神的塑像和华表,各路神仙汇集,一派神鸦

千里云山何处好

社鼓的陈腐味道，没有一点现代意识和时代气息。这座宫殿像一个乌托邦世界，杂糅了各种神道，试图让你匍匐在它权威和富有的阴影下，羞愧自己的渺小。那个慈眉善目、笑口常开的弥勒菩萨是为了"转迷成悟"，"觉悟有情识的众生"，还是它越高大越能为你带来运气和财富？《金刚经》中有云："凡所有相，皆是虚妄。"这座楼宇怎么能与神性充盈的拉萨布达拉宫相比呢。

真正打动我的是这块土地上的另一种风物。

距玉林市六七十公里远的容县才是藏龙卧虎之地。著名的沙田柚和南方黑芝麻糊都产自容县，一个有悠久历史，一个是时代产物。容县在明清至民国以来一直隶属梧州，20 世纪 50 年代末才划归玉林。

在县城东面的绣江畔，有一座三层的四角形亭阁式建筑——真武阁，可是真的历史古迹。这座楼阁始建于明万历元年，用来"奉祀真武大帝以镇火神"，至今已 440 多年。真武阁与古代江南三大名楼滕王阁、黄鹤楼、岳阳楼相比毫不逊色，却默默无闻。三大名楼后来都进行了翻建或重建，滕王阁和黄鹤楼都是现代水泥建筑，只有岳阳楼保留了原结构和材料。它们之所以闻名于世，是因为范仲淹、崔颢、李白、王勃等历代文人骚客在此留下了脍炙人口、荡气回肠的诗词歌赋和千古名句，其背后的历史文化意义远远大于建筑本身。

而容县的这座真武阁可是真正的历史文物，筋骨血脉都是原汁原味的，是完整保留下来的古建筑，古朴中带着沧桑。它的奇妙在于,阁楼是建在唐代建成的经略台上,没有坚硬的石头做地基,更绝妙的是,全楼阁不用一颗钉子,全部用格木构件建成,采用卯榫结构,运用杠杆原理,使各部分间巧妙吻合。尤其是二楼的四根内柱,承受重量却悬空不落地,历经风雨仍安然耸立,是中国古建筑中的杰出之作。被梁思成等建筑大师称之为"杠杆结构""天平式结构",具有高度的创造性,风范十足。有了绣江边这座矗立的阁楼,容县才有了不容小觑的雍容和底气。

清末民初是容县政治、经济、文化事业发展的一个兴盛时期,容县有谚:"山川毓秀将军县,人杰地灵古容州。"当时容县创办的公私学堂有 300 多所,容县籍人员出国留学达 110 人,放在全国县份来看,也是数一数二的。得天独厚的绣江水道使大批容县人取道梧州,前往南洋闯荡世界,谋生活,眼下旅居国外的华人、华侨有 150 万人,是广西最大的侨乡。随着辛亥革命兴起,一批批热血青年走出容县,汇入时代洪流,走进近代中国历史。容县考上黄埔军校的青年就有 170 多人,他们在北伐革命和抗击日寇侵略的血战中留下了英勇的身影。我在容县松山镇大中村以当地名人故居为依托建立的抗日烈士纪念馆、容县爱国将军纪念馆里徘徊良久,试图触摸历史的脉息。让我没有想到的是,小小的容县竟然产生了 5 位省主席,93 位民国将军,其中上将就有 8 人,堪称容县乃至广西近代史上一个突出的政治文化现象。

你可能不知道容县,但你一定听说过"妈妈的味道"的南方黑芝麻糊。起家于容县的南方黑芝麻集团股份有限公司还是有些情怀的,公司在南方黑芝麻博物馆旁边投资打造了一个"民国小镇"。小镇不大,就一条长街,一条铁轨沿着街道延伸到顶端。街两旁是两层高、中西合璧、民国风格的拱券式券廊式骑楼建筑,有根据容县走出的八位上将命名的八大公馆。街口停放了一辆蒸汽机车头,是为了纪念容县人廖百芳发起修建的广西第一条铁路。有意思的是广西的第一座火车站和铁路局不是在容县,而是1898年在龙州建成的,规划线路自龙州至镇南关(今友谊关),但实际上火车站从未通车,最后成了法国驻龙州领事馆。直到1935年,给李济深当过侍从秘书的容县人廖百芳,发起并参与修建了从合山到来宾的第一条窄轨铁路,到了1941年才全线通车。而之前的1938年湘桂铁路就已通车了。因此,这条有历史意义的来宾铁路,论修建是广西第一,论通车运行则不是第一。

让我惊喜和动容的是,小镇上也建有一座民国抗战将军博物馆。博物馆不算大,但充分利用新科技光电技术,结合照片、雕塑、文物展品,比较完整再现了容县军民在全民抗战中叱咤风云的历史。容县籍将士参加了抗战中的淞沪会战、徐州会战、武汉会战、桂柳会战等重大战役,为国家和民族流血牺牲,建立了功勋。博物馆有大量我从未见过的历史照片,经询问得知,有些照片是专门去台湾相关部门花重金买回来的,其内容之丰富我觉得不输于四川大邑的建川抗战博物馆。这是南方黑芝麻集团对历史的敬意，对家乡的温情，留给我们别样的"一股浓香，一缕温暖"。

玉林临近梧州，毗邻广东。这一带是新桂系的发迹地。20世纪20年代初，军校出身的下级军官李宗仁、黄绍竑、白崇禧趁时局之乱带兵进驻玉林，夺取梧州，整军经武，割据一方。新桂系在兴起发展的关键时刻，得到孙中山先生及广东革命政府的帮助支持，特别是国民党元老李济深的大力扶植和支持。这股新兴力量在短时间内消灭以陆荣廷为代表的旧桂系而统一广西后，加入了国民革命军，成为北伐的中坚力量。新桂系就此登上了民国的历史舞台，其核心人物李宗仁、白崇禧、黄绍竑等长期活跃在民国政坛中心。

花茂有根，洪流有源，培养出一批既能带兵打仗，又有政治、军事谋略的人才，绝对绕不过去一个人，这就是容县人马晓军。马晓军早年曾在日本陆军士官学校学习，在东京参加了同盟会，后追随孙中山。他的功绩在于，在旧桂系陆荣廷的巡防军中创办广西陆军模范营，培植了新桂系一批重要将领，黄绍竑、白崇禧、黄旭初、夏威、韦云淞等新桂系风云人物都出此门下，马晓军也因此被称为"新桂系教父"。而他这些门生日后的声誉和影响都盖过了老师，真是应了那句话：争看桃李缤纷白，哪管风霜冷落人啊！

我去了马晓军故居，在容县松山镇一个村庄的山丘下，占地面积大，风水很好，绝非一般普通人家才有的格局。大宅共有三进深,建筑风格中西合璧,布局中轴对称,两边是炮楼。头进大门上有副对联"悦见天心广,豫谋地步宽",横批是"悦豫堂"。大宅前是一宽大院落,高大门楼面对绿色田园。马晓军的后人有60多人还住在这座大宅子里,过着"耕耘树艺,手足胼胝,以养其亲"的普通人家的日子。门口见到一个老人,说是马晓军的侄辈后人。老人衣着简朴,形容清癯,穿着塑料拖鞋,说话含糊不清,一点没有大户人家的样子。他和这座宅子一样经历了风霜雨雪,陈旧而斑驳,往昔繁华风流、硝烟铁蹄俱已散尽,留下无尽沧桑。临别时,老人送我一本小册子《马晓军与民主革命》,是马家后人编纂的,饶是难得的意外收获。

不去一趟玉林,是感受不到沉淀在时光背后历史的吉光片羽的,即便匆匆掠过,也觉得深厚,值得探究。距容县县城七八公里处有一著名的都峤山风景区,苏东坡、徐霞客等历史文化名人曾在此游览题咏。在一山体上刻有一个十分巨大的"佛"字,是赵朴初先生所题写。一座云天宫弥勒菩萨像,一个山体"佛"字,都号称是天下第一,玉林似很有佛缘。我不信佛,但我知道,佛不是神通广大的,它是指人的觉悟,看问题更远大,理解人生更深刻。《华严经》里说:"又如水一味,因器有差别。"同样的水,装在不同的器皿里,作用也不同;同样的风物,在不同人的眼里也会有不同的内容。

血性龙州

他们走后,再也没有回来。
从此,看花看草看太阳,
我总要多看一会儿,
替自己,更替他们。

不知道是谁写的,带着一种明亮的忧伤,读着它,感觉我们离遥远很近了。
他们流的每一滴鲜血都不应被辜负。

在广西工作期间,单位上根据"精准扶贫"的工作理念,在龙州县靠近中越边境的一个村子,给我安排了几户人家开展扶贫帮困工作,这使得我有机会多次到龙州。

从南宁到龙州200公里多一点,全程高速,直达水口口岸。一路都是群峰嵯峨的喀斯特地貌,挺拔的桉树林密布,山峦起伏,河流丰沛,风光秀丽,奇崛苍劲,野气横生,不输桂林山水。

路牌上显示的地名都很古怪,如岜模、渠弄、那楞、板汤等,应该是壮语,龙州的壮族人能占到总人口九成以上。

龙州县城不大,似乎现在也没有多少人知道这个地方,是座没落的边陲小城。凭祥的友谊关要比它的名气大得多了。但来到龙州,哪怕在街上走一趟都会让你觉得这个地方不简单。水口河、平面河两条河流在这里汇集为左江。便利的水运交通,靠近边境的位置,曾经使得这里成为商贾辐辏,车水马龙的繁华之地。一本1935年出版的《广西游历须知》小册子里,将龙州与邕、桂、柳、梧并列为广西五大城市之一,"高门朱履三千客,侠道红楼十二衢"(清·农余三),足见当时地位煊赫。

龙州也是藏龙卧虎之地。旧桂系风云人物陆荣廷年少时就流落龙州,最后在龙州发迹崛起;跟胡志明一起在中越边境开辟根据地的越南开国上将、第一任国防部长朱文晋祖籍也是龙州的。

龙州是有血性的。1930年2月1日,中国共产党广西前敌委员会在邓小平、俞作豫、李明瑞等人的组织领导下发动了龙州起义,创建了中国红军第八军和左江革命根据地。龙州县城有龙州起义纪念馆、红军第八军军部旧址等纪念地。在龙州起义纪念馆参观时,看到俞作豫慷慨就义前留下了这样的悲壮诗句:"十载英名宜自慰,一腔热血岂徒流。"令人动容。

龙州水路连通越南,在南宁与右江相交,汇成西江水域,经梧州抵珠江,直达广州、香港。越南曾是法国殖民地,龙州与越南山水相连,有许多和法国有关的遗迹。1885年中法战争后,清政府与法国签订屈辱的《中法新约》,越南从中国的藩属国变为法国的殖民地。法国即在龙州设立领事馆,龙州被开辟为商埠,成了广西第一个对外通商的口岸城市,龙州也成了左江流域的商贸中心。

在龙州若有若无地可以感受到法国人留下的痕迹和气息。现在遍布广西的桉树,最早还是法国传教士从法国引入龙州栽种的。标志性建筑除了一座没有尖顶的天主教堂,就是火车站了,不知该叫火车站,还是领事馆,反正都是一回事。在利民街路口有一座法式建筑,进了拱形门楼,可以看到掩映在高大樟树、榕树下的两幢法式二层楼建筑。主体建筑四周是若干大拱门,拱门内是2米宽的走廊。淡黄色的楼体四周环绕着热带灌木和绿草坪,阳光懒散地照着,呈现出一股浓浓的欧陆风情。法国占领越南后,根据《中法新约》,法国原本打算修一条从越南到龙州的铁路,先后成立龙州铁路局,建成龙州火车站。后铁路因轨距标准等问题与清当局争执不下,铁路遂告停办。龙州本该成为广西第一个通火车的城市,最终只留下了火车站。至今120多年过去了,广西铁路已经密蛛成网,但龙州还是没通火车。铁路停办后法国领事馆随即迁此,火车站成了领事馆。领事馆的法国人在新中国成立前夕才闭馆撤走。越南现在绝大部分铁路还是窄轨,那是法国殖民时期留下的遗产。

位于县城西部的小连城,是中越边境线上著名的要塞。中法战争结束后,为抵御法军入侵,1866年广西提督兼边防督办苏元春,奉命将广西提督府从柳州移至边关龙州,用了十多年的时间修筑了大小连城。新修缮的龙州提督府就在龙州镇南街胡志明展馆附近,也是苏元春的官邸。小连城与凭祥的大连城连为一线,有160多座炮台和碉台,还有百余处关隘、关卡,构成庞大的军事防御体系,称为南疆连城要塞。苏元春在中法战争中屡立奇功,与冯子材齐名,却因功高遭忌,被发配新疆,竟死于我的家乡乌鲁木齐,令人唏嘘。

龙州和越南毗邻,有着扯不断的关系。我一户帮扶对象家的女主人就是边境对面的越南谅山人。她早年越过国境嫁到当地,如今已年过花甲,大半生生活在龙州,两个孩子都长大成人,家中男主人前两年去世。她一直没有入中国国籍,也没有当地户籍,但仍然和当地村民一样享受政府提供的各种养老福利和扶贫待遇。这样的情况在当地不是个例。

龙州被称为"越南的延安",是胡志明及其他越南革命者从事革命活动时间最长、最为重要的海外基地。其在龙州建立了10多处秘密联络点。龙州镇南街有一座二进双间砖木结构老屋,曾是越共在龙州最早的秘密联络点之一。现在这里是越南共产党驻龙州秘密机关旧址,也叫作胡志明展馆。

在展馆二楼后窗可以看到,平而河与水口河在这里汇合,河对岸就是法国领事馆旧址。展馆陈列分为"胡志明主席与中国""龙州与越南革命"两个部分。展馆提供的材料显示,越共核心要员在龙州开展抗法活动长达 18 年之久，是胡志明等掌控越南革命全局的决策地。1950 年抗法最烈之际，龙州还成立了越南人民军后方医院。越南方面很关注这个纪念地，专门派人来这里提供、核实历史资料，赠送胡志明半身铜像，展馆大门口矗立的铜像就是越南文化部赠送的。

对于越南，我们都有一种复杂的感情。中越两国在历史上就有着恩怨纠葛和复杂的关系，文化、习俗、生活方式甚至语言的某些方面都非常相似。越南人民领袖胡志明在我们这代人心中有着深刻的印象，慈祥的笑脸和长长的山羊胡子是胡伯伯的典型形象。20 世纪 60 年代一首《越南—中国》的越南歌曲我们很熟悉："越南—中国，山连山，江连江，共临东海，我们友谊向朝阳。"好得不分你我，就会有算总账的一天。那年初春对越自卫反击战打响了，和这个曾经的"同志加兄弟"、固执又顽强的邻居开打，真是让人愤怒又心痛。这一仗断断续续打了 10 年，把小霸王打成了乖乖兔。周涛的《山岳山岳，丛林丛林》是一部以中越战争为题材的长诗，诗中说得很透彻："在战争开始前很早的时候，战争其实就已经开始了。"

在广西，我去过中越边境的东兴、友谊关、水口、龙邦、德天等口岸和边境线，远远地眺望对面的越南，见到许多头戴斗笠和绿帽子的男男女女，他们的装束竟然那么熟悉，可能是来自电影《投奔怒海》《青木瓜之恋》的印象吧。如果不是疫情原因，我可能有机会去一趟越南。我接待过越南谅山省一个警务代表团，团长是大校警衔,高大、壮实,他一直戴着面具,不卑不亢。无论是工作期间还是之余,都严谨自尊,一副公事公办的样子。他在中国培训过,会汉语,却从不说,哪怕简单的对话都要通过翻译。我想和他套个近乎,聊聊胡伯伯、亚龙湾,无奈他不接话茬,没有一丝"同志加兄弟"的情意,让人觉得很没劲,不像一个友善的邻居。相比之下,和另一个韩国警务联络官接触则有趣得多,公事完了,人就放开了,喝酒唱歌,随性张扬。酒酣耳热之际,搂肩搭臂,哇哩哇啦思密达说个没完,丝毫不拿自己当外人。喝完了桌子上的酒,还一点不难为情地请求,能否带两瓶回去。

广西边地修建的对越自卫反击战烈士陵园有 10 余座。那些牺牲的战士们永久地与山岳丛林融为一体,在南国的阳光和风雨陪伴下,岁岁年年,春夏秋冬。每年都有不少参战老兵来祭奠战友。我在南宁的住处附近,每年二、三月和清明前后,就会有一批批穿着"65 式"绿军装,来自全国各地的老兵来此集会,然后集体去烈士陵园凭吊,看望他们的战友。看见这些操着南腔北调,已经鬓发斑白的老兵,就想起了自己穿这身朴素的绿军装的时候。但这怎么能比呢,我只是在军营里稍息立正,而他们的青春年华是在炮火连天的战场上淬炼过的。

我在网络上看到,说是龙州烈士陵园里贴着这样一首小诗:

> 他们走后,再也没有回来。
> 从此,看花看草看太阳,

我总要多看一会儿，

替自己，更替他们。

不知道是谁写的，带着一种明亮的忧伤，读着它，感觉我们离遥远很近了。

他们流的每一滴鲜血都不应被辜负。

重彩兴安

兴安县名起于宋代,寓兴盛平安之意,一座小城,有筋有骨,有梦想。你要到广西来,一定要在水与火熔铸的兴安大地上走一走,感受一下这片土地的深厚和悲怆。

一般到桂林去旅游,都往南走,那里有个阳朔,阳朔秀山美水瑰丽奇胜,为天下知。桂林朋友告诉我,其实往北也有意想不到的惊喜。

兴安县在桂林的东北面,与湖南毗邻。广西著名的三大关之严关就在兴安县,是"湘桂走廊"的咽喉。第一次进入兴安县城看到一秦始皇塑像矗立在街心花园,感到很新奇。岭南偏地,竟为横扫六合的始皇帝造像,定有故事。

果然,兴安县一条古老的运河与秦始皇有关——灵渠,现在这里是一座城市公园。来到灵渠公园正是初夏时节,风和日暖,绿木森森,水流潺潺。桂林以山水出名,漓水南流,湘江北去。

千里云山何处好

爱游历山水的清才子袁枚曾从阳朔泛舟到兴安,有诗曰:"江到
兴安水最清,青山簇簇水中生。"行至此中,才能体味其中之美。

如果说京杭大运河的开通主要是经济原因,灵渠的开凿却
主要是为了军事征服。秦始皇下令凿通湘漓的壮举又一次彰显
了他的雄才大略。

秦始皇横扫六合,秦朝一统天下,转眼又土崩瓦解,二世而
亡,自有其深刻的历史原因和事实逻辑在其中。贾谊在《过秦
论》中早有定论:秦仁义不施、繁刑严诛、赋敛无度、天下苦之,
灭亡必然。对这个"少恩而虎狼心"的历史人物如何评价一直
有不同的声音。然而,开灵渠,通湘漓,连接湖广与岭南,于秦始
皇却是一件大功。公元前 214 年灵渠凿成后,大批粮秣经水路
运往岭南,虎狼之师的秦军兵锋凌厉,攻城略地,扫百越,征西
瓯,扩大了秦版图,拓展了华夏文明的区域。灵渠公园内有郭沫
若先生 1963 年游览灵渠题写的七律诗石碑,诗曰:

> 秦皇毕竟是雄才,
> 北筑长城南岭开。
> 铧嘴劈湘分半壁,
> 灵渠通粤上三台。
> ……

有人对郭老的为人为文颇有微词,但这首诗称赞始皇帝的

雄才伟略,把开凿灵渠与修筑长城并提为"英雄伟绩",评价还是中肯的。

灵渠工程主体包括铧堤、南北渠、秦堤、陡门等,完整精巧,设计巧妙,全长30多公里,可以和另一伟大水利工程都江堰媲美。它们都修建于两千多年前,工程浩大,依赖自然形势,在没有测量仪器,没有大型机械设备,没有钢筋水泥等情况下,不能想象他们是怎样建造出这样伟大工程的。古人的智慧和力量在灵渠散发着永久的魅力,让我们景仰。

现在我们看到的灵渠是经过历朝历代修筑,特别是汉唐时期大力改造修浚的结果。之后各朝代都分别翻修、疏浚,有的记载于史,有的湮没于世。灵渠岸边有后人修建的四贤祠,供奉着从秦汉到唐朝的史禄、马援、李渤和鱼孟威等为修造灵渠做出贡献的官吏们的塑像。我们都说,历史是人民创造的,然而史书上留下的都是帝王将相的业绩。动用了多少人力修建灵渠,连一个数字都没有。

灵渠边有不少石碑,其中有两碑很有意思。一块是古树吞碑。一棵挂牌说已有780多年的古重阳树,吃进去一块乾隆十二年的古碑,碑的大部分已被横吞,字迹全无。人们好奇的是大树的神奇力量,没有人关心石碑上曾经记载过什么。还有一块碑是劣政碑。那是民国五年,兴安人为当时的知县立的。青石黑字,简单明了,碑文只有一句:"浮加赋税,冒功累民,兴安知事吕德慎之纪念碑。"这个知县肯定是受到了处罚,他们打的是落水狗。即便如此，我也要为兴安人的爱恨分明竖起拇指。世间需要功德碑，也需要耻辱柱。

灵渠南渠流经兴安县老城区，依南渠两侧修建了仿古的街道，称为水街。水街的氛围和建筑整体是江南水乡风格，小桥流水，绿树岚烟，河边有人浣衣洗菜，水中有乌篷船游弋。路旁的灯饰、旗幡以及建筑又带有秦风格，朱红玄黑色彩，瓦当砖石纹饰，南北文化在一条水街相亲相守有机地融合了，长城的硬酷、灵渠的柔软也统一在秦王朝的历史中。

闻名天下的桂林米粉，也是从这里走出去的，在公园里看到一令人立的新碑"桂林米粉发源地兴安"，有点抢注商标和不容置疑的意思，也并非没有道理。桂林米粉是饮食文化的融汇，也是各民族融合的见证。昔年秦人屯兵岭南，不习惯南方米食，于是磨米成粉，加工成米面，形成了最早的桂林米粉。据考古发现，桂林米粉比小麦面条出现得更早，东汉的时候，才出现了最早的小麦面条，这比秦始皇时期晚了300多年。桂林米粉能够成为广西的名片是有历史的，也是有道理的。在广西待久了，你就会喜欢上米粉，广西人"呼吸不停，嗍粉不止"的乡愁情怀你也就能理解了。

兴安还有让我惊诧的地方，这里的江水曾经被鲜血染红，多少红军将士埋骨于此。没到广西之前，对长征路上的湘江战役发生地一直比较模糊。湘江嘛，不是在湖南吗？和我一样有这种认知的人一定不少，没有到实地就没有感性认识，留不下深刻

千里云山何处好

印象。来到兴安,才知道,湘江战役就发生在以兴安县为中心的兴安县、全州县、灌阳县一带的湘江上游,这些地方现在都建有红军长征湘江战役纪念馆园。

湘江战役在红军长征史上是血与火、生与死、存与亡的一场重大战役,这段历史悲壮而又幽暗。在红色教育下成长的我们,直到距今不远的年代才窥见它的真实面貌。1965 年问世的《长征组歌》是我们当年认识长征的主要来源。《长征组歌》中,人们印象最深的是《四渡赤水出奇兵》《过雪山草地》,因为它们崇高、乐观,充满革命的浪漫主义精神,具有那个年代特有的审美特征。和湘江之战有关的内容在第二部分《突破封锁线》:

路迢迢,秋风凉。敌重重,军情忙。

红军夜渡于都河,跨过五岭抢湘江。

三十昼夜飞行军,突破四道封锁墙。

把决定红军命运的湘江之战与渡于都河、跨五岭并列,"抢湘江"一句带过,缺乏应有的重心。

我大约在 1987 年读到了美国记者哈里森·索尔兹伯里的著作《长征:前所未闻的故事》,非常震撼。当年哈里森·索尔兹伯里以七十多岁高龄,重走长征路,深入历史现场,访问诸多长征亲历者和研究者,以史诗般的笔触,平实客观地还原了一个真实的长征。长征期间发生的重大历史事件、长征中一个个鲜活的人都在这本书中呈现。其中第九章《第一场大战》用很长篇幅描写了湘江战役全部过程,有丰富的历史事件和人物细节。这本书,使我开始对长征有了一个全新的认识和了解。今日重读依然色彩斑斓,激荡人心。

不断丰富的史料告诉我们:1934 年 11 月下旬至 12 月上旬,中央红军在湘江源头的兴安县、全州县、灌阳县一带,与国民党军苦战 5 昼夜,付出了惨重的代价,最终强渡湘江,突破封锁线,粉碎了蒋介石围歼中央红军于湘江以东的企图。此役红军损失巨大,由从苏区出发时的 86000 多人,一下子锐减到了30000 余人。

我去了红军当年在兴安县强渡湘江的几个纪念地。在界首镇红军当年渡江的渡口,在"三官堂"湘江战役指挥所旧址,在光华铺阻击战纪念碑前,我追寻当年的气氛,听讲解员解说,有一种惊心动魄的亲历感觉,与在文字中了解历史大不一样。眼前平静的江面,曾经鲜血尽染,浮尸遍布,"三年不饮湘江水,十年不食湘江鱼"是怎样一种惨烈的景象。红军突破湘江的每一步都要以生命和鲜血相搏,在绝境中不失勇气,于生死关头坚定信念,长征才能有后续的故事。那天,我长时间在炎日下穿行,衣衫湿透却也不觉得暑苦,因为已经全身心进入情景之中了。

最让人动容的是在红军长征突破湘江纪念馆陈列室看到的红 34 师的故事。在湘江战役中,红 5 军团第 34 师是为中央红军主力突围断后的部队,打得尤为惨烈,几乎全军覆没。在党和红军生死存亡之际,红 34 师全体官兵顾全大局,一路喋血,以一个师的牺牲换得中央红军主力的突围和重生,师长陈树湘也因受伤被俘,绞肠而死。红 34 师一批闽西子弟,都是在革命低潮时参加红军的。他们抛家舍业,义无反顾地踏上了革命的道路,用鲜血和生命投了共产党的赞成票。当面对个人牺牲和保全全局的抉择时,红军从师长到最底层的普通战士都是那么义无反顾。有如此政党、如此军队,革命焉有不胜之理。

此时蒋介石正踌躇满志,志在必得,他握有重兵,装备先进武器,掌握形势,经营多时,期望在湘江之畔终结心腹大患。可委员长和各路诸侯太过精明,缺乏统一意志、严明纪律和崇高信念,各怀心思,互相抖小机灵,打小算盘,临门一脚怎么也踢不好。因此他们于当时乃至以后都没有全胜的机会。多年后老蒋仍然耿耿于怀:"无异纵虎归山,数年努力,功败垂成!"怪谁呢?难道是下属说的"不是我们无能,是共军太狡猾"?

湘江战役红军损失惨重,一役就损失了 5 万人。但从大局上讲,还是胜了。红军最终突破湘江防线,留下来的红军将士经过淬火熔炼、浴血洗礼,熔铸了坚如磐石的信仰、理想、精神和意志,成为党和红军的骨干,成为后来波澜壮阔的革命历史大剧的主角。湘江战役最重大的历史意义,就是直接催生了遵义会议的召开。之后,毛泽东领导中国革命,中国共产党和红军得以涅槃重生。诚如索尔兹伯里所说:中国革命的长征"是考验中国男女红军战士的意志、勇气和力量的人类伟大史诗"。

兴安县名起于宋代,寓兴盛平安之意,一座小城,有筋有骨,有梦想。你要到广西来,一定要在水与火熔铸的兴安大地上走一走,感受一下这片土地的深厚和悲怆。

刘三姐故里的文友

刘三姐故里宜州钟灵毓秀,有着深厚的文化积淀,生长在这里的人耳濡目染都会受到历史文化的传承浸染。貌不惊人的莫伟,岂能小觑。

宜州是广西河池的一个小地方,莫伟是我的一位朋友,一名自由写作者。

认识莫伟有 20 多年了。当年因为拍一部新疆题材电视剧,江苏南京一家影视公司买断了一部有关小说的版权,请一些著名写手重新编剧,先后聘请了三四位作者,莫伟是其中一个。莫伟是制片人蔺青在网络上发现的,他是第一批网络写手,有数篇长篇小说在网上连载,颇有些影响。蔺青能看上莫伟写的小说,主要在于他刻画人物有神,洞悉现实社会,又有丰富的想象力,构架故事能力强。在网络上取得联系后,便聘其为编剧,重新改编小说。为了让莫伟了解新疆,认识新疆,写好新疆,蔺青把莫伟从遥远的广西接到新疆,安排到南疆基层去体验生活。

第一次见面,印象最深的竟是他含糊不清的话语。带着南方味道的普通话,像白话,又像滇川话,声音很大,听明白很费劲。后来到了广西才知道,他讲的是"桂柳官话",充满火气辣味。人长得也有广西特点:嘴微突,毛寸头,眉眼细小,眼神杀伐,精瘦结实,衣着朴素,气质如新疆人所说的"老赖",看上去怎么也不像个作家。我不止一次表达过这样的看法:一个人看上去越不像干什么的,可能正是干这个的。见到他写在稿纸上的一手漂亮潇洒、堪称书法的钢笔字,我改变了对他的第一眼印象。更何况还有几百万字的作品放在那里,任你如何也不能小瞧。在他身上还有多少我所不知的事情呢?世界很大,江湖且深,高人不显。我想他是属于那种藏峰隐芒,平时不露声色,偶尔见峥嵘一类的。

莫伟来到新疆已是冬天了,在乌鲁木齐还没有搞清东南西北的他,就被迫一头扎进南疆农村两个多月,体验生活,熟悉民情,一口气写出了几十万字的剧本框架。一个爱吃米食、不啖羊肉、语言不通、举目无亲的南方人,在陌生的环境、干冷的气候、别样的民俗中,是怎样在南疆农村挨过那两个月的?不知是快乐的体验还是艰难的煎熬?当时我并不看好蔺青选的这个编剧,先不说看上去没有一点文化人气质就很可疑。再则,一个长期生活在岭南,从来没有到过新疆的人,如何写好新疆故事和新疆人物呢?任你是再牛的人,在一个不熟悉的环境里短时间内感知了解生活，要写出土地和人的深刻关系是不易做到的。故事好编排，灵魂不易把握。果然，辛辛苦苦了几个月，莫伟的那一稿没有被蔺青认可，虽然情节曲折，山高水长，人物齐活，各有其貌，但这些因素放在任何一个地方和环境都能成立，可能是一部好看的警匪剧，但是缺乏地域特色和人物独特性。真是难为莫伟了。蔺青按合同付给了莫伟一笔费用，没有采用他写的剧本。但这两个月莫伟也不是虚度的，他重新组织了搜集的素材，"敷衍"出一部长篇小说，起了个很锋酷的名字，卖给了一家网络公司，网络连载，有一笔可观的收入，也算是不虚此行。

有次我到桂林出差，想起广西还有一个声高嘴撅会码字的朋友。于是试着拨下电话，十多年过去了居然还能联系上！还是那个熟悉的高嗓门，含糊不清的话语。当时我也不知道他在哪个地方，离桂林有多远，出行方便不方便，就贸然相约。莫伟接到电话，高兴且慨然地说："你等着，我就来！"穿山过河，风尘仆仆赶到桂林与我相见。见面后我才知道，他从一个叫河池的地方赶过来，路途不近，有200多公里。一起寻了个餐厅吃了顿饭，聊了一会儿，便又匆匆别离。

2019年我到广西工作履职，安排停当后，又惦记起河池有个朋友莫伟，也认真了解了一下河池这个地方。河池现在是个地级市，位于桂西北，与贵州毗邻，多山少地，全境大部分地区为喀斯特地貌，岩溶广布，江河丰富。黔桂铁路1941年就修到了金城江，而迄今为止，河池却是广西14个地级市里，与崇左一样没有通高铁动车的。眼下河池最有名的当属巴马县，它被联合国认定为长寿之乡，成为河池的名片。在媒体过度炒作下，康养之地名气日盛，好像全国的百岁老人都集中在那里。大革命时期著名的农民运动先驱、红军将领韦拔群是河池东兰人，在此闹革命，也牺牲于此，东兰和金城江建有他的塑像。河池有着深厚的文学传统，有"广西作家河池半"的说法，广西知名作家东西、红日、凡一平等都是河池人。河池的金城江名不见经传，没有存在感，曾经在巴金的笔下出现过，那是在抗战的离乱年代，"我几乎认为这是另一个地方"，"娼妓、赌博、打架……没有一样它没有"，充满羁旅愁绪和动荡中的惶恐。

　　莫伟家在宜州，在河池的东南角，离金城江 70 多公里，倒是离柳州较近。一直没有机会去河池与莫伟见上一面，心中总是惦念，通过几次电话，因没有要紧的事，所以就等待合适的时机。8 月暑日，莫伟电话打来，说是要到南宁送孩子上大学，终于可以见上一面畅叙一番了。安顿好孩子后，他带着爱人和两个朋友一起来到我住的地方，我准备了新疆饮食，让他找回当年在新疆的味道。我们一起吃吃喝喝，说说笑笑，回忆当年趣事，放松且放任。这时我才知道，这个看上去一点都不张扬，长得有点像广西大佬李宗仁的三角细眼的莫老爷，竟然毕业于广西艺术学院音乐表演专业，且是学美声的。从这次畅快的聊天中，我知道了，和许多热血青年一样，莫伟上学期间就搞过摇滚乐队。这是那个年代最时尚、最前卫的艺术行为，那是个青春激扬、思想叛逆、心灵自由的时代,可以想见当年他长发飘逸、操琴呐喊、慷慨激昂的疯狂样。后来莫伟辗转做过教师、公务员等多个职业,最后找到了自己喜爱并擅长的事情——写作,便辞去公职,一心一意地坐在家里码字,当起了自由作家。

河池有很好的文学环境和氛围,我不知道他与那些河池文学同道有无往来切磋,但做一个自由写作者,对于莫伟来说,需要勇气和能力,不仅是自己的爱好,也是自己生存的手段。他的著作都是大部头长篇小说,也送我几本,而我没有耐心读完一本。我想那么多出版社青睐他,网络上有大量粉丝,莫伟一定是有水平、有市场的作者。

时间过得很快,转眼到年底了。终于有了一次到宜州出差的机会,可以见到莫伟兄弟了。宜州虽然是个小地方但也是可以说一说的。其实这是一座有两千多年历史的古城,唐朝以来被叫过龙水、宜山、庆元,一会儿管辖府县,一会儿被府县管辖,沉沉浮浮,沧海变幻。现在的宜州属河池市的一个区。说起宜州,知道的人不多,但说起刘三姐,人们都知道,宜州可是刘三姐故里哟!都以为刘三姐是桂林的,这是当年那部电影带来的效应。宜州人忿忿不平地争辩:宜州才是刘三姐真正的故乡,这里还有一个刘三姐镇呢。其实刘三姐是壮族民间传说中的一个人物,广西各地都流传她的传说,在宜州可能流传得更久远,更经典些吧。这有点像新疆的哈密瓜产于鄯善,却让哈密得了名声。其实宜州山水也美若仙境,壮歌缠绵动听,一点也不输于桂林,

"宜州者,所以宜人也"(黄庭坚)。广西各地行政区划变化频繁,过去名不见经传的小地方,今日也许就是大城市了,往昔曾经辐射四方的州府,今日也许就是一个小镇了。

桂林作为广西的政治、经济、军事、文化中心,元代以来一直是广西行省的省会(治所),延续千年直到清末。南宁则在民国初年曾经短时间作为省会,20多年后省会又迁回桂林,新中国成立前后始置自治区,南宁才被确定为广西壮族自治区的首府直到今天。而北海、防城港以前就是个小渔港,今日成了地级市。宜州也是如此,早在南宋时期就是庆元府治所了,直到清末,庆元府制共600多年,统辖大致今河池市全境。而今天的宜州只是河池市下辖的一个区,不由让人感慨世事沧桑,斗转星移。广西各地古镇很多,缘于江河纵横,水运发达,商贾云集,沿河形成商埠和货物集散地,延续千年,而在今天这些古镇都边缘化了。宜州的怀远古镇已有1300多年历史了,兴起于水运,衰落于时间,现在修葺一新,只能作为旅游景点招揽游客了。

听说我要来宜州,莫伟很高兴,早早就为我的吃住行谋划安排。我说:"因为公干,身不由己,一切都安排好了,不再劳烦兄弟,晚上公务完后到我住的地方来,我们喝喝茶聊聊天,一样快活高兴。"他不无遗憾地连连抱怨:"到了家门口不吃一口饭,朋友怎么做?"那天晚上,莫伟冒着细细微雨来到我住的宾馆,还带来一瓶红酒要与我对酌,我说:"喝茶吧,今天的环境和气氛更适合茶中徜徉。"宾馆正好有茶具,于是,洗盏烧水,将六堡老茶款款泡上。昏昏灯下,香茗缭绕,两个过气老青年浅斟慢饮,回忆往昔,感慨当下,叹时光流逝,嗟青春远去。莫伟说话声音依旧洪亮而嘈杂,也许是掩其声音太高,牙床前突,声音大时便以手掩口,笑容可掬,叫我想起蒲松龄的那句"掩口胡卢而笑"。

还能勾起遐思的是曾驻足宜州的北宋时期的文学家、书法家黄庭坚。黄庭坚曾被贬谪宜州,在此生活一年多,在这里开馆讲学,开读书之风,留下了"去国十年老尽、少年心"的慨叹。交谈中,我还知道了宜州的一个重要文化事件:1938年抗战时期,浙江大学曾经搬迁到宜山一年四个月,竺可桢、苏步青、马一浮、丰子恺等著名教育家在此留下足迹,其学识和智慧不能不说对宜州有着深远的影响。因此,小小的宜州钟灵毓秀,有着深厚的文化积淀,生长在这里的人耳濡目染都会受到历史文化的传承浸染。貌不惊人的莫伟,岂能小觑。

不知不觉两个小时过去了,分手时竟有些不舍。我送莫伟一本我刚出版的新作《天山明月》,莫伟也为我准备了一本他的旧作。二人臭味相投,惺惺相惜,签名盖印,郑重相送,犹如残花赠美人,也不管"她"嫌弃与否。其实送读书人最好的礼物,亦不过如此。送他出酒店时,外面细雨蒙蒙,灯光迷离,我这才发现莫伟好像长个头了,身形峻拔,步履轻捷,与20年前的他仿佛不是一个人。我一直注视着他,直到他消失在夜雨中。

莫伟是音乐表演专业毕业,学美声的。在我的想象中,莫老爷应站在华丽的舞台上,穿着燕尾服,在明亮的灯光下,嗯嗯啊啊,一曲《我的太阳》响遏行云,声震四座……但迄今为止,我没有听过莫伟的歌声,这是颇为遗憾的。

山水柏舟一席茶

这把残缺的紫砂壶见证和维系了一段珍贵的友情,看见了它就想起了杨波和陈总。我将它置于高高的博物架上,在灯光下,这把残壶静静地泛着哑光,壶中藏着朋友的故事。

人过中年,开始喜欢喝茶,逐渐浸染其中。清茗一杯,淡中有味,成了我和太太的日常。喝茶演变为品茶,对茶叶品质要求高了,对茶器的质地要求也高了。由此也开始收集茶具,且渐有心得:好茶一定好壶泡,佳茗还需佳盏饮。茶器相配,气趣相融,茶性方出,方能"祛襟涤滞,致清导和"(赵佶),才不辜负好茶,让生活有趣起来。

自从爱上喝茶后,我的不良癖好除了买书,就是淘壶寻盏。书架都已载满,我还不停地淘书。现在街上书店去的少了,却常在网上书店溜达,忍不住就下单了。买来的书大部分没有读过或认真读过,束之高阁,落满尘埃。砂陶和瓷器茶具这些年也淘

买了不少,朋友也馈赠了一些。这个爱好有些奢侈,刚开始肯定要交学费的。茶叶市场离我家不远,经常去茶舍茶庄喝茶买茶。买了茶,老板又推荐茶具,他说哪个好就买哪个,完全没有鉴别力,也不知道什么是好壶、好盏。买来一堆,又淘汰一批,浸染久了,学费交足了,也就慢慢上道了。

收集壶盏的过程,也是学习的过程,它不断激发我的好奇心,培养和提升我的审美品位和趣味。我收集的壶盏以宜兴紫砂和钦州坭兴陶为主,现在博物架上已经摆满了壶盏,其中也不乏精品。除了紫砂陶、坭兴陶,还有建水陶、建盏及各类青白瓷、红黑瓷等。每次喝不同类的茶,挑拣着用不同款的壶来泡。这些壶盏不光有实用价值,也是一件件赏心悦目的艺术品,小物件里有大乾坤,它们沉默地在博物架上散发着各自的光芒,装点着我的小世界。

我也劝自己悬崖勒马,立即收手,不可成瘾。可有一天,在一福建人开的茶室看到一款壶,又眼馋心痒起来。这是一款建窑高石瓢壶,鹧鸪斑点花纹,黑底白斑银光闪烁,色彩斑斓。我收集了不少建盏,还没有一把建壶,这把壶容量大,华丽而厚重,冲泡熟普和六堡茶最好。这时也顾不得风向哪个方向吹了,毅然排出银子速速拿下。收淘的最后一把壶是那年秋天在喀什市"香妃园"游玩的时候,在一工艺品小店买的,那是一把手工打造的荷花紫铜壶。壶形稍扁,壶盖是一片荷叶,叶脉清晰,壶嘴是荷花茎干,颇有意趣,制作也很精致。随口还了个价,维吾尔族小哥立即应允,我都不好意思不要了。这把荷花铜壶是我收集的不多的金属壶之一。

我存有几把品相较好的宜兴紫砂壶和钦州坭兴壶,也不知是不是大师制作的,但我非常喜欢。由于长久使用,在包浆后焕发出神韵,肌理古朴,泥色润泽,"貌似泥为骨,敲之金玉声",富有紫玉金砂的美感。

紫砂壶与坭兴壶共同特点是吸水快,透气好,壶使用年代越久,壶身包浆就愈加温润,泡出来的茶汤也就越醇香。

宜兴紫砂壶发展史上,有诸多文人墨客、雅人逸士的参与,其器型、款式与中国传统绘画、书法、题款诸艺术融为一体,典雅厚重,有丰厚的历史文化底蕴,每把老壶都承载着岁月风尘和艺术积淀,有很高的审美价值。

钦州坭兴陶与宜兴紫砂壶相比,在器型审美和工艺上还有差距,市场认知度和文化历史底蕴方面还远不及紫砂壶。坭兴陶最有特色的是其细腻的浮雕和窑变之美。尤其窑变是坭兴陶无釉烧造的一大特色,不受人工控制,宛如天意,这才是坭兴陶的最大趣味。好的窑变难得一遇,斑斓绚丽的色彩和纹理,得之偶然,绝无雷同。

在南京市高淳老街,我花了 200 元,淘得一把"文革"时期的朱泥掇只老壶,包浆很厚,轻敲声脆。壶底题款"中华人民共和国外交部礼品专用",壶盖内沿有"钓鱼台国宾馆赠"字样。回来后,我把壶带到华凌市场一个卖茶叶和茶壶的老板那里,让他品鉴一下。端详完后他沉吟了一下说:"一万块钱让给我怎样?"我听后,心里有底了,这把朱泥小壶现在还在我的博物架上闪光。

在南宁工作时,晚上在街巷闲逛,在一深巷里发现了一家经营古玩茶具等艺术品的小店,颇具文化气息,店老板也风雅不俗。从此有时晚上散步就到这里来看看,和老板喝喝茶,聊聊天,话题颇投缘,也长了不少见识。在这里看到了日本茶具,有壶有盏,而且每种货品只有一两件存货。老板说这些货品是从日本淘收回来的,价格不菲。老板是做生意的,茶喝了,天聊了,买点啥吧!在老板指点下,我选淘了几个茶盏。一个是相马窑盏。"大堀相马烧"在日本茶具中久负盛名,有约300年的历史。我喜欢它古朴的造型,杯盏像是用皮子围起钉着铆钉的感觉,绿中微泛青色,有细细的裂纹,已经玉化,杯底有奔马图案,深得我心。还淘收了几款"有田烧深川制"青花盏,瓷质细腻,手绘莲花,具有天然拙朴、生动野趣的情态。它不同于中国传统盖碗,茶盏带盖,没有底托,有点像小汤盅。老板说,"有田烧"是日本官窑,地位相当于我国的景德镇,非常有名。太太见我淘回来带盖的杯盏,不解风情地说:"你买了两个辣子罐?"

南宁的阿明是我工作中的同行,相识多年,我到广西工作后首先和他联系。阿明不但工作业绩突出,负有重责,连年进步,同时又是一名资深茶客,不但饮茶品茶,到处寻茶,还搜罗了许多颇具年代的茶壶、茶具。我刚到南宁,他就带着茶叶和茶壶、茶杯来看我。他送我一把"文革"时期的坭兴提梁茶壶和几只老茶杯,可惜那把老壶被不知轻重的我烧裂了,真是暴殄天物。在南宁期间,我们一起喝茶的时间远远超过吃饭的时间。周末如有闲暇,他就会背上那装满茶具的漂亮壮锦包,约上二三茶友,去一茶坊坐定。庄重地洗壶漱盏,煮水泡茶。一时间茶香弥漫,主宾尽欢。茶友们带来自己淘得的好茶,不断地换壶添水,品鉴高低,谈天扯地消磨一个时辰,直到"两腋清风几欲仙"。我临返新疆时,阿明赠我一只乾隆年间粉彩盏杯,轻盈透亮,茶香挂杯久久不散。至今仍很怀念那段与茶相伴,与友共饮的日子,"喜共紫瓯吟且酌,羡君萧洒有余清"(欧阳修)。

　　阿明还介绍我认识了一名真正的茶师陈总。陈总是农大茶专业毕业的,第一次见面就感到有茶的精神气质,儒雅,含蓄,谦和,在一丝羞涩后面蕴藏着绵绵厚重。陈总经营着一家农业开发公司,主要是茶叶,集研发、种植、加工、营销为一体。作为茶师,陈总为我启蒙了许多茶的知识,尤其是六堡茶的知识。熟悉之后常去他那里品茗买茶,还淘了一块古朴的汉砖。他专门给我烧制了两把坭兴陶壶。这两把壶手工制胚,类高石瓢造型,格调古朴,器型完美。用小窑柴烧,窑变火候恰到好处,色彩过渡自然,精致和粗砺完美统一。他说,窑变是"火中取宝",其色彩人工控制不了,全凭天意。一窑中如果出一个没有瑕疵的精品就算值了,没有想到竟然两个都这么完美,这是你的好运气,你与它们有缘分。遂将两把壶一并送给了我。

杨光是我在南宁工作时认识的新疆朋友。多年前,他随着一支新疆石化队伍来到钦州石化支援建设,是地道的新疆人。成长于西北边陲的他,在岭南边地重新开始了自己的生活和事业,娶妻生子,彻底在广西扎根下来。在他乡见了乡亲,如同触动了敏感的琴键,乡情在心中就叮叮当当跳动起来。故乡回不去了,见了故乡的人就更亲近了。不久我们就成为好朋友。杨光人就像他的名字,充满阳光,性格直爽,一派天真烂漫,心里藏不住事,如同叫花子藏不住隔夜粮。这家伙长得标致,猛一看,像韩国电影明星宋康昊,曾经是石化系统的形象代言人,因此也就自信得有些浮夸,"就这么愉快地决定了"是他的口头禅。他有一副好嗓子,能唱歌,会弹琴,很讨女孩子喜欢。还有一副热心肠,热爱公益事业,乐于助人解困,吃饭抢着买单,遇事从不后退。我们都夸他是真正的新疆儿子娃娃。到广西多年,他仍吃不惯当地饭食,他说一桌子海鲜不如一盘子拌面。太馋,想家乡的饭了,就亲自动手做,居然也是厨师的水平,干啥啥成,真遭人妒。这小子爱喝酒,"兀然而醉,豁尔而醒"(刘伶)。爱喝酒的朋友多,所以他的酒局也多,江湖上总有他醉不能持的传说。有次我生病住院,他听说后竟带着一箱酒来到病房探望,让人哭笑不得。不送个花儿啥的也就罢了,有看病人送酒的吗?也太特立独行了,他认为自己最喜欢的也是朋友喜欢的。我仍然谢谢他的美意,我不喜欢喝酒,但喜欢爱喝酒的杨光。不能和他一起喝酒啸聚,让他搓手跺脚干着急,一起喝茶,又叫他觉得寡淡没意思,但这都不妨我们成为好朋友。他在钦州一个制作坭兴陶壶的朋友那里,专门为我烧制了一把坭质细腻、山水浮雕的汲直壶和两个茶盏,刻上我的名字,在我离开南宁时送给了我,杨光还是懂我的。

杨波是我大学同学,20世纪90年代杀出安康闯到深圳打拼,在教育口成就了一番事业。当年俊俏的小帅哥,眼下也垂垂老矣,仙风道骨的模样不时地在微信聊天中可以窥见,可激奋躁动的心似乎从没有平静下来。理想主义、家国情怀,社会责任一直伴随着他,也摧残着他。我到南宁工作后是离他最近的时候,几次想去找他见个面,也想约他过来,因疫情一直未遂。他给我寄来一把紫砂壶,两板普洱老茶,以慰念情。壶是一把钉足扁壶,宜兴老紫泥,大师手筑,浅刻山水,哑光细腻,手柄有改进创新,只是有些纤细。这把壶到手后,时时都忍不住想拿出来摩挲赏玩一下。人轻狂了没好事,一天饭后,又把壶拿出来摩挲,竟不心跃落在地上,幸亏有毯子,壶没有摔坏,但细细的壶把断裂了,让人痛悔不已。也不敢告诉杨波我把他送的宝贝弄日塌(糟蹋)了。

返回乌鲁木齐后,打开盒子看到这把断柄的壶,心有不甘地琢磨起来。通过微信向南宁陈总讨教:这把壶可否修复?有无必要修复?他说,你寄过来吧,我先看看。他收到寄去的壶后,回复我说:这是一把好壶,泥料、工艺、造型都不错,可以试着修复一下,我有几个匠人朋友专工此道,让他们试试看。陈总的话提振了我沮丧的心。可半年过去了,一直没有音讯,我想可能没戏了。一天陈总回信说,找了几个修复专家,焊接、粘贴都试过了,把柄太细,勉强接上,但不能使用,可以放在那里观赏。陈总为没有完满解决问题而内疚,我却觉得这已经是很好的结果了。那天,我收到了寄回的邮件,小心翼翼打开了盒子,那把壶的把柄竟然又是断开的!这是在邮寄途中野蛮装卸的结果,真让我无语,把陈总的心血和我的期望都给毁了。

再次端详这把断柄壶,我反而踏实下来,不再纠结,就让它保持这种残缺的美吧。这把残缺的紫砂壶见证和维系了一段珍贵的友情,看见了它就想起了杨波和陈总。我将它置于高高的博物架上,在灯光下,这把残壶静静地泛着哑光,壶中藏着朋友的故事。

第四辑

生命脉络

成长于工厂大院

和自己在一起玩的小朋友也会经常翻脸动手。

打完架不久，一切又烟消云散，不知什么时候和那家伙又搭上讪了，其实孩子之间哪有那么多的仇恨。

就在离厂不远的铁一中考场参加了高考，这次人生大考，我幸运地考过了。

我是在工厂大院成长起来的。父母亲所在的工厂是 20 世纪 50 年代末在北京路旁边兴建的，厂区有翻砂铸造、金工、电机、锻焊等几个大车间，红砖钢梁，高大宏伟，管道缠绕，电线纵横，具有典型大工业时代的建筑特点和雄伟气势。工厂大门口有一巨大彩门，上面的装饰、标语随时都在变换。特别是每逢国庆等重大节日，大彩门更是用灯光和花团装饰得缤纷华丽。

工厂对面是乌鲁木齐铁路局机关和围绕铁路局建立起来的市场、街道、学校、医院、公园、俱乐部等各种生活设施齐全的

千里云山何处好

"铁路社会"，是当时乌鲁木齐城北区最大的商业中心，可以说新市区就是以铁路局为中心建立起来的。工厂家属区和厂区连在一起，工人们就在一个围墙圈起来的巨大的院子里上班、生活。围墙外面朝西跨过了高高的白杨树拱卫的北京路，这是铁路局地盘了，南、北、东三面都是红旗公社(二工乡)广阔的庄稼地，金黄色的麦田，绿油油的青纱帐，雪白的原野，随着季节的变换，大地呈现出不同的色彩。厂区东面围墙外环绕着一排树林，林子里是浓稠的鸟鸣，树下是一条灌溉小渠，每到夏天我们都到这里戏水。朝东眺望，一年四季都能看到白雪覆顶的博格达峰。

在工人阶级领导一切的年代里，生活在工厂大院的人有一种天然的优越感。计划经济时代，政企是一家，工厂也是一个包罗万象的小社会，各种社会事业大都自己承担。厂里组织了篮球队、文艺宣传队，有食堂、浴室、医务室、幼儿园、锅炉房、车队和家属院，在自己的小社会里自给自足。厂里甚至有个副业队，在几十公里外的郊区农村，为职工吃粮吃菜搞些福利，每年秋天厂里都要派出职工参加秋收。我在厂里干临工时还在那里割过麦子。

工厂工人和技术人员来自五湖四海、四面八方，有上海的，四川的，河南的，东北三省的，都是国家统一调配来的。后来又进了一批复转军人，以甘肃人居多，还招收了一批上山下乡的知识青年，大都是乌鲁木齐和哈密的新疆本地人。因有铁路局、矿务局、农机厂、轴承厂、汽配厂、发电设备厂这些工厂企业，北京路上的新市区和中心城区的天山区、沙区明显不一样,市井气息和商业文化不明显,更多是一种工业文明的渗透和影响:遵守纪律,讲究同一,集体观念强,说比较规范的普通话。在这种气氛的熏陶下,城北人的气质与中心城区的人明显不同。我到内地上学、工作,同学和同事们都很惊异,一个边陲的新疆人怎么说一口标准的普通话,甚至都不相信我是土生土长的新疆人。

每天早晨我们都会被遥远而广阔的大喇叭声唤醒,在《东方红》乐曲中,听着《新闻和报纸摘要》(早间新闻节目)去上班、上学;后来乐曲变成了《歌唱祖国》,依然声震四方,八面回音,指引着方向。厂里的篮球队在自治区机械工业系统数一数二,中锋主力是一个叫王苔子的青工,运球迅疾、扣篮、投球、防守样样出色,是当年我们心中的姚明。每当打联赛,我们都乘厂里的卡车,东奔西跑到赛场助威呐喊。还有一个娱乐就是看电影,在物质、精神贫乏的年代,电影给我们带来慰藉,看一场电影就像过一次节,放电影的老赵是我们心中最可爱的人。我们还成群结队到附近厂矿、公社去看电影。当年看电影的景象就如一个电影片断:手电筒的长光在黑夜里晃动,一群人深一脚浅一脚走在田埂上,兴高采烈得像要去一个很远的地方,完成一项重要的任务。

那时的夏天是在瓜果的潮汐中度过的。每年夏天厂里都拉来一卡车一卡车的西瓜分给职工,每家每户家里的床底下都堆满了西瓜。我们吃西瓜一般不切成月牙状,每个瓜一劈两半,用勺子挖着吃。入冬前,家家户户都要储存大白菜、土豆和萝卜,也是厂里的大卡车拉回来分给职工的。家家都有菜窖,户户都散发着一股白菜发霉的味道。冬天来临每家每户都要拉一卡车煤,用于取暖做饭熬过漫长的冬天。每当下雪了,还要上房扫雪,扫院子的雪。那时的雪好像很大,每场大雪都没过膝盖,扫雪也是个力气活儿,一般都要用去大半天时间。大雪过后,在阳光下堆雪人,打雪仗也是孩子们最快乐的事情,冬天并没有冰彻至骨的严厉。

小卫是我儿时的玩伴,也是小学同学,整天搅和在一起,不分你我。小伙伴们给小卫起了个外号"未足奇",听起来好像没头没脑。那时刚学完毛主席诗词"梅花欢喜漫天雪,冻死苍蝇未足奇",孩子们就把"未足奇"每天挂在嘴边,也不管它什么意思,就特指小卫了。小卫脑瓜聪明,学习好,爱好多,不管学什么,一学就会。小卫爸爸是上海人,妈妈是北京人,都是厂里的技术员,待人谦和。他们家里和其他工人家里不太一样,洋气、整洁,家中藏有老画报、集邮册、幻灯片,这是我们爱去他家的原因。听大人说,他爸爸出身资本家,小卫从不说爸爸家的事,却总爱拿妈妈的出身说事,因为他妈妈出身是老革命、老红军。他曾带我去铁路局附近一幢驻着空军部队的大楼,他的一个当飞行员的叔叔在那里。他叔叔穿着棕色牛皮飞行夹克,英武威风,拿出许多牛奶糖和饼干招待我们。那可是那个年代稀有的东西啊,一般人家逢年过节也未必能见得到,当时幸福得都快晕过去。几十年过去了,那间飞行员宿舍,那些牛奶糖和饼干一直深深刻在脑海,挥之不去。

有一天他家来了个老婆婆,留着剪发头,有些花白的头发梳得整整齐齐,面色粉白,几乎不见褶皱,戴一副金丝边老花镜,挂着一根精巧的拐杖,像是电影里的人。原来这是小卫的奶奶,当时应有六七十岁了吧。听大人们说,她是资本家太太,正值运动高峰,从风暴中心上海到偏僻边疆儿子处躲灾祸。可这里也不是世外桃源,她没有逃过一劫,时间不长,就被革命群众勒令到副业队参加劳动改造,好久见不着她的身影。

我和小卫的情分小学没有毕业就完结了。他随父母亲一起调到内地去了,后来也上了大学,再后来移居了国外。我一直怀念儿时的我们,怀念那些生涩的日子。在晨光里我们背着书包,各拿一块苞谷面发糕,一边吃着,一边踢着石子,走向很远的学校。

那时每家的孩子都是好几个,家里大人根本管不过来,只能散养、放养。在孩子里面,年龄大点,有些社会经验,敢打敢冲的自然就成了孩子头儿,带着一群孩子爬烟囱,走墙头,偷庄稼,打群架,维持着混乱中的秩序。有次看到我们的带头大哥脸上突然长了许多小痘痘,说话时喉结上下滚动,就觉得有些好奇。小兵私底下对我说:"这是发育了。"我也不知道发育是什么意思,有一天在排队分西瓜的时候正好在他旁边,便问他:"小兵说你发育了?"当着那么多人面,让他面红耳赤,无地自容。他把我拉到一旁,差点打我一顿,恼羞成怒、气急败坏地说:"咋当着这么多人说这个?""发育是什么?""下面长毛了!"他感觉很丢人,我却很茫然。

受当时的社会风气和氛围影响,孩子们中间也充满了戾气,以打架为乐事,三天两头打个鼻青脸肿都是常事。我们大院孩子经常和马路对面铁路局的孩子打架,集体互扔石头,不时有人"中弹",头破血流。还在各自地盘上"劫道",抓住对方落单的孩子就是狠揍一顿。

和自己在一起玩的小朋友也会经常翻脸动手。我和发小就曾打过架,把鼻血打出来。也曾被一名年龄、个头都比我大的家伙按在地上,把头打成血葫芦。有一次,和一位同学因一件事产生龃龉,敌意越来越深,谁都不愿意先低头,解决问题的最好办法就是打一架。我其实心里一直害怕,但也准备好迎接那个时刻的到来。每天我在身上都藏带一支有铁扣的武装带,以防不测。这一天终于来了,那天在放学路上,我遇到了那个同学,相向而来,眼睛一直瞪着我。我也不能回避,旁边有那么多人看着呢,不能认怂,老牛瞪刀子般也一直瞪着他。他把书包一扔,不多言语冲过来挥拳就打。旁边围了不少人,没有一个人劝架拉架,都在看这一出好戏。这时我抽出藏在腰间的武装带,铁扣朝外挥了出去,金属声连续轰响在他的头上,霎时鲜血迸溅,他一下蒙住了停止了攻击。这时旁观者有一位大哥出面劝架了,但又见我手握利器,劝说了几句,就悻悻作罢了,我也不想扩大事态,就坡下驴。打一次架能够让孱弱的心坚强起来,不见一次血也是成长中的遗憾。打完架不久,一切又烟消云散,不知什么时候和那家伙又搭上讪了,其实孩子之间哪有那么多的仇恨。

那个时候工人阶级地位高,当一名工人是自豪光荣的事。同学发小不少都在这个厂里当了工人。当时有政策,一家可以有一个孩子顶替父母在工厂工作,厂里不少子女子承父业,意味着有了铁饭碗,其他孩子则要上山下乡,到广阔天地去作为。知识青年上山下乡运动到我高中毕业那一年停止了,不然我会和许多同龄人一样要到农村接受贫下中农的再教育。我高中毕业参加高考,以3分之差落榜,当时没有太多沮丧,因为身边大多数人和我一样都没有考上。那时并没有对未来的焦虑和所谓成长的烦恼,身边的同学朋友有的去当兵了,有的进工厂当了工人。当时我就想随时准备接父亲的班,在厂里当个工人,和大多数青年一样,就这样安生过下去。作为“待业青年”,厂里在“知青社”安排了我做临时工。冬天我在锅炉房烧锅炉,春天钻到停烧的锅炉里掏灰碱,夏天在毛坯库房搬运铁工件,秋天在“抗震加固班”做车间厂房加固工作。我开过天车,学过电焊,抡过大锤,扛过管钳,会看图纸,可以调仪表,已经是一名合格的准工人了。

第二年高考前的一个月,工友们都关心鼓励我:抓紧时间复习一下,参加高考吧,那是你的未来! 于是我洗净手上的油泥,脱下蓝色的工装,集中精力开始冲刺复习。上次高考主要是数

学没考好，拉下了成绩。我抓住主要矛盾，数学考试中解析几何是个大题，题最难，分数也最多，一道题就 20 分。我就天天集中做解析几何练习，其他基本就不管了。最后考试中果然最后一道解析几何题是最高分，我基本拿下了它，让我的总成绩提了上去。

幸运的是，在动乱年代成长起来的我，在合适的年龄段赶上了改革开放的大潮，我的青春绽放的时候，沐浴了改革开放的强劲春风。"日出江花红胜火，春来江水绿如蓝"，郭沫若先生在第一次全国科学大会上那篇著名的书面发言中引用了白居易的这一句诗，让多少人为之激动，至今印象深刻。时代的豪迈，激荡着我们的心胸，改革开放改变了我们这一代人的命运，也改变了国家和民族的命运，社会公平与公正在我还没有意识到的情况下重建、恢复，"暖雾驱云扑天地"（李贺），我有了上大学的机会，也有了改变命运的机会。

高考中间还有一段小波折。当时是厂里的工会干事统一到区教育局办准考证。拿到准考证一看，是中专学校准考证。我说："这个不对呀，我考的是大学。"那个办证的大叔说："可能换不了啦，不过都一样，反正都是上个学嘛！"在我的强烈要求下，大叔又跑了一趟教育局，不知道他经过怎样的交涉把准考证换了回来，我还清楚地记得我的准考证号是 850240。高考的前一天晚上，家门口露天电影院放映香港电影《巴士奇遇结良缘》，我全身心放松高高兴兴看了这部欢快愉悦的喜剧片。第二天，就在离厂不远的铁一中考场参加了高考,这次人生大考,我幸运地考过了。

大学录取通知书拿到后,一起工作的工友们齐声祝贺,送我一金丝绒封面的笔记本和一本相册。上学临走那天,厂里派出了卡车,工友、老师和家人们一起到火车站送我。那个灿烂的秋天,我离开了乌鲁木齐,也从此作别了我成长的工厂大院。

然而记忆如同当年北京路上白杨树的落叶,它们在阵阵的秋风里起起落落,缥缈而又落寞。

20世纪90年代,在体制改革、企业改制的社会变革浪潮中,一代普通工人在改革的历史阵痛中,做出了牺牲,付出了代价。那种"逢年过节有福利,生老病死厂里管"的日子永远远去了。高大的车间消失了,轰鸣的机器停止了,红砖墙围起来的厂区被开发商开发成连片的商住楼,再也见不到一丝工厂的气息,"逝去的是一江春水,返回的是空空河床"(北岛)。

前些年刘欢有一首歌曲《从头再来》是唱给下岗工人的:

昨天所有的荣誉

已变成遥远的回忆

辛辛苦苦已度过半生

今夜重又走进风雨……

它真切地反映了转制时期工人们的境遇,只不过是再没有

"从头再来"的机会了。我也亲见了我的一些同学、发小，我的一些同龄人，从骄傲的产业工人到下岗职工的过程，见证了他们曾经在阳光下的荣光自豪和风雨飘摇中的无奈。

隐秘的忧伤不时地萦绕在心中。

因为痛，所以叫青春

> 我被严酷的生活炙烤过，虽然仅仅三个多月，但那段经历刻骨铭心，让我体味到生活的艰辛不易，对辛勤劳动者充满敬意，懂得了珍惜和体恤。我离开砖厂时，那个热爱无线电的工友小彭还在酷热和灰尘中煎熬。今天看来，没有意义的吃苦，是对青春最大的蹉跎。

想一想，我这一生还算丰富，除了经商没有干过，工人、农民、军人、教师、警察都干过。下至基层乡村末梢，上至省厅机关都有我工作和任职的印记，甚至有几年离开家乡在外省区工作的经历，跟后人吹吹牛也不会脸红。最特别的是，我还烧过几个月的砖窑。

我成长于工厂大院，1976 年夏天，我初中毕业了。当时的出路，一是上山下乡到农村广阔天地接受贫下中农的再教育，二是继续上高中，然后到农村广阔天地接受贫下中农再教育。

上小学时正值"文革"，学业很不正常，一会儿"停课闹革命"，一会儿"复课闹革命"，折腾下来多晃了两年，那年五、六年级一起毕业上初中。到初中毕业时高中容纳不了太多学生，超龄学生都不让上高中了，这让我有些沮丧，我喜欢读书上课。那时的学生不以读书为荣为乐，"阶级斗争为纲""读书无用论"深烙于脑海。大家都"一颗红心，两手准备"，有同班毕业同学已准备去农村插队了。有个好消息是，按照当时政策，每个职工家里可以有一个孩子不用下乡，适时可顶替父母工作。有了这个指望，我心里踏实多了。上不了学，虽然有些失落，但不用下乡插队，早晚能当个工人，有份工作也很不错了。青春美好，然而身不由己，我们无法决定它的走向，赶上什么样的时代，只能顺流而走了。

没学上了，也不能闲待在家里。父亲托人打听到鲤鱼山有一砖厂在招临时工，我就去了。砖厂是集体所有制，规模不大，离家不近，就在现在的鲤鱼山公园。我每天要乘2路公共汽车，得坐五六站，然后要穿过红旗公社五大队的一个村庄，经过绿茵茵的菜地，躲过几只狂吠的大狗，翻越一座光秃的山梁，才能到达烟火缭绕的砖厂。这时太阳刚从山梁上升起，辛劳的一天就从这个寂静的时刻开始了。后来住到一简易宿舍，才不用每天奔波回家了。

砖厂在翻过山梁的一块平地上，不算很大，大约有二十个窑孔。制砖主要工序是：就地取土、制模脱坯、晾干入窑，大约烧制

七八天,一孔砖就出窑了。制坯、码窑、烧窑是个技术活儿,由有经验的老师傅们干。我的主要工作就是出窑起砖,没有技术含量,就是出傻力气。每天至少都有一孔砖出窑,每人出窑有定额。我们四人一组,另一小伙子姓彭,应届高中毕业,喜欢无线电,在下乡插队前先来这里挣点钱;带班的是一位砖厂老工人,还有一位年轻妇女。

出窑的活非常辛苦,砖烧好了启封后,要快速出窑,将还在发烫的成型砖,一摞一摞放在专用推车上,推出窑来码放好。砖窑里的温度在五十度以上,灰尘还特别多。一入窑,热浪袭来,皮肤生疼,飞扬的粉尘直冲鼻孔和口腔。砖厂只发两双手套和一个一次夹4块砖的铁夹子。因为温度高,怕灼伤,所以要衣服穿严,帽子戴好,每次出窑仿佛桑拿。不记得有什么安全生产的操作规程,老师傅只在口头叮嘱了一下安全事项。

这是第一次出大力气干重活,除了灼热、粉尘,还有腰酸背疼,手臂乏困。刚开始出窑时感觉就像在地狱里煎熬,过了一星期才慢慢适应。那时年轻,身体能扛,累了睡一觉,第二天缓过精神还能接着干。胳膊和手腕渐渐有了力量,四块砖一夹子很快就得心应手了,轻松提起。每天自带干粮,粗细各半,简衣陋食,负重劳筋,也不觉苦。在进入大学之前,我在这所社会大学先淬了一把火。有时夜班下来,和小彭一起听着他组装的矿石收音机,望着满天星空,沮丧和迷茫一同袭来:我们这一生难道就这么过吗?"生活和思考生活同样令人痛苦。"(高尔基)

我在这家砖厂干了三个多月,期间经历了两个有全国影响的重大事件。我和工友们在砖厂一起参加了毛主席逝世追悼大会,有几个身体健壮的工人在追悼会上昏厥过去,不知是不是悲痛欲绝。热爱无线电的工友小彭有天很神秘地告诉我,北京出大事了!几天后通过砖厂大喇叭,我听到粉碎"四人帮"的喜讯,感受到了时代的脉搏。那时还没有意识到这种重大历史事件将给国家、民族和每个中国人带来的巨大变化。

10月下旬的一天,有同学带来一个消息:学校增加了两个高中班,几位老师给我带话,让我一定回学校继续学习。至今我都从心底里感谢几位老师,他们想到了我,惦记着我。月底起完最后一炉砖,我告别了工友,洗尽尘土,换上新衣,重新回到明亮清爽的课堂。当我用已经长出茧子的手指翻开课本的时候,我还不知道,我的命运也由此开始改变。我们这代人中小学都在"文革"时期,被称为"耽误的一代"。而我是幸运的,每次都在命运的边缘线上踏过。在该读书接受教育的年纪,没有下乡插队蹉跎青春,从而后来有机会考上了大学。诚如著名经济学家张维迎说的:"人生是一连串的偶然。"

我被严酷的生活炙烤过,虽然仅仅三个多月,但那段经历刻骨铭心,让我体味到生活的艰辛不易,对辛勤劳动者充满敬意,懂得了珍惜和体恤。我离开砖厂时,那个热爱无线电的工友小彭还在酷热和灰尘中煎熬。今天看来,没有意义的吃苦,是对青春最大的蹉跎。

马尔克斯在其自传《活着为了讲述》中写道:"生活不是我们活过的样子,而是我们记住的样子。"几十年后,我时时路过曾经劳碌流汗的地方,看着它不断变化。烟熏火燎的砖厂早已不见踪迹,鲤鱼山改造成为城市公园,往年光秃秃的山上,绿树荫荫,花草繁盛,和山下日益繁荣的城市融为一体。不知沾有我汗水的那些砖镶嵌在城市的哪一栋楼里了?不知热爱无线电的小彭最后去了哪里?我一直记得那个砖窑的灼热和尘埃,露出手指的磨损手套,满身烟尘的褴褛衣服;还有每次乘坐 2 路公交车回家时,售票员和乘客对灰头土脸"盲道"一般的我一脸嫌弃的神情。

多少年来,砖窑里的烟火一直深深沉淀在心底,若隐若现,但从没有熄灭。

出版 第一部专著

　　理想的人生，应当一半在市井烟火中度光阴，一半在精神家园中寻诗意。

　　2020 年是困厄与欣喜相交集的一年，它注定要在我的人生中留下重重的痕迹。肆虐的疫情改变了很多人的人生轨迹，带给我们巨大心理冲击，使人愈感生命无常，不免心生悲观。

　　而这一年对我来说，在焦虑中又有意外之喜。就在这一年，我的第一本散文集《天山明月》在广西师大出版社出版发行了，这让我焦虑灰暗的心情顿时明亮了起来。这册书籍精装套封，22 万字，400 多页，印制堪称精美。虽然厚厚一本，拿在手上却不沉重，翻阅起来不滞涩，一翻册页散发出淡淡的花香气。书的封面设计雄浑壮阔，黑白色调，大气素雅。巍峨的天山，明月高悬，草原上一行者拄杖举目眺望。许多朋友都说，封面设计有品位，大气磅礴，意境丰富，配得上书的内容了。这实际上也是对书的评价，倒让我惭愧了。

我的同学杨波先生学富五车，饱学多见，听说我在广西师大出版社出了本书，高调向我道喜祝贺，说："能在广西师大出版社出书，你娃牛！"竟然像一个没有见识的俗人。当然，每每摩挲着散发书香的《天山明月》，翻看一页页自己写下的故事文字，我还是由衷地佩服自己，经年累月居然写了这么多，有些篇什读起来仍然还能感动自己。别人看来再丑，那也是自己的孩子，敝帚自珍啊。

我的文字第一次变成印刷品还是在高中刚刚毕业的时候。一天到友好路的新华书店转悠，发现了一本中学生作文选小册子《百花盛开的校园》，翻开一看，居然有我的一篇作文收录其中！这是我的名字第一次出现在公开的出版物上，让我莫名欣喜，心中之潮激荡了很久都不能平息。当下就买了四五本，用以送人。读书和写作不知道怎么就成了我割舍不下的心事。小时候，我性格内向，不喜欢在外面疯跑游玩，爱读闲书，爱看电影。这也是那个文化贫瘠时代最好的娱乐。现在回想少年时代，记忆最深的就是铁路局四街那座小小的新华书店及工厂大院的露天影院和大礼堂。上学时作文常常得到老师夸奖，不时作为范文在课堂上诵读，这使我很有成就感，这为以后我走向"歧途"打开了幽暗之门。上大学报考中文系也是当时自己坚定的选择，纯粹从热爱文学的角度出发，其实当年的高考分数完全可以报考政法、财经、历史、哲学等专业。那时，我完全没有对将来职

业的规划考虑,也没有对未来生活的焦虑,是我少不更事,还是那个年代充满了希望?

我就读的是文化积淀深厚、教育传承悠长、名师荟萃的陕西师范大学,而中文系又是这所大学的重点学科。高元白、霍松林、辛介夫、高海夫、马家俊、畅广元这些如雷贯耳的大学问家都亲自为我们上过课或做过讲座,真是我们的幸运。大学毕业后,我没有去当老师,当然也没有把写作当成职业。我先是在部队磨炼了几年,后转业到公安机关工作,公牍之余一直没有放弃读书写作,那是一种不由自主、发自内心的执着。

我之所以坚持不辍地一直写下来,就是因为它给我庸常平凡的生活时不时地带来波澜涟漪,带来悲喜盼望,带来满足乐趣,我喜欢这种生活方式,就如有人喜好在牌桌上见乾坤,有人长于在推杯换盏中交朋友,有人通过运动带给自己活力。理想的人生,应当一半在市井烟火中度光阴,一半在精神家园中寻诗意。在自己成长的每个阶段都有难忘怀的人和事,同学、老师、家人、朋友,自己前行中磕磕绊绊的脚步,这些在生命中留下的印记,时不时激励自己思考、书写。因为工作原因,我走过祖国大地,跑遍全疆各地,领略神州江河山川之美,各民族文化之多彩瑰丽。我从内心热爱边疆故地,热爱那里的各民族人民,热爱多元多姿多彩的历史文化。每每抑制不住自己要记录下这些迤逦山河、百态人生和行走感受。

我有过一年多的驻村经历,当过最基层的村党支部书记,对社会末梢人们的生存状态有着切身感受和了解。驻村期间工作压力和任务很重，除了繁杂的工作，包括写各种信息材料、走访日志、工作报告等，我还给自己定了一个目标：每月至少要写一篇驻村日记，并且以见诸媒体公众号为标准。最终，驻村工作结束后，我完成了自己定下的任务。

当时我信笔写下那些文字的时候，根本没有想到将来会出版面世，就是给自己的喧嚣繁杂的生活辟一方安静的田地。感受和文字从心底流出，没有任何功利目的，所以就写得舒展自由。我热爱自己的工作，履职敬业，且有成绩，是否在写作上成名获利并不影响自己的生活。因此，我不用取悦媚俗，不趋时尚潮流，不急于发表，故而没有写作负担。宏大叙事、赞歌颂词、英雄勇士有很多人在写，我没有能力，这也不是我擅长的。我遵循海明威所说的原则："千万不能笃信自己大写的思想，而要尽可能写得真实，坦率，客观和朴素。"

我没有在那个对文学虚妄与固执的年代迷失自己，也没有因文学在今天的式微而改变初衷。我那么魂不守舍地坚持自己的初心和理想，和对待我的工作一样倾心，始终没有放弃体味思考，阅读书写，经年不辍，企望把生活的片羽积淀出人生的厚度。不论社会风气怎么变换，生活有怎样的际遇，也不论工作有多繁忙，职位能升到什么位置，读书写作一直伴随着我，成为生活习惯和生活方式。海明威曾经掏心掏肺地说过："我要是不写点东西，我就不能享受生活的其他方面。"很有同感，真想和这个满脸胡须的家伙握个手。

我不是作家，只能算是业余之好，我知道自己离作家的标准差着很大的码子，也没有资格加入协会什么的。我不把自己当作文人，也讨厌别人称自己是文人。我觉得"文人"一词有一股孔乙己式的酸醋味在里面。我从事的是一个刚硬的职业，就如作家周涛先生回应的那样："老子是武人！从我的文字中你看不出我的职业，我穿上警服你也想不到我是一个会码字的人。"我相信，别人看你越不像什么，你可能就越是什么。

我从遥远干爽的西北边疆来到潮热湿润的南国边陲工作是一次机缘巧合。和所有的省份一样，广西也有一个师范大学，不过这个师范大学不在首府南宁，而在桂林。眼下广西师范大学在全国可能籍籍无名，既非"985"，也不是"211"。然而在历史上它却曾经斑斑耀眼，煊赫一时。20世纪30年代初就建立，六次更名，八次迁址，20世纪40年代初成为"省立桂林师范"，继而升级为"国立桂林师范学院"，到今天前后算来有八十多年的历史了。杨东莼、胡适、李四光、薛暮桥、陈望道等这些声名卓著的历史文化名人都曾在这里执教治学，可谓名师荟萃，底蕴深厚。桂林靖江王府是旅游景点，也是师大的一个校区。这个王城校区有着千年文脉，曾是广西首座府学、乡试贡院。独秀苍苍，书声琅琅，师大校区放在这样一个文化底蕴丰厚的地方，也是聚山水灵气，承学仕风骨了。

较之现在广西师范大学的低调，广西师范大学出版社可是美焰高炽，名声在外。近些年出版了许多思想文化、历史文献、文学艺术方面的经典好书。其专心于对文化品质的追求，不迎合，不浮躁，在读书界有良好口碑，也有很好的市场效应。我有幸与师大出版社结下一段美缘。2019年秋天，我应邀到广西师大做一个讲座，慕名到师大出版社参观。在"独秀书屋"和书店老总聊天交换微信时，给他转了几篇我发在公众号上的小文章，不料却引起了他的兴趣，问我有无意愿在师大出版社结集出本书，他可以推荐。这当然是求之不得！能在名满天下的广西师大出版社出一本书，那也是蒹葭倚玉，我的福分了。这些年来，看到自己的同学、朋友通过各种渠道、各种方式纷纷著书立说，汇集一生心血，证明自身价值，虽不嫉妒也有艳羡。契诃夫说过："大狗叫，小狗也要叫，小狗不应因大狗的存在而惶惑。"虽然市面上出的书比狗毛都多，我还是想有一本自己的书，用自己的声音面对世界，我一直平静地在等那个机会的到来。

我与广西师大出版社文艺编辑部的同志之前没有任何交集，但一见面深入交流则非常投契。我底气不足，担心自己的涂抹贻笑大方。责任编辑很郑重地说："我们看中的是你书稿的质量，出版社不会拿自己声誉冒风险。"这话听着如沐春风，如饮醇醪啊！我没有辜负时光，光阴也不断地濯洗着我。那天晚上在桂林山水间我看到了高悬的明月，这是一次意想不到的邂逅。走在桂林迷离夜晚的街道上，"林下漏月光，疏疏如残雪"（张岱），闻到淡淡的桂花香，感觉那桂花是为我开的，悄无声息

却又突如其来,弥漫心田,绵绵悠长。

我请杨占武、王琪玖先生为我的新书写序跋,扯旗作衣,以壮声势。他俩是我的大学同学,对我了解细微入骨,长短皆知。同时二人又是学问大家,著作等身,文章华美。对我的央求,二人未见任何犹疑,欣然允诺,放下手中诸事,倾心捉笔。力尽同学朋友之谊,美文美意,见微知著,为拙作增添华彩,让我感动不已。

2020年10月,《天山明月》正式出版发行。9月30日,这本书的责任编辑电话告诉我,国庆节前催促印刷厂赶印出来第一批《天山明月》先送达我。下午印刷厂的几位工人师傅就将200本书送过来了。看到我的作品成箱成捆堆在那里,让我想起了那年驻村的夏收时节,我和乡亲们收割的一捆捆麦子铺在田地上,那些麦子挂着金黄饱满的穗子,散发着田野气息,叫人陶醉喜悦。今年国庆节和中秋节是同一天,傍晚在邕江边,望着南国夜晚冉冉升起的橘红色月亮,我想起了故乡的月亮——天山明月,天涯共此时,温暖而又圆满。

来到广西工作,竟意外收获了这本《天山明月》,我确信是上苍又一次眷顾了我。对我来说,这比进财、升职、道貌岸然地恭维别人和被别人恭维都重要,甚至觉得人生都如那轮中秋之月一样圆满了。

自从《天山明月》在网络铺货发行后,我时不时打开京东、当当、天猫等网站,看看销售排名,是否有人问津。在街上遇到书店,我都怀着不可告人的目的进去看看,看看有没有我的书忝列其中,卖得怎样。想起有一年和作家周涛先生一起到广州,每遇书店他都进去,在书架上巡视一番。当时他刚出一本新书,心心念念地找自己的著作,还装作若无其事的样子问售货员:"这书卖得怎样?"售货员不知道眼前的这位俊美男子是著名作家,懒洋洋地眼皮也不抬地敷衍着:"没有几人买啦!"

　　我也就看看,不敢开口问。

生命的脉络

当华美的叶片落尽,生命的脉络才历历可见。我觉得理想的职业人生就应该是这样的,一点浩然气,千里快哉风,虽不能至,然心向往之。

一身绿军装是我们少年时代最流行的时装,那时候谁要有一身绿军装,他在同学中就是被仰慕的对象。我费尽心思,用尽洪荒之力也才寻得一顶绿军帽,精心地在帽子里垫好衬纸,每日顶在头上,充满了自豪。而这顶军帽还被高年级学生抢了去,抢军帽在当年是一个让人心仪的流氓行为,曾动过心,但没那个胆,有军帽的人年纪比我大,身体比我壮,我只有被别人抢的份。

高中毕业,身边的同学朋友一个个都去当兵了,看着他们穿着簇新的绿军装来向我告别,心中又是羡慕又是嫉妒,不光因为他们圆了手握钢枪、戍边卫国的光荣梦想,从此就有了职业保障的福利,还因为穿上了那身潇洒威风的绿军装。没想到的是,几

千里云山何处好

年后等他们脱下军装走出军营的时候，我却来到了部队，最终还是穿上了那身心心念念的绿军装。大学毕业后，我被直接分配到部队工作，那时赶上了 65 式军装退出之前的末尾，有幸穿上了它"招摇过市"：三片红，一身绿，四个兜，朴素而英武，进出营区都有战士敬礼，我成了我曾经羡慕的人，神气得不要不要的。

有人给我介绍了一个女朋友，第一次约会是在儿童公园的小树林里。现在想想我真是太不解风情，太没心机了。既没有准备鲜花、礼物，又没有选择一个温馨浪漫的地方，更没有什么一起看日落、数星星的想法，比见同事都随意。约会时我穿了一身军装，红领章映衬着小白脸，眉开眼展，神清气爽。见面后我掏出一块手帕，铺在地梗上先把自己安排好坐了下来，然后对她说："你也坐下吧！"外表的平静掩饰不了我内心的波澜，于是一直在夸夸其谈，在大热的夏天居然聊起了滑冰。不知她怎么还有耐心和这么不靠谱的人继续聊下去。我想是那身军装帮了我的忙，它掩盖了我的颠顸和愚钝，放大了我的真实和纯朴，给了她一种虚幻的错觉。最终这朵炫目的花儿为我绽放了，这位也穿过军装的佳人成了我的妻子。

我在人民解放军这所大学校待的时间不长，还没有学到真本领，就遇到"百万大裁军"，面临新的职业转换。我在部队时间短，没有当过兵，也没有带过兵，主要是在机关从事文职工作，没有在基层摸爬滚打的经历，距离一个真正的军人有很大差距。有首军歌唱道："咱当兵的人，有啥不一样？"就我自己来说，没觉得有啥不一样，没有老兵那种对部队的眷恋和深情。

从部队转业到公安机关才是我职业生涯的开始，在这里我找到了职业认同感和荣誉感。"虽然辛苦，我还是会选择那种滚烫的人生。"我欣赏日本电影人北野武的这句话，虽然这位相貌平凡的仁兄不是戏谑地严肃着，就是严肃地戏谑着，但这句话我认为说得很漂亮，也很严肃。当时转业有多种选择，党政机关、社科文化部门、大专院校等，我选择了"滚烫的人生"。部队上的军装没有穿够，那就接着到公安穿上警服。我喜欢那一身威风凛凛、橄榄绿的警服和带着警徽的大盖帽，那是伸张正义、守护安宁的象征，穿在身上有种威严和安全感，特别提振精神，走在路上都想撇嘴。

刚入警的时候，警服几乎不离身，除了上班穿，周末休假都不肯脱，出差也穿在身上，仿佛我的价值就是这一身警服，因为还没有别的什么能证明自己。一次到西安出差，我一身警服来到同学李富安家里，敲开门严肃地问："你叫李富安吗？知道为什么找你吗？"他没有认出我，有些紧张，也很诧异，以为犯了什么事警察找上门来，半天才回过神来认出了我。

还有那支陪伴我的手枪。那支钢蓝冰凉的 64 式手枪沉甸甸地握在我手里的时候，我童年的梦想之花就绽开了。小时候喜欢枪是作为一个男孩子必然的选项，如今钢枪在手，梦想成真，少年般的轻狂不可遏制。拿上了持枪证，我就每天把枪佩在身上，向朋友们显摆，骄矜而愚蠢。我还专门寻了一件腋下斜挎枪套,整得和"神探亨特"似的。那时刚看完这部美国电视连续剧,亨特打开西服,右手从左腋下掏出手枪是多么潇洒的动作啊。我曾幻想像个牛仔一样与歹徒短兵相接,扣响手中扳机,歹徒在我的枪下张皇地举起双手。刚到新单位时,每天上下班要乘很长一段公交车,那时公交车上小偷流氓很猖獗,都是成群结队的。我每天携枪上下班,有除暴安民的理想和冲动,也有为自己提气壮胆的意思。遇有歹徒不管不成,有负警察之责,别人不知道你是谁,自己还不清楚该干什么吗?可真要管,得有本事,否则有独兽架不住群狼之虞,热血说不定就成了狗血。枪能壮胆,也有麻烦,走火伤人、枪支丢失虽是小概率的事情,但中招了脱下警服走人是大概率的事。张狂的幼稚期过后,佩枪就一直在枪柜里寂寞地离群索居了。我有拔枪指匪的经历,但除了在靶场、射击训练场,还从来没有打响过手中的枪。

"未觉池塘春草梦,阶前梧叶已秋声。"(朱熹)等我的脸上布满了风霜,眼睛里开始有了故事的时候,身上警服的样式和色彩也呈现出新的姿态:藏青蓝,英美范儿,更时尚,萎靡的人穿上都会精神一振,英武磊落逼人。有一次参加一个警务活动前,我从镜子里认真打量了一下自己。在岁月的摧残下,这个家伙开始发福了,虽然有些油腻,但在警服的衬托下,依然心源落落,潇洒挺拔。

我的衬衣由蓝升白,警衔不断上调,可是穿警服的日子却越来越少。随着年龄的增长,对待警服的态度和年轻时完全不一样了。经历和挫折使人成熟自信,生活的摔打和历练也不断提升着我们的智慧和勇气。人民警察的宗旨和精神已经融化在整个思想和行动中,不需要时时用一身警服来证明自己。除了上班或有警务活动,在平时警服能不穿就不穿,新出台的《公安机关人民警察着装管理规定》对此也有严格要求,必须遵守。原来的制服还没穿旧,新的警服又发下来了,叫人又喜又愁。在广西有一新结识的朋友,长时间不见我穿警服,便怀疑我的警察身份,甚至怀疑眼前这个一点不像警察的人是不是个骗子。有个朋友读了我写的一本小书后,语重心长,若有所思地对我说:"你一点也不像警察。"显然,这位朋友对于警察和我都缺乏了解,我不知道怎么解释,只讪讪地说:"你说的是你在街面上和影视剧里看到的警察吧?"

我很推崇新疆军旅作家周涛先生,他大气磅礴富有激情的诗歌、散文曾经充满我的精神缝隙。他还有一个军人身份,他也很看重自己军人的身份和部队生活的背景。这个"西北胡儿周老涛"风神健飒,儒雅刚劲,文章通达豪迈,做人胆气堂堂,在我眼中就是"翩翩佳公子"。我觉得理想的职业人生就应该是这样的,一点浩然气,千里快哉风,虽不能至,然心向往之。在广西履职期间,在一个沿海城市开展的联合打击专项行动中,我作为公安厅派出的联合指挥部成员,半夜零点向在广场集结的全副武装的队伍发出了"行动开始"的命令。一时间,"车辚辚,马萧萧",千百人马闻风而动。那一刻,我竟有了"沙场秋点兵""不信马上是书生"的感觉。

我的工作职责和岗位长期在机关,也曾到基层挂职,甚至下沉到基层一线派出所参加执勤执法。在溽热潮湿的岭南工作期间,来宾市河西区下面的一个派出所是我的工作联系点。我曾以一名普通民警的身份,全副武装参加执勤执法活动。那些日子,我参加了街面执勤巡逻、民事纠纷调解、安全防范检查、反诈禁毒宣传、治安事件处理等琐屑细碎又须臾离不开的工作。它们和西北边疆基层民警的工作内容没什么大的区别。在烈日下,在雨雪中,你看到的执勤巡逻的警察是一道风景,等深入进去才知道那是艰辛的人生。穿上警服,置身于普通百姓的生活中,你会深深感受到人民群众对警察的依赖和需要,那种责任感和使命感绝不是拿着稿子念出来的。

2021年1月10日是首个"中国人民警察节",我在四季朱槿花开,连年气候湿润的南宁参加了这个节日的纪念和庆祝。我穿上新的礼宾警服,在宽阔的广场向人民警察警旗宣誓敬礼,也是向自己的警察生涯告别。这是我第一次,也是最后一次参加人民警察的节日,再过一个多月我就退休了。人民警察有了自己的节日,有了自己的旗帜,我的警服也由绿变蓝,头发由黑变白。这个时候才觉得,岁月奔跑的速度比我们成长的速度要快多了。时光如水滴在大海里,如墨融入黑夜中,不紧不慢地消耗我们,"绿水悠悠天杳杳,浮生岂得长年少"(晏殊)。我的人生没有规划,一生说不上跌宕起伏,也算是悲欣交加,过着随遇而安的日子,却又一直奔腾向前。军装和警服曾装点了我青春最美好的时刻,我这一生也没有辜负它们,经年尘土满征衣,如今融尽胸中雪。

在路遥马急的人世间,我奔腾喧闹的人生开始落幕,一个人的警察职业结束了,但更多的警察故事还在继续。

往事并不如烟

那天大家在一起坐了很久，说了很多，钩沉陈年往事，感叹当下人心。没有喝酒，却有微醺之感。话题中不扯什么天下大事，没有功名羁绊，世事于我如浮云，高卧加餐是正事。平安健康不再是泛泛的客套，而是发自内心的祝福。

定居深圳的发小大伟回来省亲，也是发小的老王做东，邀请了几位从小一起成长的发小参加。

参加过不少的聚会聚餐，中学、大学同学的，朋友的同事的，朋友的朋友的，接待上级的，接受下级的，诚心诚意的，虚与委蛇的，功利目的性很强的，糊里糊涂不知所以的……总之不少。退休以后，不再热衷参加各种宴聚，能不去则不去。但这次聚会很特殊，是几个经年未见、四散在各地的发小凑在一起的聚会，以后可能都没有这种机会了，这一定要去的。

按照地图导航，找到了地方。环境优雅，菜肴丰盛，几位发

小已是双鬓泛白,朱颜渐老。虽然偶尔相见,却多少年没在一起相聚吃饭,可谓"浮云一别后,流水十年间"。不同的人生道路和经历,让我们一度越来越陌生,大家都奔走于尘世,为稻粱谋,为功名忙,渐渐都不联系了,仿佛我们不在一个城市。大伟这次回来是个契机,把几十年未聚的往日朋友聚在了一起。

老王常年坚持健身,年过六十依然身体健硕玉树临风,保持良好身形。他从小就一直是人中翘楚,长得帅,学习好,从小学到中学一直是体育尖子、文艺骨干、班干部。事事为人先,骄傲又自尊,老师和同学都看好他的未来。只可惜他没有走向更广阔的舞台,一身才华没有施展出来。中学毕业就去当兵,复员回厂当了工人,经历了企业改制大潮,后来随孩子去了南方。其他几位发小有的是我初中同学,有的是一个工厂大院长大的,有的下过乡,有的当过兵,最后都进了工厂,成为工人阶级的一员。

我一直认为,时事和命运造就了每个人的一生,所谓理想、前途也并非是自己有能力,有权利选择的。改变人的命运的,更多的往往是时代之力。如叔本华说的:"人们以为指挥着自己的生活,但内在深处却不由自主地受到自己命运的牵引。"我们几位发小起点都差不多,生在困难时期,长在动乱时期,在走向社会的年纪赶上了改革开放。机遇不同,命运各异。他们在工厂都是能力突出的优秀产业工人,拥有过光荣骄傲的日子,也经历了黯淡无助的时刻。

20 世纪 90 年代,在计划经济向市场经济转型、企业改制的过程中,这一代人到了中年又被时代风浪裹挟,颠簸摔打。本来可以和他们的父辈一样,在黄金年代进了工厂,成为社会骄子,然后按部就班地过完一生。但生活的剧本从来都不会按人们设想的行进,充满了悬念和不确定,个人只不过是时代的道具,时代眨一下眼睛都会影响我们的命运。之后虽然新的行业也不断在崛起,但受技能、年龄的限制,半生已过的他们很难再有机会"从头再来"。随波沉浮,郁郁平生似乎就是大多数人的宿命。

大伟虽成长在工厂大院,可他家昔日曾是赫赫扬扬的高门大户,父母亲都是新疆解放时随部队进疆的老革命。他母亲在厂机关大楼里做账务工作,大伟可以说是干部子弟了。中学毕业后,他先是在其父亲单位的医学院做辅教,后刻苦自学拿到大学文凭,又被单位派到北京深造,学习电子科技。大伟不甘于眼前的安逸和平庸,辗转到了深圳一家科技公司施展自己的抱负,他找到了自己的舞台,逆风飞扬。后来他爱上了摄影,在这一领域深耕细作,有诸多专业成果,现在是中国摄影家协会成员、深圳知名摄影家,多有作品得奖。他能走出来,当然有家世背景、人脉资源的原因,但大前提是时代洪流的推动,还有自身不懈努力奋斗。他抓住了机会,去了一个能开阔眼界、历练能力、提供舞台的地方,做出了成就,使自己的人生没有遗憾。

有一位英年早逝的同学孟君特别使人惋惜。高中毕业那年,身边有五六个同学都参军入伍了,在南疆经过艰苦磨炼后,又复员回到城市,在父亲所在的工厂当了工人。只有孟君一个人耐住了寂寞，坚守远方，最终脱颖而出，入党提干，成为一名年轻的军官。那年我大学毕业回来，分配到部队。在军区一所培训中心不期遇到意气风发、风神健飒的孟君。他穿四个兜的绿军装，背一个军绿色小挎包，红色的帽徽领章把他衬托得格外英武干练。他是提干后来参加培训学习的，正欲携书佩剑，扬帆远航。孟君是我们这些工厂子弟中最有可能走得更高更远的，前程万里。然而，这时候命运给他开了个玩笑，他不幸罹患了白血病，正值大好年华，青春来不及转身就突然凋落，不久就溘然长逝。山高水远的路上再没有他俊朗的身影，令人扼腕长叹。

聊起往事的时候，老王说，小平也在前两年去世了。这让我非常诧异。小平是童年时和我关系最近的发小之一，是我人生最早的朋友。我们一起入学，同一班级。那时的我们没有课业负担，大人们热火朝天地参加运动，我们像无人看管的羔羊四处疯玩。整日价爬上工厂围墙、屋顶，在上面战战兢兢行走，比谁的胆大，并高喊"瓦西里"从上面跳下；在厂区外面的公社地里偷瓜摘果，烤苞米，烧洋芋；和马路对面铁路局四街的小孩打石子仗，成群结队过节一样到附近单位看露天电影。经常挂在我们嘴边的话是一些老电影台词："别看今天闹得欢，就怕将来拉清单。""墨索里尼总是有理。""这里的工人火气大。""许一先生，我神经疼。"最后一句大家都把它演绎成"许一先生，我肛门疼"。

小平长得精瘦，头上有几块疤很显眼，同学们都叫他外号

│ 千里云山何处好

"烂疤疤"。一到冬天戴一顶陈旧的黄色志愿军棉帽,是他的标配。他穿着单薄的衣衫,流着青鼻涕,每天要到锅炉房挑两大桶开水,踉踉跄跄在雪地上行走。他父亲老张参加过抗美援朝,有资历,有脾气,有技术,是厂里的老师傅了。老张爱喝酒,他家有一股酒坊的味道,床底下摆满了酒瓶子。老张喝了酒,小平挨打的几率就增大。爸爸对他很严厉,可对到他家的小朋友却和蔼可亲慈祥如父。小平在他爸爸面前乖得像只兔子,在小朋友面前却调皮得像只猴子。他妈妈一直在四川老家,小平小小年纪就做饭、挑水、洗衣服、做家务,比我们辛苦多了。每当小平的父亲回老家探亲的时候,小平就没人管了,可以自由自在,放纵了闹腾,他家的屋子成了小朋友的花果山。我在小平那里最早读到了掉了封皮的《苦菜花》《青春之歌》《志愿军一日》等书籍,心中涌动着春潮。有次他爸从内地探亲回来,给他带回一个四五岁的小妹妹,小平从此多了一项带妹妹的工作。不知因为什么事我们还打过一次架,打得头破血流,眼圈乌青,有段时间见面不说话,但两人都忍不了多久又和好如初。小平一着急说话就口吃,有一次表演文艺节目,由他报幕,他抹着红脸蛋,拿着语录本,严肃地甩着小臂从队伍中走出来,可一紧张,嘴里就拌蒜了,一句简单的口号怎么也说不完整,现场一时兵荒马乱,台上台下一片欢乐的笑声。

上完小学,小平就和我们分别了,随其父调动转到另一所学校。初中毕业早早就被父亲安排在供电部门工作,日子应该是过得不错的。几十年后，有一次因为孩子上学的事情找过我一次，得知他经常在野外做送变电工程，虽然辛苦，但工作稳定，收入也高。小时候吃的苦，在成年后得到了回报。只可惜他走得太早，令人叹息。

　　和发小一起成长的时候，不光有温暖的回忆，暴戾之气也伴随着我们。前两天令人心存敬畏的老师还循循善诱地为我们上课，转眼间就被挂上牌子揪斗羞辱，斯文扫地。因家长的派性观点不同，也造成小孩子的心理阴影。厂里干部职工分为两派，互相攻击谩骂，揪斗走资派和保皇派。我在厂里的礼堂参加过对走资派和反动权威者的批斗会。一群失魂落魄的牛鬼蛇神被押到礼堂会台上，胸前挂着大牌子，跪成一排。会场上红旗猎猎，口号震天，他们在台上发抖，我在下面发抖，心中惊骇不已。记得有一满脸胡须的职工，在运动中十分积极，还是个小头目。处处打头阵，以整人、斗人为乐事，招惹了不少人。另一派得势后就想收拾他，抓他的把柄。他们从他的孩子下手，鼓励孩子们告发自己的父亲，在威逼利诱下终于得手。那个以前整人的家伙像个小丑瑟瑟发抖地站在批斗席，他的孩子们和义愤填膺的人们一起举着拳头高喊着打倒他们父亲的口号。那时我看着那家的几个孩子揭发批判他的父亲，心里特别担心：他们爸妈还会让他们回家吃饭吗？有人养活他们吗？

　　小学、初中，我们很多精力都用在"学工、学农、学军，批判资产阶级"，没有好好读几天书。"文革"结束了，新时期来临了，我们经常挂在嘴边的一句《列宁在十月》里的电影台词"面包会有的，牛奶也会有的"终于实现了。然而最好的读书时间也过去了。我们的唇边长起淡淡的胡须，有了喉结，还没有思想准备，就手忙脚乱长大成人了。急剧变化的新时代带来生机，带来机会。然而被特殊年代塑造的一批人，因各种储备不足，在茫然中来不及转型，如浮萍般随着时代沉浮。时代给一代人身上留下深深的印记，现在热衷于唱红歌，跳广场舞，沉湎于过去虚妄的美好，整日在朋友圈关注时政，喋喋不休说大词，明明被耽误了还说"青春无悔"的，多是我们这一代人。

"喜也好，悲也好，命运有谁能知道？"当年一个叫王杰的歌手曾这样迷茫地唱着，我不明就里糊里糊涂地听着，今天才体味到其中之味。我们都曾怀揣梦想，心在天涯，让青春的火焰炽烈燃烧过。可人间的标配，不仅仅只有繁花笑靥，还有苍凉艰涩。对普通人来说，往往生活被命运碾压，却无从止歇和回避。无论是快乐还是无聊，有建树还是很平庸，你都要接受和忍受。这一生会让多少人心有不甘，抚膺喟叹。

在为生存、为功名的磨砺拼搏摔打中，经过岁月无情的淘洗冲刷，我们的棱角已经磨平了，躁气磨掉了，昨天再大的事情，在今天看来都是不值一提的小事。刚刚过去的疫情，虽然在座的有人都阳了不止一次，经历了生死劫难。可大家说起来像是又经历了一次运动，又被摔打了一回，没有了愤怒，不再抱怨。眼前的我们早就收起了尖利的獠牙，平和得像乖巧的羊羔。所幸身体犹健,家和人兴,小康安稳,夫复何求。我们紧紧握手,是向我们共同的童年致意,也是与不同的命运言和。

那天大家在一起坐了很久,说了很多,钩沉陈年往事,感叹当下人心。没有喝酒,却有微醺之感。话题中不扯什么天下大事,没有功名羁绊,世事于我如浮云,高卧加餐是正事。平安健康不再是泛泛的客套,而是发自内心的祝福。我们已经放下了执念,如鲸如鹤,自在海天。

做个快乐的闲人

来去匆匆，行止无定，没谁在意我们来过，也没人知道我们会去哪儿。因此，知感我们健活在这个世上，做自己想做的事，恰到好处地自恋，让那些想看笑话的家伙闹心去吧。

终于有了自己的闲暇时间，不必担心上班迟到，不再值班加班，不用准备发言材料，不再有梦魇般的工作压力……一切都翻篇了！每日睡到自然醒，读几页闲书，码几行文字，晒晒太阳，喝点老茶，丧心病狂地荒废时光。以前只有个别节假日才有的福分，如今天天乐享。有个叫冯唐的雅痞说了这样一句话："不着急，不害怕，不要脸。"这话够直白的，对于退休了的人来说，除"不要脸"可以商榷以外，其实作为一种生活态度也不无道理。

在职时没有觉得自己有什么了不得，忠于职守，尽职履责而已。退休下来后也没有什么不适，没有所谓的失落和晦暗之感。门前冷落车马稀是必然的，被人簇拥着，言不由衷地恭维着的热闹劲如风散去,纤尘不留,这才是一个正常的社会,此时老脸上应该露出会心慈祥的笑纹来。其实安静自由的独处更适合我,我是憷于和人打交道的,连新书出版后,推介、宣传等诸事,我都不愿用心求人,对一个码字人来说,这可是一件需要认真对待的大事,可我仍然漫不经心。名利沉浮、世间百态不说看透,也经历不少。当下和结发之妻共同走向人生终点才是正道。那天我问老伴:"说好的要白头到老,我都两鬓斑白了,你怎么头发还那么黑啊?"她说:"那没办法,'天生丽质难自弃'嘛,着什么急啊。"

不时有旧好来访,煮水泡茶,倾心长聊,这长那短的,意兴阑珊。那天一个老友来访,闲聊中他说起了一件小事。那年一起去重庆出差,在街上一个背着孩子的擦鞋妇女要给我擦鞋,我先脱了一只。突然谁喊了一声"城管来了",小商贩即刻作鸟兽散。那背着孩子的妇女拿起工具和手中正擦的鞋子也飞快跑了。我穿了一只鞋子,如一只呆鸡休息时的样子,独脚站在风中零乱。朋友跑去追上擦鞋女,要回我的鞋子,女子很敬业地说:"鞋子还没有擦完呢,要继续完成作业。"他说得绘声绘色,我则听得隐隐约约,自己的尴尬事别人记得最清楚。

应邀加入一微信群。群主是大学同学,马瘦毛长,还和年轻时候一样对各种事物保持新鲜感,浓浓的家国情怀和人文本色经年不褪,元气充沛,天天思考国家命运,忧心百姓福祉,操心着与匹夫无关的事情。在这个精神家园里,我得以继续追逐时代脉搏,聆听新思想新见解,激发思考,不至于因远离时代潮流、不食人间烟火而致昏聩。之所以这样,不是想被世界看到,而是竭力要看到更大的世界,我和群主在这方面有着共同看法。

工作的最后几年分别在南疆驻村,到广西履职,让我经历了一生中最特别的几年。在叶尔羌河畔那个绿色的小村庄,我走进阡陌田野、泥土小院,有机会和农村最基层的百姓、干部共同劳动生活,一起改变乡村面貌,从思想感情到生活方式都有深度交流。对他们的生存状态、处世态度有了切身体验和感受。明媚的阳光,朴厚的乡亲,连绵的庄稼地,还有那条一直陪伴我的警犬"巴力",都是我难以割舍的浓浓乡情。乡间金黄的麦田里,留下我拔节生长的印记,村委会大院里的那棵从容生长的大柳树见证了我走过的春夏秋冬。就像凡·高说的:"当我们对许多事物不知其所以然的时候,除去到麦田好好看看麦子的生长之外,我们还能从哪里得到启示?"从某种程度来说,我和麦子一样,从泥土里获取了营养,谦卑且不断地成长。

在通江达海的广西工作两年多,则让我视野大开,观念不断递进,长期囿于一地的封闭思维,自以为是的心态得到冲击和刷新。我感受到异样的山川地域和多民族多彩文化的瑰丽深厚,"群峰倒影山浮水","快意雄风海上来",从北到南一路斑斓缤纷,美不胜收。广西朋友的厚道纯粹、热情豪迈都让我有新的人生体验,留下美好记忆。广西近代以来的人文历史更是开了我的脑洞,引发了浓厚兴趣。在南宁市唐山路古玩市场我淘得一些广西文史资料，读进去后沉浸其中竟欲罢不能，这个地方出了那么多影响历史进程的牛人不是偶然的。我不习惯炎热潮湿的南国气候，受不了暑天被顺着尻槽子流下的汗水浸泡，也吃不惯小铁盆盛着的米粉。用铁盆盛食物，给我感觉像是宠物用的，他们说米粉酸爽，而我觉得酸馊。但我还是热爱和感谢广西，它让我的职业人生有了一个圆满的结局。更不用说，我的第一本散文集《天山明月》是在名满天下的广西师大出版社出版的。梦里花开，八桂清香，我和广西就这样遇见了。

远在天边的孩子给我买了个苹果笔记本电脑，还邮寄来一面锦旗，祝贺我光荣退休，鼓励我不能优雅平躺，要笔耕不辍，做文坛新星。这让我又感动又好笑，又不好意思懈怠，她促使我安静下来读读书写写字了。以前买了不少书，却鲜有读完，有的甚至没读，这些书仿佛是为了装点门面，证明自己也是个半吊子读书人。去年重新装修房子，老伴为我把原来三十平方米的卧室改成了书屋，书架环墙而立，书桌宽大气派，搞得根本不像个老警察的家，倒像个老师、作家之类文人的斋室，这附庸风雅装大发了！虽然没有什么善本、孤本等典籍，经年收存的图书却也丰富多样，敝帚自珍视为宝藏。每每流连在书架前，摩挲旧藏，翻阅新品，怀古思今，感觉世界丰富，高人海海。在读写思考中体味人生妙处，时时让人生出"与书为伴，无欲则刚"的豪情来。八月初秋，就在宽大的窗前，每天伴着早上温暖的阳光，我读完了巴巴拉·塔奇曼的《八月炮火》。厚厚一大本，日拱一卒，不

期速成，花了半个多月工夫。这本拿起来就放不下的书，叙写了一战爆发前欧洲的帝王、政客、将领，如何踏入一场酷烈的战争，又一步步无可挽回地走向毁灭，让人深思历史的吊诡与荒谬。"1914 年的 8 月，有一种东西在逼近，不可逃避、无所不包，笼罩着每一个人。"在百年未有之大变局的阳光下读这本书，仿佛能嗅到战争的硝烟。

我们这一代人的人生在落幕，余下的时光便逐渐进入暮年，想起来还是有些怆然。在这一年，我的两位大学同学去世了，伤感悲哀的同时又让人感觉人生的无常和岁月的无情。

"我走过那昔日的校园/无奈接受这人世维艰/没有你在身边。"（鲍勃·迪伦）那天把电影《美国往事》又看了一遍，一种沧桑感扑面而来，以前多次看过这部电影都没有现在这种感受。友情、爱情、忠诚、背叛，生离死别，人的一生都在里面，五味杂陈。人生的美好不仅仅在于美好本身，也有许多丑陋混杂其中，欢乐与苦涩相伴一直不离不弃。然而"此心光明，亦复何言"（王阳明）！

疫情还没有扑灭，虽然打了疫苗，但看来如专家所讲，我们要长期与之共存了，所以也别害怕。人们都适应了各项防控措施，每周都要张开嘴"啊啊"地做核酸，打开某视频，时见一个穿着防护服的维吾尔族美丽小姐姐严肃地提醒："黑三撮了木有（核酸做了没有）？"到哪儿都刷行程卡成了习惯。再热的天口罩都是脸上的标配，每天出门如不戴口罩好像没穿衣服，自己不自在,别人则有啐你的冲动。不时会听到路人甲义正词严地断喝:"戴好口罩!"

不着急,不害怕,让时光和忙碌一起流逝,做个生活的旁观者轻松多了。无所事事不劳而获的日子真好! 老伴每天看着菜谱,变着花样煎炸烹炒地忙碌,仍然为每天吃什么、做什么发愁。我劝她,不要用厨子的标准要求自己,天下美味出门可及,何愁之有? 趁着胃口尚可,财务自由,闲来无事,让我们满世界寻找美食佳肴,做个快乐的吃货。年轻的时候,没有可任意挥霍的钱财,上班的时候,没有大把时间,如今都不是问题了。先从最近的饭馆餐厅吃起,再到有口碑的餐厅酒店,半年下来本市小有名气的小吃都被我们访过,遇到可心的就办上会员卡。我终于过上了随心所欲吃吃喝喝无所事事的生活,真是"先生食饱无一事,散步逍遥自扪腹"(苏轼)。

《美国往事》里面有一个情节深深打动了我。小派西为讨好小女友佩姬给她买了一块蛋糕,在门口等她的时候,却被他忍不住一口一口吃没了。他让我想起了自己的童年往事。我是经过饥饿年代折磨的,正长身体的时候没有饱饭吃,缺营养,把一个翩翩少年整成鸡胸弯腿,至今陋形仍存,清汤寡水一直映照着我青少年时期嶙峋的影子。珍惜粮食,不浪费是深深刻在骨子里的觉悟,以致养成习惯,决不剩饭,宁可吃撑了也不剩,也见不得别人剩饭。可能迂腐,但坚决不改。我们有什么理由不珍视上苍给予我们的生命给养? 在驻村时,老乡对待粮食的态度让我肃然起敬。他们吃饭时认真专注，粘在手上的每一个米粒都会小心翼翼地送进嘴里，掉在桌子上的馕屑饭粒都要收集起来喂给小动物。那一刻，我觉得我们是一伙的。改革开放最大的好处是让人们吃饱了肚子，人民吃饱了饭是最大的幸福，我们有幸走进并见证了这个伟大的时代。

直到今天，我心中的美味依然是新疆的各种美食，这是我与我生长的这个地方最有感情、最密切的联系，也是难离故土的原因。无论"龟肉拌面（过油肉拌面）""包皮包子（薄皮包子）"还是"九碗三行子""机密大盘鸡"都非常好，人间至美。它们来自八方地域，汇集了多种文明和文化的精粹，散发着多民族历史文化的魅力。人生起伏盛衰，唯美食长久常在。从这些寻常百姓家常饭菜的背后，我们能看到时代的波澜壮阔，人生的芬芳美好。咀嚼品味美食的酣畅过程，也是在继续品味我们余下的人生。

苏东坡有诗曰："人生到处知何似，应似飞鸿踏雪泥。"来去匆匆，行止无定，没谁在意我们来过，也没人知道我们会去哪儿。因此，知感我们健活在这个世上，做自己想做的事，恰到好处地自恋，让那些想看笑话的家伙闹心去吧。

致敬恩师

李老师对这兄弟俩悉心呵护，坚决不允许同学们讥笑欺负兄弟俩，在兵荒马乱的日子护佑着兄弟二人残破的尊严，让所有的花儿都能结出果来。

命运就是这样，让我们不期而遇，又各自走向生活的深处。

于老师曾给我写了两幅字："不随流俗""静观云飞"，是他的生活态度，也是对我的期望和要求。

1

我上小学时，正好"文革"开始，一段时间"停课闹革命"，大人们搞运动，小孩就在家里疯玩。后"复课闹革命"又到学校上课了。那时候课业不多，每天就上两节课，下午不用来学校。有时上课的时候，从教室窗户外突然就窜进几个追逐的高年级学生，正在讲课的老师停下，静等他们闹腾完，才继续上课。有的课堂上学生叽叽喳喳闹闹哄哄，老师在讲台上不紧不慢地读着课文，镇定地写着板书，老师学生各干各的，像是有默契。有时老师正在讲课，突然从窗外扔进一个雪球打在老师脸上，老师真是克制，既没有发火，也没有离开，掏出手绢擦净脸上的雪水后继续上课。

在少年杂芜的记忆中，老师批斗受辱的场面一直很清晰，挥之不去。那个姓郝的老师，高个子，像竹竿一样单薄，常穿着一件灰色中山装，每次在走廊上相见，身上总是沾着粉笔灰。一笑起来两眼就成了一条线。在高年级的教室里，我看到学生们批斗郝老师的场面。他弓着腰，中分的头发遮住了半边脸。我心惊胆战地站在人群的后面，看着戴着红袖章的高年级学生喊着口号，义愤填膺地斥责，有的还上去扇耳光，我不敢多看，惊骇地逃离现场，不明白一个和蔼可亲的老师怎么就成坏人了呢？再见到时，他弓背含胸低着头在打扫厕所，让人已没有敬畏之感。

李老师是我小学多年的班主任，长得高挑，庄重可亲，因为个子高，我们都叫她大李老师。她一直留着一个运动员式的齐耳短发，说话慢慢的，一字一句，像播音员。有一种凛然之气。那时候，学生天天都沉浸在"造反、打倒、反潮流"的氛围中，都不太把老师当回事，但在李老师面前谁都不敢随便造次，尊敬有加。班里有个同学叫热合曼，平时调皮捣蛋，上课小动作不断。

一次学习课文,内容是一个叫热合曼的吃不饱、穿不暖的贫苦农民,被巴依老财赶到阿尔金山挖金子的故事。李老师专门把心不在焉的热合曼叫起来读这篇课文,顿时课堂气氛开锅般热烈起来。热合曼扭扭捏捏磕磕巴巴地读了起来,大家好开心,觉得课文里可怜的热合曼就是捣蛋鬼热合曼的爷爷,现在的热合曼不好好学习,就对不起他受过苦的爷爷。同学中有兄弟俩在一个班,生理上有些问题,说话不太利落,同学们把他们兄弟俩叫"大勺子、小勺子",有的对兄弟俩轻慢甚至欺负。李老师对这兄弟俩悉心呵护,坚决不允许同学们讥笑欺负兄弟俩,护佑着兄弟二人残破的尊严,让所有的花儿都能结出果来。

李老师有两个孩子,一儿一女,长得都随她了,大高个,大眼睛,漂亮而精神。她女儿后来到自治区体委打球成了专业运动员。多年后,有一次春节我去家中探望她,李老师说,我的女婿和你还是同一民族呢!她问起我的父母身体还好吗,我都想不起来,李老师什么时候到过我家做过家访,见过我的父母。由于我老在老师讲课时插嘴,喜欢抖小机灵,显摆自己,李老师说我是小聪明。聪明是个夸人的好词,我觉得老师在说我好话,一直自鸣得意。其实,老师是看到了我的一些潜质,更是在批评和提醒我,而我浑然不自知。她让我慢慢认识和理解这个世界,不断更新提升自己,多年后我才慢慢领悟到。

小学老师里,还有狄老师也给我留下深刻的印象。现在叫音乐老师,那时叫文艺老师。她经常给各班级上文艺课,其实就是教唱革命歌曲，"高不过蓝天，深不过海""天大地大"等。她还组织了一支学校的"红小兵毛泽东思想宣传队"，宣传"九大胜利召开""5·20庄严声明发表"等重大活动。不知为什么我被选入宣传队，成天和一群脸蛋抹得红彤彤的红小兵们一起，穿戴得整整齐齐排练节目唱歌跳舞，到工厂车间、田间地头、军营宣传演出。这是很快乐的事，比上课有意思多了。我在宣传队充其量也就是个群演，在样板戏里演个匪兵甲、战士乙等打酱油角色，最大的角色是饰演了《智取威虎山》里猥琐狡猾的栾平，那是和审讯联络图有关的一个片段。这段记忆是那个年代不多的亮色，而狄老师则是为我涂抹亮色的那个人，写到这里，想起北岛的一句诗来："八月的梦游者／看见过夜里的太阳。"狄老师个头偏小，圆脸大眼，说一口浓郁的东北话，性格开朗，干练利索。每当我在一片纷杂脚步声中听到哒哒作响、疾步行走的皮鞋声，就知道狄老师来了。一架巨大的手风琴挂在她身上，人几乎都看不见。激昂的音乐从她的手上，从她的心中迸发出来，给我们单调贫瘠的童年带来一些温暖的回声。她以一人之力，为宣传队排练对口词、三句半、舞蹈、合唱、小话剧、样板戏，风生水起，八方喝彩。各种文艺形式没有她不精通的，用今天的话来讲，就是一个德艺双馨的革命文艺战士。她的女儿比我们稍大一点，又瘦又高，个头比她母亲都高。不知为什么她老是沉着脸，一副"借了米还了糠"的不高兴的样子，和她妈妈的乐观开朗形成强烈对比。那时狄老师一家从内地调来时间不长，我至今不知道多才多艺的狄老师为何到一所边疆小学来了，这座小庙不应该是这个大菩萨的所在。

2

我中学的第一位语文老师是陈老师，她是我小学一同学的母亲。陈老师长得漂亮，戴着金丝边眼镜，齐脖根短发若有若无地烫过，穿着打扮在当时都很时尚，散发着文艺气息，在一群老师当中显得特别突出。她毕业于陕西师大中文系，后来我也成了她的校友。在教室、图书馆坐下学习的时候，我常想，这是不是陈老师坐过的地方呢？陈老师只带过我们不长时间，她讲课不紧不慢，带着感情色彩，第一堂语文课上就点名让我读课文，并表扬我读得好，让我惊异并得意。后来她说起此事：儿子经常和我说起他的朋友马明月如何如何，爱读书学习云云，那天上课在花名册里看到这个名字，很好奇这到底是个怎样的人呢？所以就点了你的名。很可惜，受陈老师恩惠时间太短，不久她就调走了，令人惆怅很久。

雷老师是我高中时的班主任，也毕业于陕西师大，是我的校友。如果不是在课堂上，你看不出她是个老师，更像一个家庭妇女。她留着刘胡兰式的短发，有一种倔强的气质，说一口醋熘陕西普通话，个头不高，衣着朴素如农妇，做事风风火火。如古人讲的"侃侃如鄙人，口不能道辞"，用今天的话来说就是：朴实得像个乡下人，没有派头，不会说漂亮话。上课时候，经常可以看到她手上没洗干净的面粉。她教的是政治课，有一次讲到法国雅各宾派领导人罗伯斯庇尔时，说外国人名字不好记，你就记住"萝卜撕皮儿"就行了！在大家心里，政治课是最没有文化含量的一门课程，考试背背抄抄就过去了，所以并不重视。她的课大家不爱听，但并不妨碍她做个好的班主任。她孩子多，家里负担重，仍然把很多精力放在班里和每一个同学身上。她和同学们相处融合得很好，把班里的各种活动搞得热热闹闹。即使有些特别捣蛋的头痛学生，在雷老师面前也服服帖帖。雷老师整天为同学们做思想政治工作，有时婆婆妈妈的，让同学们烦，有时又觉得她像大妈一样慈爱。

我和雷老师之间有过一次神奇的相遇，这件事发生的概率太小了，仿佛是梦中发生的。有一年大学暑假，我从西安乘火车回家，晚上列车在河西走廊一带晚点，在一个偏僻小车站停车会车。恰逢对面过来的列车和我们乘坐的这列车并列停下。我打开窗户透气时，从窗户望过去，昏黄灯光下居然看到了雷老师！我不停地敲窗户招手，终于引起了她的注意，我激动地隔着窗户大声喊着。她们一家是回陕西探亲，不期在乌鞘岭下我们相遇了。我们就隔着一条铁路，在夏日黑夜昏黄的灯光下，在满天闪烁的星星下，在一个遥远陌生的地方互致问候，惊喜万分，一扫旅途寂寥。命运就是这样，让我们不期而遇，又各自走向生活的深处。

对我影响最大的是于老师,他是我们初中时的班主任,又是语文老师。于老师看上去是很严肃的人,恪守师道尊严,平时不苟言笑,学生都有些怕他。那时候的语文课和政治课差不多,课文都是和当时时政有关,基本失去了基础教育的功能。于老师却能戴着镣铐跳舞,把语文课上得津津有味。他把课文中毛主席诗词的讲解,作为我们学习了解古典文学的契机,举一反三,增加我们对古典诗词的兴趣和理解。还把古文的学习结合到"批判孔老二",评《水浒》的课文去,引导同学们读古典,学历史,最大限度地让我们接触掌握到更多的历史文化知识。

于老师身上有传统知识分子那种清傲气质而又不迂阔,在一定程度上与现实保持距离,不紧跟形势投身运动,同时又有家国情怀,关心国家民族的命运。他一直沉浸在传统书画和诗词研习之中,并以此影响有同好的学生。在那个年代这样的人就是另类,可他一直坚持不辍,保持着独立的品格和自由的心性。晚年,于老师在书法和诗词方面都取得很大成就。尤其是在古典诗词学习探索方面达到了一个高度。他是被誉为"横空一帜飞,大字书中镇"的"中镇诗社"的社员,由著名词家毛谷风先生主编,大家荟萃的《海岳风华集》《历代律诗精华》中,分别收录了于老师数十篇诗词。我就是在于老师的影响下,学习美术,办黑板报,开始喜欢读书、热爱文学。除作文偶尔在班里被示范朗读,还能使我有些成就感以外,于老师从不随便表扬我,虽然这让我不免气馁,但从没有丢掉自信。我与最不好接近的于老师

最终成了忘年莫逆之交，被老师引为同契，至今一直保持着密切联系。上大学时，我经常就古典文学的问题求教于他。于老师用隽秀的小楷给我写了一封又一封美妙温暖的回信。这些信札我一直保存，视为珍物。这一生联系最多、受益最深，"契阔谈宴，心念旧恩"的也就是于老师了。于老师曾给我写了两幅字："不随流俗""静观云飞"，是他的生活态度，也是对我的期望和要求。

借此小文，谨向在我成长过程中发蒙启蔽、予我恩惠的老师致以深深的敬意。

2021.9 教师节前

息食于人间，读写且为乐

（代后记）

千里云山何处好，绝知此事须躬行。当我们走出自己所熟悉的生活圈，看到异域山川、广阔大海、异乡的新鲜、别样的风物，感受到不同民族、文化、习俗的特色，它们给眼睛和心灵带来的刺激和撞击，会使我们的脑子清醒一些，自大自负的情绪收敛一点，甚至会自惭形秽起来。你不是中心，也不是标准答案，所有的存在都神采飞扬地散发着光芒。天高地迥，盈虚有数，看到更广阔的天地，才能心存敬畏，才能书写好这片天地，才能获得更丰富的个人和社会的生命体验。

有人讲：旅行是对世界最直接的阅读，而读书是性价比最高的旅行。深以为然，这二者可以使我们摆脱自己的局限和狭隘。旅行带我们领略空间的广度，读书带我们领略时间的深度，它们共同构成我们认知的两个维度。作家阿来在《西高地行记》中写道："行走让我们认识世界、深入世界，这样人生才可能走向开阔，写作才可能变得精致又广阔。"我觉得这是对写作者的忠告，对我的耳提面命，我无法拒绝有洞见的人的告诫。

读大学时培养了文学兴趣，那个时候谁要是不写点酸诗软文都不好意思说自己上的是中文系，但我也从来没有想过要当作家。我选择写作是基于别无所长，又不甘随波逐流，便做了喜欢和擅长的事情，如林冲一般，走投无路上了梁山。我读书的年纪正值"文革"，小学、初中都在"学工、学农、学军，批判资产阶级"中晃过，"读书无用论"比今日的"不能输在起跑线"还深入人心。而我在一些旧书破纸中找到了乐趣，喜欢搜罗一些闲杂书来读。正是这种当时被认为的无用之功帮到了我，别人在外面疯玩的时候我也在书中游玩。等到机会来临，我的命运也改变了。那年高考班上也就一两人考中，我想是平时阅读帮助了我。

茨威格说过："一个人和书籍接触得愈亲密，他便愈加深刻地感到生活的统一，因为他的人格复化了，他不仅用他自己的眼睛观察，而且运用着无数心灵的眼睛，由于他们这种崇高的帮助，他将怀着挚爱的同情踏遍整个世界。"吃五谷杂粮强壮身体，读一本好书滋养灵魂。一大批伟大的作家群星闪烁，他们站在人类思想的高峰，对历史、社会、人性有足够的认识，既有深刻的批判性，又对人间充满悲悯，他们的作品穿越时空而不会被淘汰。对阅读者来说，书籍为我们展现了世界的丰富多样，我们在其中寻找到自己并体验自己。

现在谁说起喜欢文学，爱阅读写作，会让人不屑和讪笑的，哪怕你说自己喜欢喝酒打麻将跳广场舞也比这个能让人接受。世道变坏是从鄙视文学、轻视文化开始的。在曾经那个对文学狂热与固执的年代，多少人追求诗与远方，却在虚妄中迷失了自己。而今天在生活重压和粗鄙流行文化浸染下，世道人心在堕落，文学的面孔因失血而变得惨白，越来越不招人待见。也有一些作家争名夺利，混迹于文坛，更是败坏了文学声誉，让整个社会提起文人来都嗤之以鼻。

我非常赞同这样一句话：理想的人生，应当一半在市井烟火中度光阴，一半在精神家园中寻诗意，低头柴米油盐，抬首星辰大海。写作需要阅历，需要坚持，看不透生活，就要感受生活，喜也好悲也好，都是自己人生的财富。笨人就要手脑勤快，用一颗虔诚的心观察思考，以积土成山、积水成渊的态度，日拱一卒，不期速成。行走阅读中有了心得就信笔写下，写着写着就入了佳境，就像恋爱时喜欢上了一个姑娘，越爱越深，须臾离不开了。它终将成为一种生活方式，给庸常平凡的生活时不时掀起一些涟漪，带来满足乐趣。在汗牛充栋的出版物中，我的阅读和写的那点东西微不足道，不知尘埃之微，是否可补益山海。不停下步子，不停止思考，不放下笔头，不是想让世界看到我，而是想要看到更大的世界。

写作和阅读是相互补充的，当你写起来的时候，阅读也跟上来了。要把一个地方写好,当地的方志、历史文化、风俗民情都要搞清楚弄明白。除了保持对生活、对时代的敏锐和感知能力,唯有阅读,大量阅读,有针对性地读,才能让笔下有力量,有容量,才不致只是浮光掠影,流于一般观光游记。钱钟书先生说得好:"如果不读书,行万里路也是一个邮差。"我不善在故纸堆里考据论证,那得有专业学术水平,一篇文章出手,华美而严谨,那种功夫我是没有的,唯佩服而已。我曾经只是在机关工作的一个小卒,一个喜欢读点闲书的公务员。

因为工作原因,我有机会走遍新疆各县市和部分乡镇。这对我来说是很骄傲的一件事。要知道新疆这么大,乌鲁木齐人没有到过新疆其他地方的大有人在。而我有幸把天山南北走遍,冰山雪岭、大漠森林、喀什正午阳光、和田漠风美玉、伊犁浓稠绿荫、阿勒泰金山银水都曾经让我惊喜陶醉。我在浩荡浑黄的塔里木河边感叹,在成吉思汗挥鞭的山谷回望,力图使自己平凡的生命与一个伟大的存在联系起来。书里读不到的,在山河中翻检,"天地有大美而不言"。行走中我感受多元多姿多彩的各民族历史文化,接触了许多纯朴厚道的各民族兄弟,我发自内心地真诚热爱这个边疆故地,热爱这里的各民族人民。每每抑制不住自己要记录下这些迤逦山河、百态人生和行走感受。当我走向更广阔的地平线,走上"世界屋脊",走到天涯海角,以脚步丈量世界,用凡心感知人生时,心中涌起更大波浪,也越发感到自己的浅短和局限。

我的职业不是作家，不用在写作上谋取功利，繁杂的工作也不允许我用更多的时间耕自己的"田地"。所以只能利用业余时间，有时间就写，没时间就停，写什么、写多少都没有什么负担。因此我也不用取悦谁，也不惧人笑话。尽可能写得真实坦率有趣。有时甚至有这方面的顾虑：写得太多了，同事和领导会不会认为我不务正业，惦记着诗和远方，应付着眼前的苟且。其实躬身为人民服务，履职尽责我一点都没有含糊过。

　　当下随着互联网新媒体发展，网络写作兴起，越来越多的人上网写作和让写作上网，网络潜移默化中改变着人们的写作方式和文学表达。网络上出现的新型写作和好作品给我们带来一方新天地。同时因为门槛低，写作者素质良莠不齐，以及碎片鸡汤、浅薄粗鄙、同质化等问题，也挑战着我们的阅读和写作。正如艾柯和卡里埃尔在《别想摆脱书》对谈中讲的："今天有这么多人渴望被人听见，致命的是，他们只被人听见了他们自己的愚蠢。"

　　作家是个令人尊崇的职业，属于那种天赋异禀、妙笔生花的人，要具备深刻的洞察能力、多方面的审美能力、驾驭语言的能力，还要激情、敏感，具备深邃的思想，这个要求不比对一个领导干部的要求低。写作是自己的事情，作家是别人给你的桂冠，合不合适自己知道。我这样的半吊子写者是担不起作家这个称号的。我只是个业余写者，息食于世间，杂读随写为乐，用不务正业的态度写自己的真实感受，以无益之事，遣有生之涯。率而操舾,竟也集文为册。原本想一点一滴聊解忧愁,没想到却吃成了胖子,收获超出预期。想到这些,王小波的话浮现心头,我这张布满皱纹的老脸泛起会心的微笑。

2024 年 4 月 11 日
于乌鲁木齐